田博文／著

年华似水
水流东

天津出版传媒集团
天津人民出版社

图书在版编目（CIP）数据

年华似水水流东 / 田博文著. -- 天津 : 天津人民出版社, 2018.8 （2025.4重印）
ISBN 978-7-201-13906-7

Ⅰ. ①年… Ⅱ. ①田… Ⅲ. ①长篇小说－中国－当代 Ⅳ. ①I247.5

中国版本图书馆CIP数据核字（2018）第176227号

年华似水水流东
NIANHUA SISHUI SHUILIUDONG
田博文　著

出　　版　天津人民出版社
出 版 人　黄　沛
地　　址　天津市和平区西康路35号康岳大厦
邮政编码　300051
网　　址　http://www.tjrmcbs.com
电子邮箱　tjrmcbs@126.com

责任编辑　张潇文
封面设计　杨木子

制版印刷　三河市兴国印务有限公司
经　　销　新华书店
开　　本　710×1000毫米　1/16
印　　张　19.25
字　　数　270千字
版次印次　2018年8月第1版　2025年4月第3次印刷
定　　价　59.80元

目　录

第一章　流淌的幸福（上）

风温柔地吹拂着，河堤两岸的柳枝绿了，望过去是绿茵茵一片，北面是一望无际的平原。

忽然一叶轻舟从一片让风掀起的绿柳中飞快地驶出来，越驶越近了。此时，一位身材高大、英武的中年人站在船舱中央，他的脸上显得十分焦急和不安。他朝着迷茫的江心望了几眼，然后轻缓地进入宽敞明亮的船舱。一个女人蜷着身子睡在床上，睡得很沉，一张嘴张得大大的，船舱里倒是一片安静，能够清晰地听到她那轻微而均匀的鼾声。胡贤兵的心里才开始平静下来，他的妻子患了重病，整整昏迷了一天一夜，他驾着刚建不久的航船，将妻子送到新民镇上一个颇有名望的医生那里，医生给她打了几针后，她便苏醒过来了。在回家的途中，胡贤兵按照医生的嘱咐给她熬了一碗药汤，她服下后，身子却有些发软，一会儿又睡下了，他上前轻轻推了她几下，她也毫无知觉。于是胡贤兵掏出一支香烟点燃，对于他的妻子，胡贤兵的心里一直愧疚着。自从他们结婚以来，他们就没过上几天幸福日子。婚后的那段日子里，她的身子极度虚弱，时常生病，胡贤兵为此事一直烦恼，他觉得是自己害了她，并毁了她本该光明的前途。

婚姻是爱的循环，也是幸福的循环。可是有人的婚姻却并不幸福和自由，一场毫无规则的婚姻却偏偏降临在他们的身上，她不埋怨也不苦恼，多年来，她一直恪守一个做妻子的责任。

在那年月里，她面对种种压力，包括世俗观念、精神折磨，但仍然勇敢地追求她的幸福生活。

在别人眼中，她那所谓的幸福、自由生活几乎成了一种泡影，一瞬间就破灭了。

她出生在令人羡慕向往的书香门第。祖父在世时，是一位大官，可惜黄鼠狼下耗子——一代不如一代，到了她爹那辈，家里已经衰败得不成样子，她的童年生活是在北京一处小胡同里的四合院里度过的，她爹还不到她成年就在一场重病中死去，也没有给她母女俩留下任何遗产。后来，她娘带着年幼的她从北京辗转到了老家灵山县，从此，随她娘过着清贫如洗的日子。

她娘开始不习惯乡下的生活，一到吃饭时眼泪就涌了出来，刨了几口饭撂下碗，然后独自蹲在墙角发呆，是的，难怪她会发呆，一场变故改变了她们的命运，并且摧毁了她们母女俩的幸福生活。她娘告诉她，爹蹲了八年监狱，在监狱里患了重病，后来因病被释放出来，出狱不到十天就死了。那时候她还小，也不知道爹犯了什么罪，问她娘，她娘说："你别问了，我也不知道你爹的事情。"她就不敢问了，因为她很清楚地发现娘的眼角一片潮湿。

人的一生中总有许多值得眷恋的事情……

那年夏天，天气十分炎热，太阳一出来，地上仿佛燃着一把火，一直到夜晚，热气才徐徐退尽。河堤岸边的一颗柳树下有两个人影在晃动，一会儿，便合二为一地紧紧融在一起，他们相爱了。河里的水在长生不息地流淌着，突然男青年说："久珍，我们结婚吧！我爹说先将我们的婚事办了。"她将头扭在一边，羞怯地说："急啥？"家里人都是这般想的，咱们不急，他们急啥。

"你别倔性子，我们择个良辰吉日将婚事办了，因为不久我就要应征入伍了。"

"兵哥，你要去参军，那咱咋办？若是三年五载不回来，我还要等下去吗？”

男青年笑着说：“正因为这些，咱们得先将婚事办妥。”

她与胡贤兵结婚不到一年，他果真应征入伍了，在短暂的部队生涯中，胡贤兵虽有李广之威力，但终是难封功名。在军营期间，胡贤兵的脖子上生了一颗黄疔，久治不愈，疼痛难忍，加上惦念家里的妻子，于是从部队返回家乡。

几年后，胡贤兵辛辛苦苦攒了些钱，请来当地船匠建造了一艘大船，做起了瓷器生意。那次，顺流而下去了湖南，然后辗转去武汉，一个月才回来，收购了一船的古董和东汉、唐朝的陶罐。但险些栽在公安部门手里，胡贤兵为此事叨叨不休，骂道：做这些也违法，那些贪污受贿、强暴妇女、欺民霸市就该当死罪。他有一个战友在政府部门工作，平常也是一个收藏专家，大学毕业后跟胡贤兵同时入伍，退役后成了镇派出所一名警察，他们见面时，他总是劝胡贤兵：“贤兵，你分明在贩卖国家文物，罪大得很。你一定要想清楚，别的生意不做，却偏偏做起这行买卖来。我喜欢收藏，收藏有收藏的价值，所以，两者的性质根本不同，如果有一天栽了，你别怨我没给你敲警钟。”

第二天，胡贤兵便给他送去一个唐朝的陶罐，他开始推辞，但后来还是心里乐滋滋地收下了，因为他是这一行的专家，那个唐朝陶罐的价格让一般人难以估计，简直是价值连城。

王少成主要的工作是负责维护社会秩序。镇上并不热闹，几乎一整年都十分萧条，一道道高低起伏的山峦将这片凹地包围着，南侧是一条并不宽大的河流，河水清亮而湍急，周围显得十分幽静，这个镇子，远看像个丘陵，近看倒不像了，也没什么奇特之处。

天微凉，风柔得似伊人的手，天空一片蓝色，蓝得如海水。此时，胡贤贵提着一篮豆腐进了胡贤兵的家门：“兵哥，忙吧？”胡贤兵道：“三日不见，令人刮目相看，却做起这行买卖来。”他打趣道：“你不晓得，整个雪山村的老老少少就喜欢这种‘荤菜’，老太太们牙掉光了也能吃，可是那该死的来狗就不喜欢。”

胡贤兵嘿嘿地笑了：“你就那涎口水，办起事来倒不折不扣，专挖别人的正脑门。你想让来狗成为庙里的和尚是吗？他没任何爱好，对女人也没兴趣，哪爱吃豆腐哩！”

胡贤兵接着一声叹息：“唉，洪老爹死后，洪家就此衰败下来，来狗攒些钱能娶个媳妇也该是桩美事。”

胡贤贵挤挤嘴角，皱了皱眉：“就凭那个脓包，平常除了吃饭、睡觉和嘿嘿地傻笑外，待他娘倒地，甭提迎亲嫁娶，怕是盼不到那天了。”

“不能闷棍子打死吧，他是不抵洪老爹，果真是一代英雄一代衰，人就是这个样儿，别人升官捞钱，金屋藏娇，生活有滋有味呐！”

胡贤贵用手摸了摸眼角的皱纹，说道：“兵哥，你眼光独到，又多多少少熟悉些官场，你能不能预测王少成是否官运亨通？”

“政府陆续换人，一批老资格、老革命的命运从此开始扭转，可是王少成最近仕途一路飘红，真有些春风得意，说不准镇长的位置非他莫属。”

胡贤贵拍了拍脑袋似乎有些开窍，最后，他茅塞顿开地说：“对呀，我怎么这般糊涂呀！王精于世事，退伍不久就笼络县里的人，还真不敢小觑那个家伙。”胡贤贵一面说着，一面从篮子里取出几块水渍渍的豆腐撂在厨柜上。

子夜，胡贤贵酒过数巡，他喝得满脸通红，脑子发胀，睁着一双细眼，嘴角流涎开始滔滔不绝谈及国家大事，末了又讲起离他们最近的人和事，预测王少成是否官运亨通，甚至揣测、怀疑他的野心来。深夜，四处的灯都熄灭了，狗吠声也停止了。已经醉了的胡贤贵真真切切感受到黑夜的恐惧。他喃喃道：“为什么会有白天黑夜之分，为什么这个世界上会存在男人和女人，为什么四季会循环？”胡贤兵摇摇头一阵憨笑：“醉了吗？”胡贤贵翻了几下白眼说：“没醉，我还能喝哩！”

“伙计，不说啦！改日我请你喝酒。”胡贤贵挎着篮子，拎着火把，摇摇晃晃出了胡贤兵的家。满天星星连缀在一起，凉风涌起，天上的星星仿佛掉在地上了。腿一骨碌发软，他瘫坐在一片亮莹莹的草地上，在地上挣扎了许久，嘀咕了一阵说："醉了，真醉了。"他自己装了一袋烟，抽完一袋才站起来伸了一阵懒腰，然后往家里赶。

一连几日，胡贤兵把船靠在亚里湾的河滩，然后同隔壁村里的几个拉纤的妇女说着话。一个妇女抹着汗说："老板，你从湖南带来的陶罐呢？也让大伙开开眼界，怎么连瞧都没瞧见，一定送给当官的了。"

"是啊！别人喜欢，我就送给了一名女作家。"

"什么'女坐家''男坐家'，我们家都是我当家做主。"

胡贤兵摇头不止，说："你凶悍霸道。"一个妇女说："弄错了，弄错了，原来他是送给一个写书的啊！原来你贪恋美色。"

"不，她是我的一位朋友，是一位作家，不久前写了一部长篇小说，小说一发表，一大群青年人将她当作偶像。"

第二章　流淌的幸福（中）

一晃多年，胡贤兵逐渐喜欢和胡贤贵坐在赌坊里哈哈摇骰子，不多久，他的生意日渐萧条下来。有一天，胡贤兵回来小憩，他的脸上一副焦急不安的样子，但他心里很踏实，有一种闲逸的感觉，疲惫和烦恼一股脑儿散了。的确，那种生活给他带来很多困扰，近年时常闹水灾，公安部门又查得紧，有一次险些进了监狱。胡贤兵心灰意冷了，心一横，私下将那艘伴随他多年的货船卖了。另则，最近他身体不如以往，一天下来，头总是昏乎乎的。他推门进屋，他的妻子迎了出来："贤兵，你回来了，总算把你盼回来了。前几天民儿病了，模样十分吓人。"

"是吗？病好了不？" 他耷着眼皮头也不抬。

她略显悲怆地回答："我都急坏了。"

那时胡贤兵的表情十分复杂，是忧伤，焦愁不安，其间又掺杂着一缕缕欣慰，因为他思念着他的儿子。自从他们夫妇将生下不久的女儿抛弃后，胡民便成了他们一生中唯一的希望。

胡贤兵走过来用嘴亲着他的脸，又用手抚摸他的脸蛋。那一瞬间，胡民才知道自己有这样一个父亲，但他明显老了，根本不是他想象中那副模样。因为他意念中的父亲的形象应该是年轻高大，身体健壮。但他十分清瘦，几乎皮包骨了。

他掀开了被褥想再次用嘴亲亲胡民的脸，突然间却刹住了，因为发现一只蚊子盯在他那张彤红的脸上，往他脸上轻轻一拍，拍出了一摊血。那一刻，在他心里，有一种说不出的痛苦和愧疚。他的脸上一阵抽搐，挣扎一阵后，才将头慢慢地俯下来，用密匝匝的胡须又亲他一次。同时，他已经感觉到眼泪淌在他的脸上了，那是父亲的眼泪，也是他第一次看见辛酸的泪水。饭桌上，胡母说："有一件事情我得告诉你，前几天家里来了一位中年男人，那副装束打扮像是个当官的。"胡贤兵追问道："他说了些什么！"她望着他的脸回答："雪山村村主任要换届了，因此他要你回来。有姓王的在县里给你撑着，说不准有一天会沾上官运。"他一阵冷笑，心想："官运、战友，这些都是骗人的幌子而已。他青云直上，哪还念及这个战友情分！又怎么啦！以前不是从湖南带回来的唐朝陶罐一件件的送给那个姓王的，我一辈子也没见过那些稀世之物。现在升官就翻脸不认人了。"胡贤兵长叹了一声，"得了得了，人家好歹也是个官，我怎能攀龙附凤呢！"他这么想着，心里十分平静，他的女人却在一旁生气。

"换届村主任是往后的事情，有件事同你商量一下。"胡贤兵说道。

"啥事？你说吧。"

"其实，也不是十分要紧的事情。"他轻描淡写地说，"我打算把那艘船卖掉或租赁给别人，你也知道，干那桩买卖近年来萧条、破败，并且违法。社会开放了，可是我胡家的日子却越发紧巴。怪啥！"

她接过话茬说："怪一个人的运气，日子是不如以往！我爷曾经是官，并且还是个大官，父亲也是个官，自从父亲死后，我家就变得一无所有了。既然没赚头，卖就卖，千万别怨天尤人。"

"是啊！你作为我的妻子，我一定得对你说，免得疏忽了你在胡家的地位。"

"哪有什么地位！自从踏入你胡家的门，还不是由你胡贤兵管着。从前头脑发热，花了许多钱财造了一艘大船，现在又中途卖了，究竟打什么主意？！”她恼了。

他哑然无语，点燃一支烟深深地吸了一口，又朝上喷了一口，说：“一个人总不该寻着一棵树吊死，生意冷淡，我的心已凉了，一家人得过日子。”

她哭了，她哭得十分伤心，“你常年在外奔波，心里还有这个家吗？说句沮丧话，如果我和孩子在家有啥三长两短，怎么办！偌大的雪山村，大伙都穷得叮当响，谁有能力去救赈别人。”

他慢慢地俯下头坐在凳子上，朝地上吐了一口痰，用脚揉了揉，才将半截烟头仍在地上，也不揉灭它，任其熄灭。但他屁股还没坐热，就急躁不安地站起来悻悻出门了。女人叫他不应，也没有转身看她一眼，那一刹那，胡民觉得母亲可怜，是一个十分让人怜悯的女人。

原来，胡贤兵几天前将那艘大船卖给一个跟他十分熟悉的纤夫，当晚便去了赌坊摇了一夜的骰子，却碰上赌博运不济，才将身上所有的钱财都输光了，后来跪在地上给那个身上有刀疤的家伙讨回两百元。

应该是从那时起，胡民才开始憎恨他的父亲，他不是一位称职的父亲，也不是一位尽职尽责的好丈夫。对他的所作所为，胡民非常反感，也同情他的怯懦。真的，作为他的儿子，是没有任何资格这样贬损，但不得不说，自始至终，他还是十分体贴、关心，让他们母子俩心里热乎乎的。

春末的一天，胡贤兵一觉睡到午时，白花花的阳光像一片细碎的金子洒在地上，他哈气连天地踱出门去上茅厕撒泡尿。一会儿，他才进屋搬张椅子坐在一片绿茵茵的葡萄架下抽烟。棚架上的葡萄还没有成熟，但果实垂挂满枝头，小时候就这样每天望着棚架上的葡萄，嘴里不断咽着口水，想吃又摘不下来，那时，他的母亲会帮他摘下一串乌澄澄的葡萄递给他，并朝他微笑。

忽然胡贤贵摇晃晃地走进胡家前院，还没进门就吼道：“兵哥，雪山村都快闹翻天了，你却闲在家中独享清福。这日子不太平喽！一些争权夺利的家伙都在拉票竞选村主任，就像其他国家选总统一样，都希望有机会成为干部。”

胡贤兵让他进屋里，他说：“不啦！哪还坐得住，我们也得去凑凑热闹，如果你不愿意去，我陪你去村里走一趟，真是难得的机会，一生中千载难逢的机会啊！来年转正，名正言顺地成为国家工作人员，才真让人仰慕呢！让我这个不争气的兄弟颜面也沾光。”

“真有此事？”胡贤兵一脸疑惑。

“咋还骗你不成，你信不过我，但也得相信王县长，跟他打声招呼可顶过咱们千言万语，他出面主张此事，任何困难和挫折都会迎刃而解。”

她在旁边劝着：“是啊，贤贵说的话有些道理，不为别的，也该为子孙后代着想，不扯远，人家雪山村的嘉英，大字不识几个，嘴甜人俏，就凭人长得漂亮，多几分姿色，可是人家有福分，结婚后一直过着清闲的日子，去年又让村里选为妇女主任，专门负责妇女工作，如今摇身一变，官升几级，还成了政府计生办主任哩！”

“呸！那女人狗眼瞧人低，分明是在轻视咱们平民百姓。”胡贤贵接过话茬。

胡贤兵却说：“从前别人唤我船长、老板呐！他下乡检查工作时，我却偏偏去巴结王少成，我把他请到家里来，将他当爷款待，还把汉、唐年间的陶罐送他，倒还害怕他不领这个情。兄弟，你瞧瞧，对于这一次我参加雪山村村主任选拔的事是否有希望！”

胡贤贵让他的想法噎住了：“这……这……兵哥，换句话说，你曾在雪山村建立强大的威信，俗话说‘得民心者得天下’。群众一定会拥护你，支持你！更何况还是一名优秀党员，党章倒背如流，绝不会有丝毫含糊。”

他恣意地笑了，胡贤贵也笑了。

近几年来，修建公路、河堤、庙殿，总共筹资四万三千元，这些事情群众也有目共睹。胡贤贵赔笑说：“这事不就上级说了算，权当皇帝的圣旨。即便是上届村主任洪老爹对某些人不服，他的话素来就是屁话，事做得太绝，却生了个脓包儿子，这也是对洪家的惩罚。”

夜一片寂静，风柔得似水，一轮清辉皓月犹如珍珠般倾泻在大地，天空几乎没有任何疙瘩云，一片湛蓝。胡贤兵正在跟一个从县城来的客人喝酒。原来，为了能够当上雪山村村主任，费了许多周折才把王少成邀请到家里来热情款待。一场酒席直喝到子夜，王少成已经醉了，摇摇晃晃地起身要去前院方便，已有醉意的胡贤贵暗笑说：“县长，行吗？您是贵人，贵人是海量的，咱乡下没什么好酒款待，请不要见怪。”王少成酣然地说：“不怪！不怪！咱怕是醉了，辨不清东西南北，可是我心里明白。”胡贤贵也不知道他心里明白什么。看着他跌跌绊绊的模样，心里发笑了。哟！一个官也会如此失态，真够狼狈。王少成或许憋得厉害，也就不跟他没完没了地胡扯了，径直钻进右侧的一处小胡同。胡贤贵嚷着：“走错啦，走错啦！那是我三叔家的卧室！”

胡贤兵在屋里等不及了，就嚷道：“成兄，你想当逃兵！难道这次害怕了。”

王少成抖抖瑟瑟地从茅厕里钻出来，粗犷地笑了几声：“我有什么好怕的，酒乃穿肠毒药，心有余而力不足罢了。你有话想对我说是吗？谈谈也不妨。”

“就喜欢像你这种爽朗之人，那我就不妨直言直语。县长，有关雪山村推选村主任一事是否落实，是否安置妥当？”

“作为村主任候选人员，这丁点小事并不是我们分内工作，有的人就是图交情。”他一本正经地说，“但我认为还没这么快，前几天村委会竭力向我们推荐他的妻弟作为候选人员，他太嫩了些，担子实在不轻啊，因此暂时没有答应下来。”

第三章　流淌的幸福（下）

“不久前，洪家滩一农户在辣子坪附近发现了矿藏，后来来了一支地质队勘察过，确认为金矿。并且极有挖掘潜力。这一喜讯已向上级禀告了，不挑选一个德高望重，对工作负责的人来担任村主任，上级追究下来，我也着实难以交代。” 王少成继续说道。

“县长，雪山村你熟悉，住着几千户人家，良田万顷，又加上出了金矿，应该有个办事能力强的人领导，让大伙发家致富，过上幸福的日子。您认为谁是最合适的人选？”胡贤兵旁敲侧击地问。

王少成哗然大笑：“据我所知，你是一个对村里做出过贡献的人。在村民心中建立了极高的威信，自然顺意民心喽！”

胡贤兵心中有些发紧，略有不安地询问道：“何出此言？这样的事情应该有充分的理由，让村民心悦诚服，否则民心难顺。”

“这又不是统一天下。一个荒僻、闭塞的小村庄，村主任的职务不就是跑跑腿、蹭蹭脚，今天一大会，明天一小会，起早贪黑，每日在跟时间赛跑，谁做都一个样，只盼着有朝一日官运亨通。”

王少成一直到第二天傍晚才离开雪山村，离开时已是晚霞满天，夕阳如血般洒满了胡家门前那条山道，空气也慢慢地潮湿了。汽车沿着那条山路慢慢地行驶，路面坑坑洼洼，像在跳着舞。顷刻，弥漫的尘土已经将那条弯弯曲曲的山路淹没了，胡贤兵一直目送着驶远的汽车，心中莫名涌起一种对权势的强烈欲望。同时，也有一种乐极生悲的感觉占据了他的心扉，因为他担心王少成对他虚情假意，说的话仅是骗人的客套话。他脸上又不觉掠过一丝忧伤，对一个荒僻、充满浓烈粗野气息的村庄来说，能够做到让人信服并非一件易事。当时富有工作经验的国家干部紧缺，他们也没有多少文化知识，更难做的是基层工作，村里总是隔三岔五地发生暴力事件、人事纠纷等。

不久，推选村主任一事很快得出结果。由胡贤兵任雪山村村主任，胡连峰任书记，洪政军任会计，玉英任妇女主任，当夜，胡贤兵家里摆了几桌酒菜，村干部都陆续前来祝贺，他满脸笑容地给众位敬酒，酒喝了约几个小时，那位曾向他买船的纤夫姗姗来迟，一场酒席又喝至深夜才散。胡贤贵贪杯，他喝得满脸发躁，已经瘫软在门角落里，趴在一张木凳上不停地呕吐，吐了一堆难闻的秽物。但是，最引人注目的还是那位纤夫，因为他西装笔挺，样子变得十分阔绰了，梳得油亮的头发在灯光下闪闪发光，几乎反射出夺目的五光十色来。

“小兄弟，近来亚里湾一带生意是否兴隆？” 胡贤兵问道。

纤夫双手一揖：“托你的福，生意渐有起色，现在找我运货的人已经多了。上个月初，仅去一趟武汉，就赚了好几百。”

“恭喜你，兄弟，等赚了钱，娶个如花似玉的媳妇快快乐乐地过日子。”胡贤兵脸上有些失落。

“是啊，目前我正在跟一个姑娘谈恋爱，姑娘是城里人，我们在一家酒吧认识的。记得那晚，她喝了许多酒，醉意朦胧地说：‘我凭第一直觉就知道你是个有钱人，我能遇上你，也是我俩的缘分。作为一个年轻姑娘对一个陌生男人真诚的坦白，但你不能说我是个轻浮的女人。’她又说她已经失业很久了，心里有一种说不出的寂寞感，希望能跟我交个朋友。”

末了，他把事情真相告诉了胡贤兵。那天清早，他在亚里湾河滩遇上一个自称从海南来的男人，那人上船就说送他去河对面的镇上办些事，相互熟悉后，那人说来咱地寻他的太太。年纪约五十开外，他说他的太太就二十来岁，又将那张照片递给我看了看，照片上的女人约二十几岁，脸蛋漂亮极了，真有点像时装模特，但嘴唇涂得红，增了几分娇艳，看来那个女人多多少少有点放荡。应该是那个男人的情人，因为他们年龄差得太多。

男人也毫不忌讳地告诉他，女人替他生了一个男孩，卷了二十万回老家了，说是回家探望家人，可是一回就是一年多，他是专程来寻她回去的。

胡贤兵一声冷笑："还真有这回事？"

纤夫说："不信？我骗你干吗，那个满嘴南腔的家伙称媳妇叫太太，十分文雅，一脸黝黑，高鼻梁，十足的非洲种，看来那个姑娘多半是红颜薄命，非去嫁个'黑人'。"

"兄弟，他一定在骗你，你就相信他了，唉。"

"骗我有啥用，反反复复，绕来绕去，他都让我骗了。快到达镇上的码头时，趁他不注意将他推下水，抢了他那胀鼓鼓的皮包。"

"你在谋财害命！"

"哼，谁叫他骗我，外地人，怕啥？待他醒悟过来时，我的船已经驶到江心了。"

"你……你是个骗子，真料不到你居然干起骗人的勾当来！"

纤夫反而不怒不恼地说："你的事情我全知道了，你是雪山村的村主任，好歹也是个要颜面的角色，如果真把你的丑事抖出来，你如何面对雪山村的父老乡亲？"

胡贤兵骇然一惊："你别咄咄逼人！"

"兵哥，你知道吗？是赌坊老板亲口告诉我你的丑事的。"

夜更深了，纤夫说："也该回去准备准备了，天一亮还要启程去趟湖南。"胡贤兵也不挽留，过了不多久，一条似幽灵的黑影在路上一闪就消失了。

他不安地回到屋里轻叹了一口气，心里有些不安，女人让他吵醒了：“你们鬼鬼祟祟地商量什么？”他不遮不拦地说：“不就是有关那艘船的事情！他说近来生意不景气，还拖欠些钱，请求我宽限几天。”她似乎动了恻隐之心，说：“那小伙子从小就没爹没娘，十四岁就开始当纤夫，你就宽限他几天吧。况且那艘船沉了一次，闹不准会折的。”他苦涩地笑了一下，然后下意识地望了望黑洞洞的窗外，睡意全消了，一直到天际发白，他才睡下。

胡贤兵当上村主任后，找他办事的人日益多了起来，有时家里陆续不断有村里人出现。村主任的工作看起来简单，不外乎是一些人事纠纷，繁杂琐事，比如：打架斗殴、行窃偷抢、砍伐森林、破坏交通，甚至因为夫妻之间性生活不和谐而引发的纷争。

他整日忙碌奔波着，刚从村委会出来，镇政府的工作人员又下来检查计划生育，只得积极配合他们的工作，带着工作人员走乡串村，花了几个小时步行去岩沟里的几户农家。午时，他们马不停蹄地赶到了岩沟，那里的人都躲起来了，扑了一场空，又陪同他们一直守候了一个下午，那里的人还是没回家，他们悻悻而归。久而久之，村里憎恨他的人就多了，有时甚至用暴力报复他，但他们的行动都一次次失败了。于是又无端制造是非，造谣生事，一些在当地能解决的事情，经村委会调解，有些村民心里不服。一天，一个精瘦的矮个儿一拐一拐地进了胡家门，他留着难看的山羊胡须，头发十分凌乱，坐下后，就不停地向胡贤兵诉苦，但胡民压根不喜欢这种男人，也不知道为什么！

原来是一桩夫妻拌嘴之事，那个家伙不务正业，整日泡在麻将馆里，他的妻子十分恼火，争吵时他妻子用一把锋利的菜刀朝他大腿砍了一刀，在医院里缝了十来针，事后，矮个儿男人闹着要跟她离婚……从这些事件分析表明，引发事端的原因大致有两种：其一，不外乎是由贫穷而引发的唇舌之争；其二，性生活不协调而造成男女之间偷情。是的，男女的隐私在这一片穷乏且没有文化底蕴的土地上闹得沸沸扬扬，对于一桩桩既烦琐又严重的事情，得移交上级部门处理。

胡贤兵任村主任期间，雪山村发生了几桩荒诞、离奇的人命案。

有户姓汤的农家，在雪山村算是少有的异姓，汤家的儿子长大后，便与邻镇一位姑娘结成夫妻，男人老实憨厚，夫妻恩爱有加。一个深夜，丈夫从外面归来，突然得了一场病，久治不愈，后来有人说他是中邪了，得找法师来治治邪。家里人急了，便四处找法师驱邪，可一而再再而三地祈祷避邪，仍未奏效。从此以后，那位男人疯了，情绪时好时坏。

有一次，他睡在床上呻吟。原来，他怀疑他的媳妇跟别人有私情，不理睬他。入夜，趁她熟睡之际，竟手段残忍地将他妻子的一只手剁下，他父亲一怒之下，唤来村里人将他逮住，扔在一个黑洞洞的地窖里，地窖里堆着发臭的垃圾和瓦砾，还用一个大的盖子将地窖盖得严严的，也不供给他食物和水。他的姐姐闻讯，便偷偷给他送去饭菜和水，后来家人发现了，便制止了她的行为。从此，再也没人给他送食物和水。开始的几天，他拼命在地窖里挣扎和呐喊，一个留着两撇胡须的伙计在上面冷笑：“伙计，你想上来吗？可惜没门哩！”他乞求道：“伙计，行行好，救救我吧！”“我救不了你，不久阎王会来救你的。”翘胡须咚的一声响将盖子重新盖上。

个礼拜后，那个家伙死了。应该是饿死的，死得很可怜，一副凄凄惨惨的模样，一条青蛇蜷缩在他的尸体上，浑身红肿异常，像是让青蛇咬死的。他双目圆瞪着，嘴里衔着一片碎瓦砾，他爹的心凉了，眼泪汹涌而出，后来就把地窖填些土埋上。

第四章　遥远的陌生人（上）

胡贤兵应该是死于自杀，锁着抽屉的那把锈迹斑斑的锁被打开了，抽屉里没有什么像样的东西，仅有几根女人的头发和一只银灰色的手镯，这都是些女人的东西，难道是他生前女人的东西？为什么会藏得如此谨慎。从抽屉里找到了一些皱巴巴的借条，这些都是他生前所欠的债务，所借他人财物高达三十万元。

在胡民的记忆里，他曾跟人合伙做过木材生意。合作伙伴是一个操外地口音的中年男人，那人很清瘦，一双细眼，个儿一米八左右，由于个儿太高，走路时背略有些驼，头发时常看上去很凌乱，一副颓废的模样，但人倒有些精明，否则，他的父亲也不会轻易地掉进他的陷阱里。

那年夏天似乎比以往都热，几乎没有一丝凉风，一股股热气直往人们心头冒。在村委会的楼上，他正与村书记、会计商量如何修筑河堤之事。忽然楼下来了一个男人，他满头大汗地向一个正在门口玩耍的小妹妹打探着：“小姑娘，这是雪山村吗？”姑娘瓷着眼朝着他点点头，她问他：“您从哪里来？”

“我是个过路人，来自一个遥远的地方，或许说了你也不知道，因天气酷热想讨口水喝。”

姑娘露出一排白净的牙齿笑着说：“想喝水吗？你从这里右拐角径直往前

走大概六十米，然后看见一棵大槐树，槐树的斜对面有一口井，自从我出世懂事起，这口井从未干枯过，你能喝多少就有多少！就算有十头水牛也未必能喝干。”

“你这丫头也会损人哩！”姑娘笑了笑低下了头。

那人抹了一把汗，甩了甩手，像要把他手上的汗滴甩掉似的。他微笑着说：“你能告诉我有关神水的由来吗？”

“行啊，其实我也不知道多少，因为我出生时，这口井已经修了许多年了。”他笑了笑说：“这还真有些意思。谢谢你！亲爱的小朋友，上天会保佑你平安无事，因为你是个好人，好人应该平安幸福啊！”

姑娘的脸立刻涨红了，红得似血一般，然后笑了笑跑开了。他纳闷：“喂，你还没告诉我哩！”但小姑娘再也不回头看他一眼。

忽然，胡贤兵已经笑眯眯地站在那人面前。从那时起，胡民才知道父亲的为人洒脱、豪爽，算是个真正的男人。他说：“兄弟，口渴吗？若不嫌弃的话，先随我去楼上小憩一阵，喝杯凉茶解解热。”

“谢谢！”那人跟随他上了楼，刚坐定，那人给在座的每人发了一根烟，烟是很名贵的那种，从而表明他的身份特殊，然后才把皮包撂在桌子上。经介绍，那人是位经营木材生意的老板，江苏无锡人，因此对这里的情况也略知一二，媳妇也是在这里谈上的，算起来也是半个这里人。

“还在我们这里生活吗？”有人问道。他回答说五年前他带着家人回到了江苏无锡，毕竟那里是他出生的地方，很熟悉，也非常热爱，甚至一辈子也无法忘记。

一会儿，胡贤兵已经给他端来一杯水：“喝吧！”这就是所谓的“神水”，刚从井里灌满了一瓶，喝后有种甘甜、清爽、透彻心扉的感觉，真让人心旷神怡。

他接过那杯水，感激地说：“谢谢你！”然后仰头猛啜了一口，心里顿觉有股凉意，沁透了全身，疲劳和酷热全都散了，他不禁感慨：“真是好水啊！”

在一旁的村书记说：“好山好水好人喝！”

“你们可以告诉我有关这口井的来历吗？”

“当然可以。”胡贤兵一本正经地说，“我给你讲个故事吧！故事简单而平凡，但很值得回味。”他侃侃而谈起来：在他还是孩子的时候，整天赤着脚，拖着鼻涕四处乞讨。因为到处都在闹饥荒，在那青黄不接的季节里，咱们这里闹了一场百年难遇的旱灾。长达半年时间滴雨不下，地上寸草不生，种下的庄稼冒不起芽便枯干死在地里，连河堤里的水也枯干见底，鱼儿蹦跳上了岸，白花花一片死在炙热的沙滩上，于是村民们的饮水成了生活中的一大难题。

水乃生命之源，离开它，人们就无法生存和生活，人们便四处掘水，可都一无所获，在那段时间里，村民们几乎都在痛苦和绝望中苦苦挣扎着。

不久后，村里有噩耗传出，几位老人和小孩在这场灾难中相继死去，他们不是病死的，应该都是渴死的，因为他们死的时候都趴在地上吸着一丝潮气，嘴张得很大，嘴唇失色，人形大变，完全不同于他们生前的模样了。但在我们这代人的身上，几乎没有多少人遇上如此残酷无情的旱灾，多是经历过无情的水灾，他们劳碌奔波一辈子，没有吃顿好饭，过着饥寒交迫的日子，不是饱死的，却是在旱灾中渴死的，真的不值啊！

政府也慌了，立即下达有关掘水的重要文件，甚至不惜任何代价。

灵山县虽然地域不太大，但人口稠密，四处都在闹着旱灾，还有由这场旱灾所引发的各种传染疾病。

在那些日子里，人们几乎绝望了，他们的目光里充满焦灼和恐怖，一双枯瘦、发黄的双眼在四处贪婪地搜索着。

他们的生活要求很低，仅仅是为了维持生命某种状态生存下来，于是村民们在村里设祭向天祈祷，接连好些日子，根本没有下雨的迹象。天依旧晴朗着，骄阳似火，难熬的热气在肆无忌惮地舔着整片大地，四处呈现一片荒芜的景象。但是，村民们还是拼命挣扎着，寻找着，就不相信找不到水源，最后，一个村民在一处低洼地里偶然发现一处水源，并且水势极大，村民们高兴得跳了起来。

村民们有救了，于是村里一片喧闹，锣鼓齐鸣，大伙都认为这是苍天所赐，拯救万民于水深火热之中，于是村民们共同集资修了这口井，并在井的石碑上雕刻几行字：

苍天所赐，拯救万民。

饮水思源，造福子孙。

从此，人们称它为“神水”，并在民间久远流传开了。

不知不觉，胡贤兵和那人相互熟悉了，他们之间没有隔阂，没有区域差异，像一位久别的朋友再次相逢。

他们相互感慨和激动，由于他热情好客，胡贤兵把他请到家里去，并要胡民唤他叔叔，他甜甜地叫了几声叔叔，那人满脸笑容地从衣袋里掏出水果糖塞给他，又用有着余温的双手抚摸着他的脸蛋。酒一直在喝着，从傍晚一直喝到子夜，胡贤兵跟他都没有醉，胡民才知道大人们的酒量大得十分惊人。那人对他父亲说，一生中难得有几位“臭味相投”的朋友。朋友之间应该是没有压力和距离的，他说，他正在经营一笔大生意，订单已经接下来了，只愁人手紧缺，叫他不如同他合伙做生意，等赚了钱再平分。

他又说，虽然暂时在资金上不存在困难，但作为一个合伙人，也就是一个小老板，手边总得预备着一定数额的备用金。

胡贤兵说他以前也做过生意，曾经贩卖东汉年间的陶瓷、陶罐，是一桩违法生意，害怕有一天蹲监狱就洗手上岸了。那人收敛住脸上的微笑，说：“兄弟，做任何事情不能半途而废，否则，人生永远没有希望。”

宁静的午后，那个自称姓李的老板——李子明回到镇上一家较好的旅馆里，美美地睡了一宿。

第五章　遥远的陌生人（下）

次日清早，李子明独自一人沿着河堤散步，约一个小时后才进了镇上一家早点店，匆匆吃过早点，依旧单独沿着河堤散步，真让人纳闷费解。一个正在河堤边垂钓的老人惊讶地说："看你挺眼熟的，刚才已经来过了，一定有什么心结吧？"

他笑了笑说："镇上太冷清。"

"这么说，你是刚从外地来的。"

"不错，我来自江苏，媳妇是这里人，她家住在县南柳堤巷34号。"

"34号？"老人有点惊讶地问道。

"对呀！没错的，是34号。"

"因为编号就在一进门的上方，我媳妇家正对面是一个卖性保健品的风骚女人，听说那个女人刚离婚不久，心里多多少少有些失落和寂寞，她呀！我比你更清楚她的经历。她丈夫在交警队工作，一年前认识了一个漂亮女人，男人的天性就是喜新厌旧，好像一双鞋穿久了就将它扔了，更何况她已经是半老徐娘了。"

"我不明白乡下条件环境差，还卖什么性保健，许多人看见那些玩意就反胃。"

老人傲慢地说："哟，也是个城里人。"

“不，也谈不上啥城里人，咱那地方是一望无际的平原。”

老人皱皱鼻头，额前即刻现出许多皱纹来，平原！难怪总遭洪水、台风袭击，洪水一来，又将闹得许多人家妻离子散，家破人亡，咱这里就算黄河决堤也平安无事。

李子明每次来到胡家，手里总是拎着许多好吃的东西，又总是抚摸着胡民的头，不停地往他手里塞糖果，可他贪吃，有时吃地舌头起水泡，他的母亲就狠狠地训斥他一顿，他躲在门角落委屈地哭了，哭得很伤心。胡母也不来拉他，劝他，他的父亲却伸出双手替他揩去脸上的泪水，还劝着说，民儿是不会哭的，一个男人又怎么随随便便地掉泪水呢？胡民心里有些羞愧了，果真不哭了，但他站在那里发呆，母亲只得将他拉进屋里去。

过了一段日子，胡贤兵开始变了，他心里总有一股挡不住的冲动，他确确实实让李子明的一番肺腑之言感动了。那种感动是一种诱惑，是一种丧失理智的诱惑，几乎财迷心窍了。他曾经贩卖陶罐，但后来失败了，因为那是一桩违法生意。如今，有一条路让他选择，他却犹豫为难了，就像人生的三岔口一样，路人总会有迷失方向的可能，未来是否是一条康庄大道，谁也说不明白。但是，做事情畏畏缩缩，又将一事无成。

那次，李子明又来到胡家，腋下夹着胀鼓鼓的皮包，里面装着一沓一沓的人民币。那天，胡家围了许多村里人，有大人、小孩，还有牙齿都快掉光的老太太，他们都是得知喜讯后，来瞧这位从城里来的贵人的。胡贤兵显然也很高兴，掏出香烟给众人发了一圈，又给孩子们抓糖果。雪山村的村民们这下彻底相信了，连胡贤贵也眼红心妒并怂恿他大干一番。是的，要征服一个人，得先征服他（她）的心。一个村民说：“李老板带如此多的钱来，难道不怕遭抢劫吗？”

他笑了笑说：“收购木材，中途许多关口会卡壳，一定得用票子打发打发。”

在李子明的鼓励下，胡贤兵便四处托人凑钱，他的想法是做正当的木材生意，该是有利可盈，自己出资经营，也称得上堂堂正正的老板。何况李子明在江苏有个大型木材市场，一切都由他操纵。

对于这桩事情，胡贤兵的妻子一而再再而三地劝他，一定要慎重行事，他不但不高兴，反而睁大眼吼道："你们女人就知道整天骂骂咧咧，吵吵闹闹！"为此事，他足有十天左右不理睬她，整日阴沉着一张脸，她却不以为然，认为夫妻间拌嘴是常有的事，吵过闹过一阵风似的过去，谁也没有憎恨谁，总之，他也是为了这个家着想。

事情进展非常顺利，几乎没有任何阻力和挫折。不出一个礼拜，他跟李子明在雪山村附近一带所收购的木材足足装满了一大货车，直至子夜时分，他们浩浩荡荡出发了。胡贤兵也随李子明去了一趟江苏，但是，在路途中遇上了一些麻烦，每一道检查站都由李子明交涉应酬，但每道检查站的工作人员似乎对他都非常熟悉。胡贤兵不得不佩服李子明的交际手腕。他们一路兼程到达无锡，李子明安排他住在一家上档次的宾馆，跟他说："你先在宾馆里住着，我出去办些事就回来。"可他一去半日不见踪影，胡贤兵心头发慌了，又忐忑不安地住了一宿。

次日清早，依旧不见李子明的影子，他又拨通李子明的电话，电话嘟嘟响着却没人接听，他才明白已经让那个家伙骗了。他心里十分懊悔，因为他千方百计凑够了五万块钱，轻易就让那个无耻的家伙骗走了，于是找到当地派出所报案，经调查，李子明是个化名，当地并无此人。

让胡贤兵想不明白的是，那个家伙为什么偏对他设下一场骗局。报复还是泄恨？他一直在脑海中回忆起许许多多的人和事。

其实，他的自杀确实跟那件事有着一定的联系，那件事对他的伤害极大，创伤极深，并一直影响着他的情绪。那段时间，他郁郁寡欢，很少出门，喜欢把一个人关在家中抽烟，一支接一支地抽，满屋子弥散着呛人的烟味。她劝他说："你别难过，事情都过去了，一个女人能忘掉这些事情，难道一个男人还有什么撂不下吗？"他骂道："有朝一日让我撞着，非把他碎尸万段。"她温柔地说："如果闷得慌，就把藏在心中的烦恼抖出来，心里就不会生气了，适当出门透透气，散散心。"的确，他的消极生活应该是从那时候开始的，所以才进一步加速他的死亡。

但她认为，胡贤兵生前应该有着其他的女人，在紧锁的抽屉里留着几束女人的头发和灰色手镯，两件东西又表明什么？难道是他的母亲生前留下来的遗物，应该没有这种可能性。他的生命中是有着另外一个女人，那个女人并不爱他，后来嫁给了一个邻县的有钱人，但不到一年时间那个女人得了一场疾病便死了。

第六章　似水年华

黑夜徐徐褪尽，天已经微亮了，四处一片灰白，远处的群峰还裹在浓烈的云霭中，从一片密林的树梢上传来一阵麻雀的欢叫声，打破了这片土地的寂静，密林下端住着百来户人家，门前流淌着一条清澈见底的小溪，与美丽的亚里湾河畔遥遥相望，鱼儿在溪中翻着筋斗，不时吐着气泡若隐若现，门前那条并不宽敞的官道，却似一条巨蟒在晨曦中蜿蜒伸向远方，一直瞧不见尽头。

官道沿着河流东去，它伴随着黑夜的寂寞渐渐地喧闹起来了。

此时，胡母已经起床了。自从胡贤兵死后，家里的一切都由她承担着，还供胡民上学。对此事，胡民深深愧疚和自责。她满脸黄瘦，眼角皱纹横生，她用手撩了撩睡乱的头发，然后轻缓地用一把黄色的木梳在头顶上梳着，似乎又在思考着什么！眨眼间，岁月在无情地穿梭。的确，她经历着人世间的变故和灾难。

片刻，她停下来用手取下挂在木梳间的几撮细碎的头发，默默地凝视了许久，她的头发在无情的岁月中无声地增白和脱落。

梳好后，她用一支看起来并不昂贵的发簪，把头发拴好，回到床前躬身将被褥折叠整齐，屋里倒是很洁净，几乎一尘不染，但摆设的东西却非常简陋，唯一能值点钱的财产是那张临窗而靠的红木桌子。桌子是由上等木料制造的，款式有些新潮，是胡贤兵花了四十块钱从湖南买回来的，也是他生前遗留下来的唯一财产。

但是，胡民漫长的四年大学生活让胡家一贫如洗，她时常为生计发愁，有时竟躲在房间里偷偷抹着眼泪，一次又一次。有时来了收破烂的小贩，她也会将家里稍值钱的书本以及破铜烂铁卖给收破烂的小贩们。

为此，胡民絮叨不断，心里有些不高兴，她为此事有些惭愧，脸上明显有了难堪和不安，后来觉得自己是愧对她，因为她确实是个很可怜的女人，更需要别人的同情与关怀。作为她的儿子，就得更需要理解她了。

天一亮，她开始在家里忙碌开了，村庄里一开始还一片宁静，接着就有各种喧闹声响起来了，远处，一只雄鸡在撕裂般地尖叫，一遍接一遍。

原来，她一直在为胡民的工作之事操劳，越是这样，胡民越发感到自己如此软弱无能。人需要坚强，特别是男人更需要这样。她告诉胡民说，周冰荡待人很热情，但他最近生意不景气，前阵子去广东购一批服装，遭人骗了。“他能言善辩，别人咋骗得了他哩！‘人失足，马失蹄’，谁都有失误之时，何况又不是圣人。”胡母明显为周冰荡遭骗之事表示担忧。在动荡不安的日子里，遭骗现象无处不在，为了给予母亲精神上的安慰，他紧紧握住母亲的手说：“这件事让我去跟冰荡哥谈谈，听欣姐说，近年来由他管辖，管得特别紧，他不沾烟酒，谁知道因小失大。可是欣姐那性子，生性豪爽，颇有男人的风范。更喜欢挥霍，赶时尚，买的满柜时尚名牌，穿一两次后就喜新厌旧了，于是送给了关系比较融洽的隔壁邻居。”娘说：“她是在超前消费，仅她身上的饰物就贵得离谱，周冰荡常为此事与她闹别扭，她也不甘示弱，就拿他遭骗的事封他的嘴，咒骂他长了一副猪脑袋，像是死了半截似的。为此，他们划清界限，分管分明对钱之事互不干涉，如此折腾下去，一个幸福美满的家庭会闹得不和睦，正因为这样，应该去劝劝那闺女，免得别人笑话咱们胡家养的女娃缺乏教养，不懂礼仪。”她穿了一件湖绿色的短衫，短衫已经洗涤得褪了颜色，一片灰白。启程时，这位典型的农村妇女反而变得十分忸怩了。她又回屋里徘徊许久，时而躬身弄了弄鞋，拍了拍身子，的确，心里在发慌，以前随胡贤兵去了几趟武汉，有次竟差点走失了。如今县城变化大，四处高楼林立，道路纵横交错。在一个农村妇女的眼中永远充满着迷失和仓皇。

春初，清风拂面，大地开始复苏。春天悄然无声地来了，它的脚步近了。大地一片翠绿，四处充满生机，漫山遍野的花儿将这个世界点缀得一片鲜艳。漫长的公路上人流稀疏，偶尔有几辆汽车驶过，空气中弥散着发呕的油味。太阳挂在天边，红灿灿一片。

童年的一幕再次浮现在胡民的眼前，在他的脑海中一晃而过，他为那晚的月色而忧伤，也为凡世间的爱而痛苦。那是一个皓月当空的晚上，胡家突然来了一个陌生的女人，她一进门，就热忱满怀地跟他的父母招呼着。但妇人的脸上充满着一股邪气，明显带着一种企图来的，她向他的父母道明来意后，胡贤兵脸上十分不安。她说：“这事你们得考虑清楚，免得以后后悔，毕竟是你们的骨肉，流着你们的血液。”胡民顿时吓哭了，那时他年纪小，也不知道“骨肉”二字意味着什么！只发现母亲蹲在一边哭，并且泪流满面的。那个女人见胡民哭了，就不停地给他抓糖果，孩子时偏爱吃，嘴里嚼着好吃的东西就什么恐惧都没了，她还笑眯眯地从一个布包里取出一块钱塞给他，他拒绝了她的好意。她还告诉他们一家人，她年轻时在天安门见过中央领导人，跟他们亲切握过手，她说她曾经是文工团的演员，机会好时是能见到中央首脑人物的，她的话让他们一家人半信半疑。妇人接着说：“待胡民长大后，一定要带去北京玩，看广阔无垠的万里长城，在那里没有民族歧视。”她要胡民唤她婶子，他没有叫，只是用眼睛瞪着她，她脸上笑得很诡异，眼神阴森森一片，像潜伏在黑暗中的猫头鹰，但她还是走过来抚摸着他的脸说：“妹子，这孩子真乖，咱就当他干娘吧！”胡母一边抹泪水，一边痴痴地笑着：“珠姐，孩子长得单薄，怕你嫌他哩！”

“哟，我的好妹子，不是在折煞我这张老脸吗？咱疼还来不及呐！”

“两个孩子都还没断奶，真有些舍不得。”

“怕什么，那家主人是个当官的，有权有势，闹不准往后也是白替你养着。”然后她歪着脑袋凑近胡母一阵耳语，手里在不停地比画什么。“实话告诉你们吧，如果能得到一个男娃娃，他们愿意出高价钱。”

胡母说：“多少？”

“一万块。他们得要卖身契和孩子的生辰八字，免得以后后悔。可惜我命苦，几个孩子接二连三地死了，男人悲伤过度，也得了疾病死了，后来改嫁去了北方，跟那个男人生活了一年多，北方生活始终不习惯，于是趁机又溜了回来。”妇人用手揉了揉了那对奶子，“妹子，咱或许又怀上了，不知是男娃还是女娃，全凭命撞了，这段时间奶涨得厉害，像针扎一样。”她说着，竟当着他们一家人的面掀开了衣服，用手挤她的奶，果不然，奶汁如注，并无声淌落在地上。不知过了多久，胡民却吮吸着那个妇人的奶睡了。那一夜，他睡得很沉，一直到天空一片鱼白，隐约中听到屋里一阵抽泣声，他睁开双眼，看见母亲坐在窗前抹眼泪，父亲却不知去向。后来她走过来慢慢俯下头，在胡民的脸颊上亲了几口，他发觉脸上一阵冰凉，那是母亲掉下来的泪水，大滴大滴。她哭着告诉他：“你的妹妹让昨晚来的那个妇人抱走了，妇人原本喜欢你，可是我们舍不得……”

自始至终，妹妹还是来不及认清自己的父母，便让那个嘴滑的妇人抱走了，其实，这件事跟他的父亲有着极大的联系，正因为他的生活消极，才会闹出如此悲惨的结局。

第七章　爱如水（上）

午时，胡民径直来到五阳街二十九号的那幢楼，楼道口阴暗潮湿，堆满着发臭的垃圾，黑洞洞的看不见任何东西，远远就闻到一股股让人发呕的气味。

在这种环境中，着实会让人心理失衡，心中会莫名地增加恐惧感，担忧着突然从上面掉下一块砖头或者铁器之类的东西砸在头上。整个楼道没有任何声响，二楼亮着灯，灯光下，一只硕大的老鼠从三楼的台阶上蹿下来，叽吱叽吱锐叫着狼狈而逃。

爬上三楼站定，喘口气，右侧的一间房里突然有了响动，忽然门一开，走出一个瘦如干柴的妇人来，凄淡的灯光下闪着一张似瓜皮的脸，头发凌乱不堪，她看见来了陌生人，就瞪着一双血红小眼望着他。胡民疑惑遇上鬼了，马上惊讶地问："你究竟是人还是鬼？"她那木讷的表情顿时蒙上一层雪霜。凶狠地说："你娘才是鬼哩！"说毕，她猛地扭转身进屋去了。经打听，周冰荡的家早搬走了。他失望地下至二楼，在二楼又听到刚才那个妇人在不停地傻笑，紧接着一阵喃喃自语，然后一阵玻璃破碎的声音，走下了那段黑暗的楼梯，他心中不是滋味。

难以想象，偌大的一幢楼里就住着几户人家，他们几乎没有任何往来，处事待人十分冷淡，眼神中甚至充满着敌意，刚欲走出楼梯口，忽然又从左侧的一间房间里走出一个老者来，并拦住他问道："小伙子，身上有钱吗？那个小女人嫌我年纪大，开价可真高。”胡民望过去，只见一个穿着短裙的年轻姑娘靠在大门口，嘴唇涂得红艳艳一片，一双白嫩的大腿露在外面，她用手扇着嘴边的空气说：“兄弟，有空吗？进来坐坐吧！陪我聊聊天。那个该死的老家伙当我是妓女。一进门，他就动手动脚，想占我便宜，何况身上又没钱。”老者尴尬地说：“这是恶人先告状。小伙子，别上她的当，她在讹钱。”她用满口四川话骂道：“你说过锤子，哪个讹你钱了，你这老不死的家伙。”老者十分尴尬地低下头不作声，然后沮丧地走了。

“姑娘，你们究竟怎么回事？”她突然跑过来将他抱住往房里推，“兄弟，先进去再告诉你吧！”胡民就这样莫名其妙让她推到了屋里，电视在响着，屏幕上现着满是雪花点的图像，剧情中的男主角的脑袋从上端扭曲到下端，极像一个小丑角色。她砰的一声将门关死，却请求道：“兄弟，你替我修修。适才那个老家伙说是维修电视的专业户，还卖关子让我给他快活快活，我就调侃着问他身上有多少钱！可他是个穷光蛋，简直是一无所有。要当婊子也得当个高级婊子，更何况我自己也是一位心理医生！”

胡民不屑道：“你是个心理医生？倒看你像个疯子，一定患有精神分裂症。因为一名合格的心理医生，他们的心态一般来说都是健康的，不会有像你这种反常的现象。”“不信就算了，你可以走了。”他站起身刚要往外走，她又将他扯住：“下次还会来看我吗？我很寂寞无助，我确实是一位心理医生，医得了别人却医不了自己，也不知上辈子究竟做错了什么事情。”胡民转身向她默默点点头，她给他个微笑，然后自己怅然地走出那幢楼，忐忑不安地走进一家电话亭给姐姐胡欣打电话。电话结束后，一出电话亭，突然发现一位姑娘站在他眼前对着他微笑。她长着一双澄澈、明亮的大眼，面似白玉，高隆的鼻梁，一张樱桃嘴，嘴唇上沾有女人特有的妩媚，她是胡民大学时期的同学，名叫吴如柔。她人跟她的名字一样温柔可爱，有着倾城之美。

那年夏天，胡民跟她一同考入西安的一所财经大学，并在异乡度过了漫长而又充满青春气息的大学生活，他们两情缱绻，相互倾慕，他们的爱就像水晶一样，坚韧又脆弱，又像穿梭在荷花里的鱼儿，当荷花败落时，鱼儿还能带给你一串清新的气息。但他们的恋爱却遭到父母的强烈反对，也不知道为什么？

虽然吴如柔心有所属，爱有所归，对一个女孩而言，她心里会莫名地产生一种恐惧感。这种恐惧多半来源她父母对她的压力。

她有事先走了，红着脸向胡民告别。她离开的时候天已近黄昏，五阳河畔上金光闪闪，像美丽的红莲一样鲜艳逼人。

按照姐姐在电话中所说的地址寻去，穿过几条街，越过刚改建的政府路，然后随着一条小巷拐进住宅小区。胡欣已经立在住宅区门口望着他微笑，不可思议的是她身体开始发胖，白皙的颈脖上还戴着含金量极高的项链。此时，从二楼的窗口正有个妇人探出头催促她，她就说你们先歇着。

“欣姐，她们催你有什么事吗？”

“甭管她，一帮不务正业的家伙。我担心你找不到这里，于是每隔一阵子下楼来，来来回回许多次，却总瞧不见你的人影儿。”

“适才我寻到五阳街二十九号那幢楼，里面住的是一个疯子，是位可怜巴巴的女人。”

胡欣笑着说：“那个女人也够可怜，几年前随丈夫从河南来到县城开五金店，正当生意火红的时候，女人却得了一场病，久治不愈，这个时候男人却有了外遇，对她置之不理，一年后便成那副模样啦！原本那幢楼住着好几户人家，因为都对她产生一种恐惧心理，于是接二连三地搬走了！”

“噢！原来她的丈夫是个负心郎，一个没人性的家伙。如此折腾下去，她迟早会折磨死去。”

胡欣说自己一家人搬进住宅区约二个月了。从前随周冰荡租了一家店面经营服装生意，赚些钱干脆买了一栋房。上了二楼，屋里聚了几个妇人，她们都等得懒洋洋的，一个个都显得高贵气派。她们在客厅里不耐烦地嚷道：“天哪，一去就是半天，生儿子也不用这么久，咱们都发急了。”

胡欣笑着斥责道：“你可积点口德，你看谁来啦！”“哟。”妇人们眯着眼笑，“你是主，咱们是客，你还未尽到地主之谊。”一个珠光宝气的妇人朝胡民打量了几眼，目光和善亲切，“稀客！稀客！随便捡个地方坐。”胡民笑了笑刚要解释，另一个坐在沙发上的妇人扑哧地笑，笑得很神秘，“我的好姐姐，他是胡欣的弟弟，刚大学毕业，一个标准的文化人。”她便问胡民是哪所大学毕业？学啥专业？她也有一个妹妹就读于复旦大学，学文秘，或许以后能成为一名女作家。胡民惊讶地说：“作家？卫慧当年也就读于上海复旦大学，属于新生代女作家，并且还号称美女作家，如今出了韩寒、郭敬明这一大批青春偶像派作家呐！”

“你们文化人说文坛，咱们可不懂啊！文化人最讨厌贪赌，看来咱们还是散伙吧。”

一个人说：“你真滑头，赢了老娘的钱就撒牌不干，咋不让咱们赔上血本。”她们起身欲走，胡欣深情挽留，几个妇人说，不啦！并叮咛胡欣，有空时别闷在家里，否则会憋出病。

胡欣笑着说：“一定，一定，我还要减肥呢！”妇人们走后，胡欣从袋子里取出水果洗净，递一个给胡民。“她们都吃过了，是中午你冰荡哥买回来的，后来他有事出去了。”

胡欣问了一些家长里短，他一一应答了。对于工作之事，周冰荡可急愁不安，午时可能动身去一趟省城了，那上面有些熟人，这世道，谋一份称心如意的工作难啊！胡欣说。如今像她一样下海当一名失败的弄潮儿，比当一个成功的弄潮儿更难，当然需要时间和精力，并坦言说至于钱财方面，请他不用担忧，待事情办得有些谱儿的时候，还得由金钱铺路，咱们都是圈外人，平民百姓，不懂为官之道，但官场始终是官场，说穿了，就是权势在诱惑人们的灵魂，它像一条绳子紧紧地套住你的颈脖，让人无法动弹。

胡欣又说，人嘛，总得有所追求，否则，就像她一样一辈子过得碌碌无为。

他笑了，胡欣也笑了，她似乎有些遗憾，再也没有说任何话，只是微笑地望着窗外。胡欣曾经干过几种职业，教师、美容师、服装设计师，但对服装的热爱胜过一切，在服装行业也做出过让人认可的成绩来，并在一次国内服装展览会上获过奖，不得不让人刮目相看。

清早，胡欣会将她的儿子伦伦送到离她家最近的金钥匙幼儿园去，然后去菜场买些菜回来，几个塑料袋里总是塞得满满的。上楼后，她便从袋里取出些新鲜的肉和鱼往厨房柜里塞，一边对胡民说道：“你一定饿了吧！”胡民告诉她，要出门找一位朋友，也许不回来吃午饭了。胡欣说，那怎么行呢？菜都准备好了，不论如何，午饭时一定得回来，否则姐姐真的生你气了。他出去约两个小时便回来了。

第八章　爱如水（中）

下午四时，胡欣便去幼儿园接她的儿子回家，这是她每天必须做的事情，也是一位母亲对自己的子女一种高尚和无私的爱。的确，世界上任何一种爱都不能替代母爱。半个小时后，胡欣领着她的儿子欢快地回来了，一进门，伦伦就嚷道：“舅舅，我的好舅舅，您能抱抱我吗？”胡民将他的外甥搂在怀里，“伦伦，老师今天教你啥了？”他高兴地说。“今天跟女朋友玩得很开心，还扭着屁股跟她学跳舞。”胡欣在一旁满足地笑着。“伦伦有女朋友了，可别胡来哦，胡来的话就该打手板。”小伦伦便露出两排白而细碎的牙齿咯咯地笑。他笑得很纯真、可爱，一张幼嫩的脸上挂着清亮的笑容。他还洋洋得意地告诉他们，年轻、漂亮的女教师教他画鸟、画小桥流水、画山川河流，还扭着屁股教孩子们唱歌跳舞，他便脱了鞋，站在床上当场表演给他们看，胡欣制止他别疯了，他就下床对着他们扮鬼脸，屋里的气氛顿时活跃了起来，那孩子或许患了多动症，除了睡觉外，几乎都没闲着，有时胡欣很恼火，伸手给他一耳光，他哭了，哭得很伤心，像受了天大的委屈一般。

胡欣恐吓他再敢哭的话，就干脆将他轰出去送给打针的医生和肩驮口袋的流浪汉。一般来说，孩子最忌讳的是医生。伦伦果真停止了哭声，于是撒娇似的扭转身不理睬任何人。胡欣说：“小小年纪就有脾气了，若是宠坏了你，长大还认我这个娘吗？”那个下午，伦伦在床上蹦跳了许久，脸上还淌着汗滴，他也顾不了擦，乐而不倦地扭着屁股，半个屁股露在外面了，扭着扭着，一不小心，从床上摔了下来，摔在地板上，额前胀起一个疙瘩。他趴在地板上哭着不肯起来，胡欣鼓励他说，如果想成为一名坚强的小勇士，就别懒在地上不肯起来。可是他偏不起来，哭喊着要他爸和胡民：“舅舅，我想爸了，还是爸待我好。”“你爸待你好就去找他回来，就是你爸把你宠坏了。”伦伦跺着脚噘着嘴说：“不。”胡民真有些哭笑不得了。

胡欣告诉他，记得前些日子，周冰荡白天在外洽谈一桩生意，伦伦正好放假在家，但他死活不肯跟她在家，周冰荡回来时，一进门，伦伦跑过去拉住他的手，并在他爸面前奏她一本，说她在家经常打骂他。胡民心里又气又好笑，同时也有些受冷落，像一个让人抛弃的孩子一样。他始终不明白，在一个孩子眼中，他已经能够分辨父母待他的好坏了，家庭的砝码自然就倾向周冰荡那边。伦伦属于那种十分顽劣的孩子，不对他严厉是不行的，有一次日落了，玩得不肯回家，可将他们一家人急坏了，夫妇二人急得分头去街上寻找，找了许久也没找着，周冰荡急了，于是打电话叫几位朋友也在街上寻找伦伦，当他们在一家酒店门口发现他时，他刚好从酒店出来，他们叫住了他，他却赖着不肯回家了。

伦伦属兔，出生于一九九九年，出生后的第二天逢澳门回归，也不知道这意味着些什么？澳门顺利回归，它像失散多年的游子，重新投入母亲的怀抱里，胡欣夫妇打算给儿子取一个意味深长的名字，胡欣推敲了许久，又翻出字典来查，最后说：“就叫伦伦吧。”这名字也挺有意义。周冰荡称赞道：“名字确实不错，也不俗气。”伦伦这个名字就这样叫起来了。

周冰荡出门后，一连去了数日也不见人影，胡欣不解其意，但每次给他打电话，他的电话不是关机就是无法接通，胡欣心里发急了，一个大活人，怎么连一个电话也没打回来，难道出什么事了吗？她不敢再继续胡乱想下去，那时，她的心里莫名涌起一种不祥的感觉。于是又拨通周冰荡大哥的电话，许久没人接，她又重拨了一次，接通后，听见电话里一阵喧闹，也许是在街上，他告诉胡欣，冰荡还住在一家宾馆里，还有些事未办完，待办完事后他便回来，胡欣心头有些失落。自言自语说：“‘和尚赶道士’，他能办啥事？”

其实，每年金秋时节，周冰荡都会如期去成都探望他哥哥几次，并且已经成了一种惯例了。可是每次都将他安置在那家宾馆里，一切费用由他哥哥负责，兄弟俩面对面坐下来，由周冰荡将一年来整个家庭中所发生的事情，收入情况以及周母的健康状况原原本本向他阐述清楚。周亿掏出笔将弟弟所阐述的情况一字不漏地记录在本子上。最为关键的是周母的健康情况。周母偶尔去成都小憩，但总是住不到一个月便叨絮，心里闷得发慌，一定要在短时间里回乡下去，于是又匆匆离开成都，回到眷恋不舍的小县城。

周母那次在成都住下不到半个月，心里憋得不是滋味，埋怨道：闲不下来，不会享清福，对她而言，明显是在受罪了，与其经受这种折磨，不如早些脱离苦海。她趁周亿夫妇都在工作的时候，便溜出去偷偷给冰荡打电话，第一次拨通后，正遇上胡欣他们都不在家，小两口都在外忙些什么呀？心里越想越懊恼，禁不住落悲了，仿佛让亲人抛弃一样，于是就低头坐在电话前生闷气，忽然一个声音对他吼道：“大娘，你不打就让一下，我还要给朋友回电话呢！”抬眼看到的是一个中年人，留着两撇胡子，模样很凶，周母心里正恼着，回道：“你急啥？咱还没打好。”胡子吁了口气便离开了。

她又拨了冰荡的手机号码，通了后，她端起来听了一首悦耳动人的歌，忽然那头传来一位女人甜甜的笑声，笑声止后，那个女人说：“先生，请说话呀！”是不是想干那事，周母吓得电话掉在地上了。捡起电话后，粗鲁地骂道：“骚货，真不要脸啊！”她才知道打错了电话，付了钱，她怅然地回到那豪华气派而又让她清寂的家里。

次日清晨，周亿夫妇照往常一样都开车上班去了，她关好门，然后又出去给冰荡打电话，接通后，她埋怨说：“在成都住不习惯，四处都是闹哄哄的车声、人声，大街上遍地都是人群和车辆，却看不见一个熟人的影子，反而百般无聊。”周冰荡暗自埋怨母亲是个劳碌命，不会享福。周母在电话中说：“怪惦记伦伦的，你哥那个女儿温柔懂事，一放学就独自在书房里写作业。一天下来，反而弄得腰酸背痛，还不如在乡下做针线活儿。”

又是一个下午，周亿刚从局里回来，周母唠叨道：“既然冰荡来成都接我回去，我就打算随他回县城去了，虽然县城比不上成都繁华，但好歹也是我生活一辈子的乡土！”

周亿说：“妈，您忙啥！着实闷得慌，明天逢礼拜，我们带您去风景区散散心，解解闷。”周母却蛮横地说：“去外面玩总得破费，我一大把年纪了，还看什么风景，不去不去。清明节一眨眼就到了，也不要求你们替我做些什么，给予我些什么，但你们兄弟俩得为你父亲立一块较体面的碑墓，免得别人评头论足，说咱养儿子一个个都没出息啊！”

周亿爽朗地说：“没问题，一定照办就是。至于这件事我早跟冰荡谈妥了，并且钱也给了他，可他一拖再拖，没干出些事来。”

“周家仅出你这个芝麻小官，也该是前世积德，祖坟冒烟了，依我推断，冰荡的生意十成是折了，否则怎会连钱的影子也没瞧见。”

周亿平静地说：“折就折了吧，不就是几个钱漂在水里了！”

周母啧啧一阵叹息，心里十分惋惜。

突然一个妇人走进来，她个儿极高，长得十分漂亮，一双阴沉大眼，看上去有些凶悍和恐惧，她冷冷地说：“妈，您别急着回去，就住下来吧，如果现在回去，胡欣会说我们嫌你，更何况胡欣讨厌您回到他们身边去。”周母扫了她一眼说：“她才不讨厌我呢，在这里，我不习惯出门进屋都要脱鞋，手上沾了一丝灰尘也要洗手，吃苹果要削皮这些习惯。”

妇人斜了她一眼，眼中充满着蔑视：“您得替我们想想，我和周忆都忙于工作，也抽不出时间送您。”

“自己回去，一个人怕啥？不要送。”老太太倔强地说，“更何况冰荡他……”

妇人说：“冰荡也要来成都是吗？他隔三岔五地来成都，为啥事啊？是来找周亿的吧？”

“不知道，他又从来没跟我通过气。但这次是我打电话告诉他来成都接我，因为我害怕迷路……”

“人呢？”妇人打断老太太的话说。

周亿说话了：“你问这么多干吗？我来告诉你，他来成都购一批服装，行动不方便，住在宾馆里。”

妇人说：“既然冰荡也来成都，将妈接回乡下去住，这样也替我省些心。”

“你这女人……分明是下逐客令赶娘走。”

“哼，我怎么啦？金窝银窝，哪如自己的狗窝，妈惦乡下，想回去，都是早晚的事，你还能阻止她吗？况且，她住不住跟我有何干系？”说罢，气急败坏地走了。

妇人走后，老太太心头阵阵发酸，泪水差点快涌出来了，这一切对她而言，真的太陌生，太迷茫。

周亿也难以相信自己的妻子会说出如此不近人情的话来，她平常凶悍、刁钻，但在她父母面前却是一个孝顺的好女儿，也许是轻视乡下人的缘故吧，更何况还是个上年纪的老太太呢。在她离去的那瞬间，她的脸上仍然流露出矫情和不屑，对于一个从小生活在热烈都市的女人来说，她们固执的心里逐渐养成对人的轻视和倨傲，她渐渐走远了，也不知道去哪里。周亿就不停地安慰他的母亲，说：“妈，您别跟这种女人计较，她缺乏教养，堂堂的知识女性却像乡间村姑，她凭啥不尊重长辈，凭啥对长辈发脾气。”老太太战战兢兢地说：“你都看见了，她甩屁股走人，城里人不及乡下人热情。乡下人会干活，能吃苦耐劳，但赚不到钱，生活一辈子受人歧视。城里人生活条件优越，赚钱，赶时尚潮流，受人敬仰。怎么横看竖看，她就不及咱小媳妇胡欣来，比起胡欣还差一截呢。”

周亿低下头深深地吁了口气，分明还为适才的事懊恼着，他为妻子的冷落而反感，也为自己的不幸而愧疚。“妈，你知道吗？我这一辈子都生活在那个女人的阴影中，也不知道自己前世做错了什么，今世才经受这折磨。”在别人的眼中，他们的婚姻是那么美满幸福，并且一帆风顺，他却在这场表面很美满的婚姻中苦苦挣扎着，也是周冰荡每次来成都只能住在宾馆的真实原因。

老太太听儿子这么一说，内心十分不安，凉丝丝的心里产生一种愧疚来，她怕伤了儿子的心，然后说：“都怪我多嘴多舌，你也不用难过，我心里知道，冰荡时常来成都给你添了不少麻烦，但你们毕竟是亲兄弟，血肉相连的兄弟啊。”此刻，周亿清楚地发现母亲的脸上已经挂着一行行浑浊的泪水了，他扶着母亲坐下，并微笑地向她诉说一段平凡的往事。

第九章　爱如水（下）

往事却历历在目，一九八七年夏天，周亿刚从某部队转业在成都某外贸公司工作，由于他工作勤奋，所以日渐颇受上司青睐。

一次偶然的机会，周亿结识了老总的宝贝女儿爱英，那时间周亿二十出头，又生得白皮细肉，他们相识不久便擦出了爱情的火花。爱英看他也是体制内的，便答应了他。

爱情让他们难舍难分，于是俩人相爱不久便匆匆结了婚。原来，周亿迁就他的妻子，像在偿还一笔事业债，是的，做人永远不能忘本，得有一颗感恩的心，如果没有爱英父亲对他的栽培，或许周亿也没有今天的光明前途。

过不了多久，老太太又不断嘀咕应该及早回乡下去。周亿说：“妈，您甭急，冰荡还住在宾馆里，他明天午时过来接您。”

然而，都市的繁华并不让一个生活在农村一辈子的老太太产生任何向往和眷恋，反而让他心如针毡，坐立不安，于是周亿驱车去车站给母亲购买了回乡的火车票。

下午五点左右，周亿回来了，刚进屋，周冰荡便打来电话，老太太皱着眉头不解地问：“啥事，是正经事儿吗？”

“他那人不就这样，三天两头都忙着，倒没瞧出他有啥重要事情来。”周亿说，“是有关胡欣的弟弟工作的事情。那孩子大学毕业还没得到一份合适的工作。”

老太太忧忧地说：“有这码事？那孩子出生在家村，家境极差，他父亲去世早，仅靠他母亲含辛茹苦供他大学毕业。可一毕业，短时间内谋不到一份如意的工作，这社会错综复杂，就瞧他个人造化了。‘亲不过三辈’，你也管不了这些，千万别给自己添乱。”

周亿满怀信心地说：“县委书记是咱战友，也是生死之交的铁杆兄弟，找他帮忙，或许还有一丝生机，但千万别强人所难。”

礼拜天，老太太随着儿子踏上了回乡的火车，次日午时，母子俩人才风尘仆仆进了家门。老太太一进门，便飞快地唤着伦伦，伦伦听到是奶奶的声音，便飞快地从房里跑出来，并跑上前朝老太太满是皱纹的前额亲了一口，说：“奶奶，总算把您盼回来了，咱日夜都在惦记您！”小家伙围着她问长问短，又扮着鬼脸给大伙瞧，直乐得老太太捧腹大笑。

县政府公告很快张贴出来了，是有关国家公务员竞争上岗的公告。消息一传出，胡民急得像热锅上的蚂蚁，在那段时间里，他很少出门，一直在家紧锣密鼓地复习功课。一天下午，胡贤贵笑眯眯地来到他家里，一进门，他满脸笑容地说：“哟，民侄，恭喜你。”胡民也招呼着：“贵叔，什么风把您吹来了。”他调侃道：“春风嘛，春暖人间。”胡民笑了，他也露出满嘴黄牙傻乎乎地笑着。

“我刚从县城回来，一进门你婶子告诉我，说你高升了，因此来给你道个喜！”胡贤贵感慨道，“想当初常跟你父亲在一起的日子，他是那么年轻力壮，精力充沛，岁月有痕，如今他的骨头可敲鼓了，可他看不见这一天了！”

胡民斜他一眼，沉默了许久，他也不知道该对胡贤贵说些什么！

胡贤贵说：“民侄，恭喜你成为国家干部。从此，再也不用窝在这鸟不拉屎的穷山沟里，可以光宗耀祖，扬眉吐气了。”胡民十分纳闷，说：“贵叔，喜从何来啊？”

“噢，你还真蒙在鼓里吗？鼓都快敲破了，你是不知道还是装糊涂呢？”

“贵叔，咱没福分，想必是您看花了眼，瞧走样儿了。”

“你小子真自谦。”

胡民心里一直对他持有偏见，胡贤贵为人诡异，原本是一个善于将谎话说成真话的家伙，也是他惯用骗人的伎俩，当年他父亲也是受他唆弄才误入歧途，走上一条不归路。接着他啪嗒啪嗒地吸着旱烟，啐了满地的唾沫，然后低下头叹息了一阵，胡民安慰他说：“贵叔，您今天怎么了？有心事吗？”他干咳了一声，脖子扭了扭才说：“不提也罢，贵叔是个不如意的倒霉蛋，昨天一个夜晚弄得血本无归，活得真是失败。”

“您去赌钱了？”胡民惊恐地说。

他一脸沮丧，在那一瞬间里，胡民越发感觉他比以前苍老了许多，他的双眼微微发肿发红，右眼角还沾了一粒眼屎，他很难堪，也很狼狈，害了这种病，果真无药可治。他接着说：“你能借给我一百块钱吗？”胡民告诉他：“您先等着啊！”胡母在屋内那间房里做针线活儿，看见胡民一进去，就问是不是胡贤贵来了？

胡民说：“是的。他是来逼债的。”

他父亲生前确实由他担保借了五千块钱的债，直至他死后还未还清这笔债款。

胡母气得破口大骂：“好一个胡贤贵，讨厌的家伙，替子孙积福，不得了啦！胡家出赌鬼了。”于是胡母从房间走出来，胡贤贵早已坐立不安，她依旧满脸笑容地说：“贵叔，今天又咋了？一副懒洋洋的样子。”胡贤贵支支吾吾地搪塞着，是想说什么，但又没有说出来。“贵叔，我知道您开不了口，贤兵生前是欠您一笔债，咱为胡民大学毕业，将所有的财产都刨空了，穷得叮当响，您也是知道的，这样，我把这笔钱偿还给婶子，由她管着，岂不是两全其美吗？”

胡贤贵慌忙地说："嫂子，不啦！那个女人不识数，管不来钱的。几年前，她将几百块钱夹在旧书堆里，隔不了多久就忘了，后来遇上收破烂的小贩们，她把旧书堆贩卖掉，让收破烂的小贩发了一小笔横财。为此事，我们拌嘴吵架，她却闹得凶，她还贬我是个不称职的男人。我都默默地忍了，可近来他闹得更凶了，要跟我闹离婚呢。"

"你不负责那当然得闹喽！"胡母说。

"不说这个，越说心头就越恼。如今胡家出了第一个男大学生，在闭塞的雪山村算是一桩喜事，也是我们胡家最值得炫耀的事情，该是贤兵葬了块风水宝地。"胡贤贵用手拍了拍脑袋，好像在回忆些什么，"出葬前几天，是我陪着风水先生采的地。四面青山环绕，十分自然地形成虎跃蟠龙之势，意味着未来子孙富贵。但我又不懂什么地理，按先生吩咐唤来几个村民挖井，这一天真的盼来了。"

胡母笑得满脸皱纹："可惜贵叔的一番话哩！就算你说得应验，子孙显贵飞黄腾达。"

"我的好嫂子，你也真够倔，如今被咱言中，胡民是个有出息的孩子，终有一天会飞黄腾达，如果那天到来，可别把我忘得一干二净。"

胡母又笑了，说："我也盼望有那一天啊！"

胡贤贵似乎有些不耐烦了，站起来揉了揉腰，又扭了扭脖子，驱逐着浑身的疲惫和睡意，"嫂子，实不相瞒，前不久劳动时不慎扭伤了腰，开始不理睬，经几天折腾下来，还有些熬不住了，找一位草医治治，你给我想想办法凑一笔钱。"说罢，他的脸上露出一副痛楚不堪的样子，然后他诅咒这鬼天气真毒，庄稼在地里一片片的枯萎，这日子难挨啊。

胡母就问他庄稼是否长得茁壮？

"嫂子，不提也罢，庄稼年年歉收，秧苗闹虫灾，天灾人祸，待发现时已经晚了，尚有一大半秧苗让虫儿啃断在田里，枯死变黄漂浮在水面上。"胡母见他不见钱不走人，就回房间将多年来攒积下来的五千块钱还给他，并叮咛他将钱让胡民的婶子管着，胡贤贵收了钱，然后把大叠钞票在手中甩了几下，他的眼睛开始发亮，所有的疲惫和睡意一下子消失了，他又要他们母子俩给他出个主意，该是找中医还是西医效果好，他认为西医治标不治本，若是落下一身残疾，妻子和儿女该咋办呢？胡贤贵接着又寒暄了几句，然后偻着背趔趄地走了。

胡母看着他远去的背影，气愤地骂道："好一个胡贤贵，良心都让狗吃了，胡贤兵曾经待你不薄，他尸骨未寒，就翻脸不认人了。"

胡母一直为这事忧郁不欢，整日绷着脸不说话，胡民的心里特别难受，但又不敢轻易造次伤她的心。外面凉风阵阵吹起，门前那棵柏树沙沙地响，一阵接一阵，屋里却显得异常燥热，蚊子也多了起来，桌上已经摆好了几盘素菜，组成了对农家生活来说算是丰富的晚餐。他便去房里叫母亲出来吃饭。

深夜，胡民坐在孤灯下发愣了，回想起来心里头便开始发酸。的确，他愧对了他的母亲，因为这些年来，他一直依偎在她的怀里生活着。生活是如此的艰辛，家中的一切重担都压在她那脆弱的母亲身上，她举步艰难，几乎快虚弱得倒下了，可她一次次将困难和挫折都挺过去，同时，胡民感到自己太渺小，对他的母亲肃然起敬了，觉得她很伟大。但看见她那张日渐消瘦的脸时，觉得自己又像一位凶残绝情的杀手，在心狠手辣地剥着她的皮，剔着她的骨，胡民为自己的软弱而可耻。

一天清早， 胡民支支吾吾对他母亲说："妈，我想跟您说一件事好吗？"

她怔了怔，说："啥事？你说吧。"

"我想独立生活去外地谋生。"

她折转身呆呆地望着胡民，"疯了，一定是疯了。闯啥啊？"多少艰难日子都熬过了，在这关键的时刻，该得为胡家争口气，这也是众望所归之事。近年来，雪山村人丁疏散，涌入城市的劳动力极多，一些乳臭未干的孩子也跟着大人们背井离乡去外谋生，犹如壮士一去不复返。回乡时，乡音变了，人变魁梧了，胖了，瘦了，阔绰了，吝惜了，仅留下一些老妪、痴呆、残疾守家。乡亲们大多数缺乏文化知识，他们背井离乡尝够了不少苦头，经历了不少风雨，也挣不了多少钱。

胡母说："前天你婶子告诉我，虎子在福建遭人乱棒打死了，那边同乡打来电话要表叔去收尸，他却不肯去，虎子娘哭得死去活来，就算生时溺水死了。"

胡民心中一惊，为啥遭人打死？唉，那个孬种，活该！不就是专做些偷鸡摸狗之事，或许上天注定要客死异乡。

入夜，那是一个风静月明的夜晚，胡民却辗转难眠，心里像被无数利爪撕一样总压着一个沉重的问号，在那瞬间里，他又触景生情想到幼年失去的妹妹来。那个夜晚，夜一片漆黑，周围显得非常平静，平静的四周却潜伏着让人心痛的危机。对于这件事情，他一直牵挂着，甚至刻骨铭心，那也是他一生中难以忘却的一个夜晚，妇人夺走了他一生中唯一的妹妹，也夺走了他一生中最美好的童年时代，夺走了他所有的快乐和希望，他一生一世也无法忘记。

遗弃……痛心的遗弃。

从他妹妹被遗弃的那一天起，他的心灵深处注定要经历巨大的沧桑，并日日夜夜煎熬着他的心。随着岁月的增长，他才发现是贫穷的缘故。他的母亲是不会轻易告诉他这些的。他总是瞧见她偷偷地掉眼泪，他几乎每夜都在失眠，睡得恍恍惚惚，还不停地打鼾，她在她的房里不断地唠叨着。

第十章　云霞遮日（上）

胡民醒来时，已是云霞遮日，大地在寂静中还未醒来，已经披上一层薄薄的轻纱，如幻似梦。他动身去县城一趟，午时才进了胡欣的家，一落座，周冰荡忙着给他抓果献茶，对他说："近来在家忙甚？"胡民说："正忙于复习功课。但不知啥时候考试？"周冰荡说："我曾找过县委书记，他是浙江人，早年留过洋，能操一口流利的英文和西班牙语，是我哥的战友，曾到过他家几次，算是有些交情。"

人与人之间就那么回事，记得那天，风一阵清凉，浑身有一种说不出的舒畅，书记将周亿一些鲜为人知的故事娓娓道来，那是一个凄悲动人的故事。他几乎掉眼泪了，他为他们的不幸而忧伤。真的，这一切都是那么实在、逼真。周冰荡觉得自己十分渺小和自私，那段经历对周亿而言，或许自始至终都没忘过，在他一生中也抹不掉了。

对越自卫反击战那年，他跟周亿相继入伍，朋友之间最重要的是投缘，一种自贱的说法就是臭味相投吧，话不投机就拉倒。他跟周亿算是十分亲密的那种朋友，几乎没有任何间隔和冲突。

"在军营期间，我俩的关系十分融洽，一个漆黑得让人发怵的夜晚。突然接到上级下达的一个指示，那天夜里有一次紧急行动，我们一个班潜伏于敌军据点。子夜时分，一轮下弦月挂在天空，周围明亮而宁静，当我们心里有些失望的时候，忽然发现一个满身血迹的妇女跌跌绊绊地闯入我们的视线，在我们眼前昏倒了。等她醒来的时候，流血的伤口已经包扎好，她睁开眼睛惊讶地说：‘你们快撤吧，你们已经让越军的侦察兵发现了，我是豁着生命危险来告诉你们的。’我们当场一怔，这次行动几乎没人知道，难道有内奸？倘若真有内奸，那又是谁呢？”

“她说：‘坦白告诉你们，你们的行踪让人知道了，越军已经将这片密林包围了。谢谢你们救了我。’果不其然，前面的密林中传来阵阵呐喊声和枪声。‘你们快投降吧，你们已经让我军包围了。’顿时，枪声四起，由远而近，由小而大，在四周飘飘浮浮着。他大声吼道：‘班长，你们快撤吧，这里由我把敌人引开。’我说：‘要走一起走，要死我们也要死在一起。’最后，他用力推开我，我含泪掉头狠心走了，但跑不出多远，冷不防飞来一颗子弹击中了我的腿部，瞬息间，我眼前一黑便倒在泥泞的洼地里。待我苏醒过来的时候，他已经将我从泥泞的洼地中扶起来，并跪在我眼前呜呜地哭，他哭着告诉我，其余的同志都壮烈牺牲了，仅剩咱们两个，还处在敌军的包围之中。所幸敌军不知虚实，只顾胡乱往林中开枪，他的左脚受了伤，伤势并不十分严重，他却不顾一切背着我往前跑，两个小时后，我们终于突围了，到一处安全地带紧紧地拥抱在一起失声痛哭，痛哭俩人苟且偷生地活下来，痛哭壮烈牺牲的同志们的悲惨命运。天未亮，那片密林让敌军烧毁了，火光一直腾在半空中久久不灭。原来那个女人是敌军的奸细，他咬牙切齿地骂道：‘让我去把那个女人碎尸万段解咱们的心头之恨。’‘兄弟，算了吧！是我们太轻易就相信一个人。’我制止了他的愤怒，站在一旁许久没说话，眼泪却汹涌而出。”

周冰荡打岔道：“书记，那人是谁啊？果真是一条汉子。”

书记避而不答道：“你猜呢？”

“我猜不出来，书记的意思是滴水之恩，必涌泉相报。”

刘书记干咳了几声，扬了扬眉头说：“让我告诉你吧！他就是你哥哥周亿。”

周冰荡万万也料不到自己的哥哥有着这一段可歌可泣的人生经历，这也是周家最值得骄傲而自豪的事情。其实从周冰荡懂事那一天起，他就知道哥哥是一位让人敬仰的军人。他母亲总是告诉他，周亿的童年生活几乎充满传奇色彩，他八岁开始写诗，写小说，但他的母亲不识几个字，也看不懂诗和小说，便骂他不用功读书，如果按这样继续下去，不如辍学在家干些家务，还抵半个劳动力使唤。周亿十岁那年，他已经写了长达十八万字的长篇小说《哭泣的海》，但一直没有寄出去发表。后来或许是功课过于紧张，周亿再也没有写小说，却偶尔写了一些打油诗，他才华横溢，只可惜让那个时代埋没了，就像深藏在地下的矿藏还未被挖掘一样。在军营生活中，再也没有看见他写诗和小说之类的东西了。有时看见他独自一人望着苍蓝色的天空莫名发呆，一副十分失落的样子。

对于那次跟刘书记正面接触，周冰荡庆幸有了救星。他跟周亿是生死之交，凭着这层良好的社会关系，托他办些事情应该是可以的。

周冰荡对刘书记热情满怀，不停地给他递烟，最终将话题转移到有关大学生就业的问题，刘书记直截了当地说：“当今社会直接面临严峻的就业问题。不过，话又说回来，任何事情都有转机的一面，譬如一些社会综合能力强，原来自身素质良好，又敢于向社会挑战的大学毕业生，政府可以另行观之。时代在不断进步，人们的心里永远无法满足自己的欲望。只会给一些就业难的人们造成一定的负面影响。特别是刚踏出校园大门并且有长远抱负却涉世未深的毕业学生，他们想在社会上立足扎根，必须有较强的适应社会生活能力，它包括人际往来，适应环境，职位升迁，爱情婚姻……”说罢，刘书记的脸上露出难以压抑的笑容，一双贪婪的眼睛直勾勾地盯住周冰荡的脸。他心领神会，也不含糊他的用意，说：“书记，我兄弟日前从成都回来，顺路捎来一点特产，虽不成敬意，还望书记笑纳。”周冰荡已经将一个黑皮包递过去了，书记的双眼已经眯成一条线，说：“别这样，让人看见不好，周亿回成都时和我通过电话，就瞧在这种情分上，我会竭尽所能让你如愿以偿。”

周冰荡顺水推舟道：“书记果然是个豪爽之人，我也不妨直言，近日我有位弟弟刚大学毕业，一时间又找不到称心如意的工作，想麻烦书记通融一下，给他铺一条阳光大道。”书记咬了咬嘴唇，脸上不知不觉掠过几丝惶惑和不安，似乎让周冰荡的请求击中要害，不帮嘛，自己已经把话说到那种份上了，更何况又撂不下那张老脸，帮嘛，倒是担忧有一天东窗事发，会给自己的仕途带来不少的麻烦。

他心里似乎有些郁闷，站起身略思考了片刻：“行啊！我给你瞧瞧吧！”然后借故走了。

四季在循环地更替着。它始终遵循着它的循环规律。

又是一个春暖花开的季节，在这相思的季节里，胡民却在人生的十字路口上徘徊着，整天一副忧心忡忡的样子。胡母也没有劝他，她只是默默地做着她自己该做的事情。但他心里总有一种不祥的预感，他感到刘书记并不像周冰荡所说的那般好，也是个卑鄙小人，非给他弄个人财皆空不可。

有一天，周冰荡又去找过刘书记。还不到一杯茶的工夫，他铁青着脸回来了，一刹那间，周冰荡仿佛老了几岁，胡须已经长起来了，一副憔悴不堪的样子，那副模样已经告诉了别人，一切都是徒劳。

原来那个书记推诿公务繁忙，又急匆匆打发周冰荡走，像打发乞丐一样。

第十一章　云霞遮日（下）

周冰荡便张口骂道："他撒牌，老子告他。"

"咋告？自古以来，都是官官相护，咱们一介草民，还没想出对策来，早栽在别人脚下啦！"胡民说道。

周冰荡更为恼火了，随口道："你简直在放屁，别人跟你一样软弱？一辈子做蝼蚁，让人踩死捏死，那还像个人样？咱就跟他玩硬的，剁了他，心里才踏实。"周冰荡终于愤怒了，他一屁股坐在沙发上，无奈地望着空荡荡的客厅，揉了揉眼定定神，然后有所发现地说："莫非姓刘的家伙惧怕王少成那老滑头？"

"对，应该有这种可能性。"

这种推测应该有一半是正确的，但也是一种消极的推测。

传闻王少成的儿子在学校里违反了校规，把同班同学的一只手臂剁了，已经让校方开除了。并拘留了一段时间，可王少成花些钱接他出狱。原本县国土局有一个指标，老滑头却硬将他的儿子王歌怡往里拽，这些丑闻在当地闹得沸沸扬扬，周冰荡更气愤了，他说："正因为这些更应该去找那个狗书记。"于是他又气急败坏地走了。

当胡欣从街上回来的时候，问胡民道："他去哪？"

"他出去办些事情了。"

胡欣说：“是不是又去找那个姓刘的？他这人还真任性不识相，隔三岔五去找人家，他不嫌烦，别人还嫌烦。有些事情是急不来的，把人家逼急了，人家干脆撒牌咋办？”

快乐和幸福总是留给了女人。一直以来，吴展澈将女儿吴如柔视为掌上明珠，他的妻子林美琴更宠爱她，因此他时常埋怨妻子娇生惯养了女儿，以致让她养成倔拗，有时甚至刁钻那种性格。吴如柔越是拗的时候，他们夫妇的心里越是难受，心里头那块疙瘩团仿佛要迸出来一样，如果一旦迸裂，他们苦苦经营的美梦会彻底的破碎。那时，岂不是竹篮子打水——一场空。

世俗偏见和浮躁总让人无法理解，胡民才发现他的幸福逝得很快。它像流水一样从他脚下滑过，清泉般的眼泪在他脸上无声地流淌。在他们夫妇眼中，吴如柔好比一张柔纸，胡民则像一团炽烈的火种，一旦结合，熊熊火焰给予他们的不是温暖和幸福，而是残酷地摧毁着她心中的所有美梦和希望，作为她的父母，他们不希望这场大火燃起来，更不让人去给它点燃，而是让它永远熄灭。在那段时间里，吴如柔变得忧郁不欢，整日魂不守舍，林美琴看在眼里，疼在心头，那一刹那间，一股强烈的敏感意识涌上心头，她为女儿难过了。

“如柔，你能不能告诉我为什么不快乐？”

吴如柔说：“我很快乐，我不会忧伤，但凡世间总有快乐和痛苦。”

林美琴吃惊地问道：“我的好女儿，难道你知道了一些事情吗？”她摇了摇头，低下头默默不语，晚饭已经准备好了，桌上的饭徐徐地冒着热气。林美琴希望自己的丈夫早点从局里回来，一直等到七点左右，吴展澈才拎着一个黑色皮包回来了，他说：“晚饭已经吃了。”他一面说着，一面撩下那件灰色外套，刚坐定，林美琴便凑上前战战兢兢地说：“你想想办法，如柔都快急疯了，整天魂不守舍，又不理睬我，叨絮着要自食其力。”

他气恼地说：“她想自食其力！翅膀变硬了，想飞了对吗？如果她想自食其力的话，让她去大西北磨炼磨炼。”

林美琴低下头默默不语，偌大的客厅变得更加空荡了，她感觉全身冰凉，禁不住哆嗦了几下。

这时，吴如柔已经微笑走进来，林美琴看见女儿一副开心的样子，心里不觉顿然舒畅了，然后开心地说：“如柔，你有事吗？”她低头道：“嗯，就怕爸不答应。”说罢，她内心十分不安，生怕吴展澈间接拒绝她，最后她还是打开话匣：“爸，您能答应女儿一件事吗？”

他抬眼瞅了瞅吴如柔，“啥事，你讲吧！是什么事竟让我的宝贝女儿如此难为情，开不了口？”

“其实，倒也没什么重要的事情，我……我想请求爸帮帮胡民。”

他惊讶了一下，然后若有所思地说：“你说说吧，你我让我如何帮他？更何况凭他的性子，他会领我这个情？”

“爸，您听我说，他人品不错，既然您局里求贤若渴，能否给他一个机会呢？”

“如柔，我告诉你，你千万别跟那小子来往，他是个煞星，只会给你带来无穷无尽的灾难，甚至会毁了你的前途。”

吴如柔说：“绕来绕去，您还是不肯帮他是吗？”

“我是不肯帮他，你也不替爸想想，我手中就这点权力，又不能一手遮天，随便安置一个人工作并非易事，咋让别人也胡搅一团。”

吴如柔失望地说：“爸，您甭说了，我也不会埋怨您。我现在才明白，自始至终您都对胡民持有偏见对吗？至于恋不恋爱是我的自由，喜不喜欢他是我的事情，任何人不能剥夺我的自由，毁了我的青春。”说罢，吴如柔哭着跑入房间去了，闹得夫妇二人面面相觑。林美琴自语道：“这丫头，性子越来越倔了，天哪，我们上辈子究竟做错了什么？一切都是为她着想，可是她偏不相信我们。”林美琴心底忍不住开始发酸，艰深地长叹了一声：“既然她喜欢使性子，就由她吧，不就是从小娇惯了她。”

林美琴收拾好碗筷，内心十分矛盾，又害怕自己的女儿走极端，于是去敲女儿的房门。里面一片漆黑，她将头俯在房门上轻拍了几下：“如柔，我的好女儿，你还在怪妈吗？如果你心里有说不出的痛苦，就痛痛快快的大哭一场吧，这样或许会好受许多，然后再收拾心情去溪口镇上班。正因为思念你，所以我才从桂林赶回来，你能明白我的感受吗？”

门终于开了，吴如柔泪流满面地站在门中央，灯光下，美琴清楚地发现她的泪水一滴一滴落下来，林美琴哽咽得说不出任何话来。

吴如柔亲切地说：“妈，我没事，您去休息吧，您也累了。”一瞬间，吴如柔发现母亲的身影陡然间缩小，近乎模糊不清。林美琴走过来在女儿的额头吻了几下，心里想着：“亲爱的女儿，你能原谅我吗？我知道是我们不对，才让你受尽了委屈和折磨，可是有些事情你是永远也不会明白的。”

林美琴离开家整整一个月了，屋里没有任何异样，仅添了几样别致的摆设，但她心里突然涌起一种暖乎乎的感觉，对于那种感觉，连她自己也说不出所以然来。一进房间她发现丈夫神色凝重，焦灼地望着灰蒙蒙的窗外，那种感觉又突然间让丈夫的冷漠表情一扫而光，仿佛自己要面临一场狂风骤雨一般。她缓缓地脱去那件紫红色的外套，然后下意识地瞄了瞄自己的身段，她的确是世间少有的绝色美人。

一会儿，吴展澈对她说：“美琴，你能告诉我一些有关姐姐的事吗？我打过几次电话，可是姐姐总是支支吾吾不肯说，说不了几句就哭了，哭得凄凄切切的，让人十分悲悯。”

林美琴说：“是可怕的癌症，是胃癌。幸好是早期，癌细胞还没有向全身扩散，否则后果不堪设想，倒是花了一大笔钱做手术，手术很成功，现在的她病也逐渐康复了。”

说罢，两人便睡下了。

第十二章　熊熊燃烧的火焰

一场美梦直至天明，吴如柔一觉醒来已经是天蓝日艳，清风拂面，窗前有几只麻雀在清风中蹿来蹿去，太阳已经斜照在她家凉台上，凉台上白花花一片。林美琴在阳光下扭着胳膊，双眼出奇地眺望着白茫茫的天际，展眼望去，河畔那边水色澄澈，树林成荫，恰与蔚蓝的天空构成一幅绚丽多姿的图画。吴如柔悄悄踱步上前，良久，她的母亲转身望着她，并惊讶地说："如柔，昨晚睡得好吗？"

"妈，我睡得很安稳。"

林美琴笑了笑："你爸一大早去了局里，他要我转告你，如果内心不畅就暂且闲置在家，也不催促你去溪口镇工作，那地方穷山恶水，鸟都不拉屎的鬼地方，不去也罢。"

后来林美琴又问起一些关于胡民的事情。譬如胡民的出生，社会背景，生活来源以及个人爱好等。对于这些，吴如柔几乎避而不答，她不知道胡民的一些具体情况，她只说他是雪山村人氏，父亲去世早，在世时，又是干哪行的。她像查户口一般喋喋不休地询问，突然间怔住了，林美琴的脑海中又重新浮现出二十年前的情景来，一个叫珠妹的妇人从一位姓胡的人家抱走了一个女婴，正是站在她眼前的如柔，也许是上苍捉弄，可她却偏与胡民扯上了关系，长此以往，她的真实身份一旦被揭穿，所有的梦都会破灭。

吴如柔隐隐约约发现母亲的脸上有些异样，“妈，您有心事吗？为什么不肯告诉我呢？”林美琴慌忙说：“人上了年纪，心中多了一份牵挂和思念，凡世间的爱就像溪水一样，难以割舍和放弃。”她把女儿搂在怀里，俯下头朝吴如柔的面颊深情地吻了吻，眼泪禁不住汹涌而出，流淌在如柔的脸上了。“亲爱的女儿，你千万别胡思乱想，人一旦上了年纪，就往往让儿女情长羁绊，纠缠着一生一世。”

吴如柔说：“您是怕有一天我离开你吗？”

“是啊！我害怕有一天你会从我们身边悄然离去。”

“那我终身不嫁他人，每时每刻陪伴在你们身边好吗？”

“这是一种消极的做法，如果真的这样的话，它会毁了你的青春，毁了你一生的幸福生活。有你这份孝心我就感到幸福和满足了，我觉得自己是世界上最幸福的人。这个时代对你而言，也许你很幸福，让人宠爱，高贵得像一位公主，是上苍赐给你最珍重的礼物。孩子，你能懂我的话吗？可是那个姓胡的小子就没这样幸运了，他几乎让这个时代所遗弃，更没有什么可以依靠的后盾，以后难有作为。”

对于胡民这个名字，林美琴非常敏感，甚至时常使她胡思乱想，也不知道为什么！

林美琴不安地回到自己的卧室，她小心翼翼地从箱包里取出一张泛黄的宣纸来，宣纸既皱又破，让虫儿啃了无数虫眼。这段一直隐藏在她内心深处的秘密，几乎每时每刻都在折磨着她的心，她将纸平摊在桌上，几行醒目的行书即刻跃入她眼帘。

女：胡国平，庚午年十二月三日出生

左侧：长命富贵

右侧：易长成人

家父：胡贤兵

如此说来，这闺女正是雪山村胡氏人家的根，让人难以想到的是吴如柔偏喜欢上雪山村的胡民，并死心塌地爱上他。这又表明什么？难道是上苍有意这样安排的吗？当年，那名唤珠妹的妇人从胡家抱走了一个年仅十个月的女婴，托熟人关系，先送给一个缺女儿的人家，珠妹收了一百元介绍费便乐呵呵地走了。那家主人是个靠种田维生的农民，家境很差，家里已经有两个孩子，日子过得紧巴巴的，夫妇俩人十分善良厚道，家中有了女儿，那种偏爱自然倾向女儿那边了。或许女婴命中显贵，注定一生要成长于富贵之家。时隔不久，女婴便开始不断生病，灾祸不断。夫妇俩道："女婴与咱们无缘，得给她寻个有钱人家，或许这场病灾会过了。"于是又托付了珠妹，珠妹便四处打听，有人告诉她说，林美琴结婚多年尚未生育，她丈夫是某局局长，不如找他们试试。于是找吴展澈夫妇商量，并陪上些好话，夫妇俩人思儿心切，看见女婴还小，也不知根源何处，就收养了这位可怜的女婴。

说来奇怪，林美琴收养女婴的次日，女婴的病便奇迹般地好起来了，林美琴笑着对丈夫说："这是征兆啊，这是征兆啊！"真让人难以置信，眨眼之间，二十年一晃而过，夫妇俩人却将此事忘了，刹那间，林美琴仿佛又回到了从前，但带给她的是一段美好的回忆，注定成为她生命中的一段封尘旧事。

如今女儿已出落成亭亭玉立的姑娘，在她身上延续着林美琴的美丽，令人无法想象，她那单纯、自然的美吸引了许多美男，成了远近一带许多人追逐的对象。可她却心有所属，爱有所归，偏对那个该死的胡民产生感情，着实让林美琴心悸。她咬了咬唇，像在思虑着一些对策，又好像在驱逐心中的困惑和烦恼。总之，她属于那种气质高贵典雅的女人，白皙的皮肤，宽阔的前额，一双温柔迷人的双眼，在别人的眼中，她的生活几乎无忧无虑，衣食不缺。的确，她是衣食不缺，并享受着相当殷实的生活，但她心里却极为矛盾，复杂的心里藏着许多鲜为人知的往事，她暗暗地发誓，会将所有的隐情烂在肚里一辈子，这也是她自私的一面，局外人永远无法穿透她心中的焦虑和惶恐。

“自古红颜多薄命。”她一生富贵却无后嗣，她觉得自己如此的不幸，更是一个女人的悲哀。她恨自己不争气，为什么自己的肚子总是隆不起来，看到别的女人快快乐乐地结婚生子，她的心里就有一种说不出来的嫉妒和羡慕，久而久之，嫉妒就化着一股憎恨潜伏在她的内心深处，痛苦和烦恼与日俱增，她独自泪流满面，泪水几乎流干了，后来遇上了珠妹，林美琴才找回了自己，做一个女人应该做的事情。

第十三章　情迷成都

她从幻想中惊醒过来了，房里依旧一片宁静，她惴惴不安地推开窗，街上凄寂一片，偶尔有几辆汽车驶过，灯光洒满了狭窄的街道，汽车渐渐驶远，黑夜又尾随而至。

过不了多久，远处隐隐约约传来一阵雄鸡报更的声音，林美琴才恍恍惚惚睡下。刚打盹，窗口已开始发亮发白。从一片朦胧状态中渐渐看见这座小城的轮廓了，薄雾笼罩，它简直像座华丽无比的皇宫，屋里透着一丝丝凉意，林美琴才蓦地发现自己的丈夫彻夜未归。也不知是究竟为了什么事，于是她脆弱的心忍不住有些发酸了。但又想到，这些年来，丈夫是深爱着她的，也没有私下做出一些出格的事情来，她忍不住喃喃，也该回来了，为了工作连这个家也顾不上了，工作如此雷厉风行，可王少成那个老家伙总给他施压。忽然听到一阵散碎的钥匙开门声，接着门又轻轻地合上了，一抬眼就看见了他。她亲切地说："展澈，你去哪里了？怎么也不给家里打个电话？"吴展澈懒洋洋地脱下身上的外套挂在衣架上，说："我在忙一些事。""是不是有关安置工作人员的事情！"她疑惑地问。

"不就是填口丁吗？人家是县长，大权在握，他一言九鼎，下属也够折腾了。局里来了个嘴上无毛的小子。"

她惊呼呼地问："谁呀！是胡民？"

“不，是王少成的儿子王歌怡。”

世人往往为名利所累，他们一生中究竟在追逐些什么，又得到些什么？失去的它终会失去，最后留下的只是一具肮脏的灵魂罢了。难道这都是为了追逐名和利？胡民始终不明白这些纷扰的事情，后来他对母亲说：“咱县人少物薄，也没什么发展前途，我要离开家乡去外谋生。”她悲怆地哭了，泪流满面，泪水大滴大滴淌在地上：“孩子，但你别忘了，雪山村虽然是个又穷又破的小地方，但始终是养育你多年的故土。”“妈，我会永远记得的。”他内心发酸地说。

月末那天，天一亮，胡民在屋里收拾东西，似有出远门的迹象，胡母便跑进门来看她，胡民确确实实在收拾行李，然后又捡好桌子上所有的书籍，说：“妈，我这次真的要走了，您可别难过，孩儿不在您身边的时候，请多保重身体。”胡母还有些不相信，但她强咽泪水说：“孩子，你真的要离开我吗？”他哭着说：“对不起，妈，孩儿不孝，不能陪在您身边。”

临走时，胡母一直把他送出村口，一路上几乎沉默不语。她只是说：“孩子，在外千万别冻着，别忘了给家里捎信、打电话。”

“妈，请回吧，我会记得的，我也该走了。”

启程时，她站在村口一直目送着胡民，她内心中茫然一片。胡民突然折转身怔怔地望着自己的母亲，陡然间看见她已是满头银发，脸几乎在发抖，那一刻，他心里一阵阵发痛，也不知对她说些什么才好，他微笑地向她点点头，然后大步走了，过了不多久，发现她那单薄的身影消失在村口的黄泥路上，一路上风尘滚滚。

胡民也不知道自己为什么选择成都这座城市，而不选择北京、上海这些更大的城市。他的离开连吴如柔也不知道，不让她知道的原因有很多。

在成都的第一个晚上，他也没有跟同学、朋友联络，独自一人下车后，便去找了一家旅馆住下。约九时左右就迷迷糊糊睡下了，他恍恍惚惚梦见父母围在火炉旁，炉火很旺，父亲笑眯眯地点数手中的一沓钞票，一切都是那么逼真活现。在他脑海中，父亲的容貌是那么模糊、陌生，几乎再也回忆不起来了，因为胡贤兵去世的那年他才六岁。母亲却坐在一旁怎么也高兴不起来，她劝着他别去赌了，又有几个靠赌钱发财旺家的？总该替这个破败的家庭着想。他却说："别扫兴嘛，今天财运不错，心里高兴哩！"然后一阵阴森森的冷笑，那笑声慢慢在空中飘荡着。忽然窗外雷电交加，急骤的雨点已经落在瓦片上了，一阵狂风将门吹开，他紧紧抱住胡民："儿子，别怕，别怕，是风把门吹开的。"胡民被吓得不敢出声，突然门外传来一阵纷乱的脚步声，随即窜入几个手持明晃晃钢刀的家伙来，对胡贤兵吼道："畜生，赌奸，赌诈又赌赖，你别认为是雪山村的村主任，我们就不敢动你，老子偏不信邪，拿命来吧。"他见状不妙，便仓皇而逃，几个家伙追上去用钢刀一阵乱砍，顿时血溅满地，父亲倒在血淋淋的地上，胡民吓得大哭，这一哭竟把他哭醒了，原来是一个破碎的梦。

第十四章　失落的青春

他睡眼惺忪地起来，方觉天已大亮。他一脸倦意，洗刷完毕，然后才乘车去了体育馆。

在体育馆门口，早已排成一条似长龙的人群，那是一群少男少女在争先恐后地购买门票，难怪大街小巷都贴着诱人的海报，原来是某歌星来蓉城登台献艺，他们对偶像的崇拜是如此的疯狂和执着，或许可以做到不吃饭不睡觉的地步。胡民并不喜欢这种做法，他花了五元钱买了张入场券，挤入人才交流中心，他要找份工作。位于胡民右侧的摊位上是一则充满诱惑的招聘信息，正欲上前询问，忽然从人群中挤出一个人来，那人朝他挤挤眼，便走过来跟他搭讪道：“小子，你不认识我了？我叫乔疤！”

胡民一时纳闷，什么乔疤，只知道家乡有个叫小疤子的伙计。他摇了摇头说：“兄弟，你认错人了，咱们曾经在哪里遇上过吗？可我一时想不起来了。”

那个自称乔疤的青年却不以为然：“是啊！我这人很容易让人遗忘，但我永远记得你，你说对吗？”他已经上前拍了拍胡民的肩膀，“你小子穿鱼肚白，还要小伙子哩！不认识我吗？”

胡民翻江倒海思索所有熟人的影子，终于想起来，说：“哦，对不起，现在回忆起来了，你就是咱隔壁班那个乔疤吗？地区老乡照片还有你呐，你就是站在第二排的右三，造型摆得很酷的那位。”

乔疤受宠若惊地说：“你终于想起来了，想必近来一定发了财，因此才忘了我这个穷老乡哩！”

胡民有些惭愧了：“你千万别这样说啊，最近患了严重的神经衰弱。”

他哈哈笑了，像在蔑视胡民：“嗬，兄弟，不想女人吗？”他的话让胡民怔住了。“我这人没啥本事，就喜欢泡一些风骚的女人。”这一点值得胡民相信，虽然跟这种人接触甚少，但也略清楚一些。

记得大一那年，时常瞧见乔疤总往他们班里窜，并且在他们班的女孩面前摇头晃脑，献尽了殷勤。按他的话说，班里阴盛阳衰，造成男女失调，机会太多了。正因为他们都有怀旧的感觉，他们的距离和心理障碍在无形中缩短了，胡民心里想着，就算他为人诡异，人家好歹也是位知识分子，当今社会就需要这种看风使舵的人物，闹不准有天拼出什么名堂来，那才让人刮目相看呢！为了摒除心中的顾虑，他吃惊地问：“谁那么缺德，替你取了这样的绰号。”乔疤捧腹大笑：“管他什么乔疤大疤，本名何冬生。小时候，叔告诉我，说我命运多舛，也许活不过二十五岁，还有一年就快二十五了，这种迷信的说法毫无科学依据，我不会介意的。可我辜负了叔叔对我的一片期望。”

他出生在大雪降临的寒冬，那个冬天特别冷，地上结了很厚很厚的冰块，母亲在他出生后的一个礼拜就死了，接着他爸也在一场大病后离世，在往后的日子里，他便与叔叔相依为命地生活着，叔叔十分疼爱他，几乎不让他这个孤儿受任何伤害。他又说：“这名字挺俗气，甚至憎恨父母为啥取了个如此没有哲理性的名字，也难怪自己时运不佳。”

分手时，何冬生告诉胡民，要他在他所居住的那家旅馆门口等他。垂暮之际，何冬生果然拎着很多行李来了，行李很沉，还有半箱书。胡民有些纳闷：“你还捎带这些书本干吗？想成为一名学者吗？”何冬生爽直道：“为了结女朋友的一桩心愿啊。因此专程人家里捎带来的。兄弟，甭说了，那个臭婆娘让我攻会计师，我哪是那块料，倒不如趁年纪轻轻享受享受，免得虚度了青春年华。”他撂下行李不断地喘着粗气，还不断唠叨着：“真窝囊，这种日子还真难得。”

旅馆登记室里是一个结婚不久的女人，他刚拎着行李上至四楼时，那个女人挺着大肚子出来为他们开房门，何冬生低声嘀咕着：“女人已经身怀六甲，四个月左右，并且是个女婴，头朝下。”

“你是个妇产医生？该去替女人接生，做个接生婆比在外流浪强。”

何冬生嘻嘻地笑了：“你说啥话，就算我懂得如何替女人接生，人家咋会让一个男人的双眼贪婪地盯着一个可怜巴巴的孕妇啊！”

何冬生借故出去讨口水喝，一会儿，登记室里一阵喧闹声，有人在咯咯地笑着，不知何冬生在瞎侃些什么，或许连他自己也不知道在说啥，难怪他人缘较广。胡民出去打探，何冬生正在跟那个妇女谈有关女人如何保健、皮肤护理的问题。在门口让他的话怔住了，何冬生折转身瞧见胡民，他笑着说：“也许你们不知道，适才我那位兄弟专门设计导弹，是位高级设计专家，我是他的助手。”胡民当场吓了一跳，何冬生撒谎果真是脸不红、心不跳，还做出一副让人相信的样子来。

晚饭时分，他们去一家饭店要了几道好菜，几瓶啤酒和一瓶葡萄酒，他劝胡民要吃饱喝足，把一切烦恼都抛至脑后。待醉意朦胧时再陪他去一家时兴的按摩店按摩。

何冬生说：“前次让一名姑娘按摩，可她是位学徒工，反而将我浑身弄得不舒畅，天气一有反常就恹恹的，原来是有痧了。”难怪一副无精打采的样子，那夜，他们最终还是没有去按摩店。

何冬生算是个谈时眉飞色舞，一旦坐下来便愁眉不展的男人，一副忧郁满怀的样子。胡民安慰道：“怎么不高兴了？”

“伙计，我怎么高兴得起来啊，这一辈愧对了我的叔叔，是叔叔供我大学毕业，如今却……”

第十五章　暗妓

他一躺下很快就睡着了，但不停地说着梦话，他满嘴缺德话，咒骂别人抢了他的女人，难道他曾为情所困？胡民便去捏他的嘴，他便咬着嘴唇弄得像猪进食一般啪嗒啪嗒作响，有时他还会梦游。

一个晚上，天上的星星和月亮很早就出来了，天空一片洁白明亮。或许是太困了，何冬生天很早就睡下了，睡下不久便开始打鼾，鼾似响雷，突然间，鼾声中断了，他却一骨碌坐在床上，但双目紧闭着。胡民说："你睡不着还是被褥上有什么东西扎你呢？是虱子吗？"他双目紧闭没有回答，接着惦着脚，摊平双手，身子笔直地往门外走。"这么晚了你还去哪里？你听见我对你说话吗？"他依然没有回答，难道他是在梦游？一旦是在梦游，他的灵魂就已经在飘往远方了。那夜，胡民一直不能入睡，暗骂自己是个倒霉蛋，怎么会结交这么一个装神弄鬼的朋友，于是脑海里总是盘算着如何离开何冬生。约一个小时之久，他回到床上重新睡下。但天一亮，他催促胡民起床了，毕竟他们俩的工作还没有着落。何冬生一下楼，就不停地给陌生人招呼着，看见漂亮姑娘还操着四川话上前搭讪，弄得别人瞪他白眼，胡民制止道："你不怕别人扇你耳光，揍你一顿吗？"他说："怕啥，正愁身上没钱花，能去医院待个十天半月，说不准养得白白胖胖的。"胡民骂道："你这人分明在作践，天下哪有像你这种男人。明显想讹钱。"他笑着回答："讹钱！这只是一种生存方式罢了。”

胡民摇头叹息：“昨晚你去哪？”

“睡觉呀。最近这段日子着实很困，仿佛像失了魂一样。”

不到午饭时分，何冬生嚷着饿得饥肠辘辘了，他就拉着胡民去附近一家饭店大吃了一顿，吃毕，他抹抹嘴叫一定要吃饱喝足，但胡民始终咽不下，一想到昨晚的情景就要呕吐了，他似乎看穿胡民的心事。

“嗨，你这人真够婆婆妈妈的，只要咱们尽快找到一份工作，就不用担心生活没有着落了。”

但他永远不知道昨晚发生的一切。回到所住的旅馆，胡民很疲惫，何冬生便哄他开心，他说：“伙计，快乐些好吗？人不能生活得这样忧郁，我们没有任何理由让自己不快乐。倘若我们抱残守缺，很难在逆境中闯出一条生路来。”

“伙计，想不到你能道出如此精辟的话来。”

他尴尬地笑了，说：“这是初中时一位女老师最经典的口头禅。因为她人长得漂亮，因此记忆甚深。”他又告诉胡民，他的第一个心愿是当一名推拿师，做一名成功的推拿师。

胡民忍不住惊叫起来，想不到一个会计班出身，对本职工作不在行，却偏对妇产医生、推拿师情有独钟，他觉得这多多少少有性变态的潜质。胡民睡觉时无法忍受他的睡姿，也许一辈子也受不了那种折磨，他总是蜷缩得似一只马虾，一条毛茸茸的大腿像一块巨石一样压在胡民的小腹上，他即刻感到气流不畅，几乎要窒息了。

“什么脚气、灰趾甲、疮疔，你不怕传染我怕呢。”胡民恼怒地说。

他却毫不在乎地说：“人类为啥要休息，不就是图个舒适，否则就破坏生物钟。伙计，你怕压，往后娶个媳妇，不怕压是不行的，否则，她会跟你闹离婚。如果不舒服的话，我替你推拿，保证给你弄的浑身舒畅无比。”

胡民拒绝了他的好意，但他还是合拢双手作刀削状，然后动作麻利地捏紧他那滑溜溜的肉片。几分钟后，胡民的背脊即刻露出几行暗紫的血印。

“伙计，你痧严重了。”

胡民劝着：“别了，睡吧。明天我们起个大早，先将工作稳妥下来再说，然后跟我家亲戚联络，免得将自己推上了绝路。”

何冬生羡慕地说：“伙计，你有福，后台铁硬，闹不准有天弄成气候，弄个一官半职也比现在强数百倍。”说完又匆匆忙忙出门了。

胡民也不知道他究竟干啥去，至于反反复复多少次，他也记不得了，但何冬生的行踪不得不让他产生了怀疑，原来他去五楼跟一个姑娘瞎侃。姑娘是一个长期寄宿在旅馆的暗妓，就是躲在黑暗角落里跟男人做一些鱼水交欢之事。

他才蓦然想起，一天清早，何冬生在洗漱时，那位姑娘也正好下楼来冲洗衣服，她一身洁白，修长的大腿露在外面，一双勾魂眼在不停地放荡着，像狼一样寻找羔羊，寻找她期待已久的猎物。她已经发现了何冬生，笑着跟他搭讪：“伙计，出门在外，苦闷吗？如果寂寞难耐，要不要那……”

何冬生心领神会说：“多少钱？”

她娇媚地说：“够便宜，不会讹你的。”

自古风流韵事，谁不为之心动，何冬生几乎不能控制自己了：“行，男人们不就图个快活。”

“既然咱们有缘，也就便宜些，往后熟识了，我自给你好处。”

何冬生问：“你得罪了什么人？”

她摇了摇头叹息了几声，然后说：“有些家伙快活后不肯给钱呢。”那一刻，何冬生的脸涨红了。

入夜，何冬生果然到那个妓女那留宿了一整夜。次日清早，他才疲惫不堪地回来，他摇醒胡民说：“天哪，那个女人果真难缠，我缠了她整整一夜，她还是不肯跟我……”

其实，何冬生那得意的眼神已经告诉了他，他已经频频得手了，胡民有些开始讨厌他了，他的堕落行为让他很失望。他一骨碌倒在床上睡下，胡民没有唤醒他，径直走下楼去。

第十六章　欲望

开往体育馆的公交车异常拥挤。

上上下下的人群，他们都在各自忙碌奔波着，像风一样没有留下任何承诺，他们注定成了胡民生命里的匆匆过客。

约第三个小站，上来一个金发碧眼的洋人，腋下夹着黑色皮包，戴着一副镀金眼镜，由于个儿太高，他只好躬身扶杆站着，在胡民身后的女售票员缺乏职业道德，她双眼圆瞪，喋喋不休地叫着，挥着手赶鸭子似的呵斥着乘客往里挤。

此时，一位衣着华丽、肌肤如雪的年轻姑娘进退两难，亦羞亦涩地往里挤。她那迷人的样貌已经勾起了洋人心中似火的欲望，才使他那随心所欲的狂妄在不同国度的环境中得以真正的释放。洋人双眼发直，像一只饥饿的猛兽，他略俯下身调试几下嘴唇，那是一张毛茸茸的嘴，粗黑的胡须几乎遮住嘴的棱廓。

姑娘却一直痴迷于窗外的景致，警惕皆失。洋人眯着一双细眼，并操着夹生半熟的中文说："姑娘，你如此迷人，嫁给我好吗？"

胡民怔住了，外国人的求爱方式是那么直接和不可思议，这也是造成西方离婚率直线上升的真实原因所在。

他随而便肆无忌惮地去吻她的脸，姑娘防不胜防，只感到密匝匝的胡须扎在她的脸上，一股强烈的敏感意识如电流般穿透了她的心，她哇的一声尖叫了起来：“非礼呀！这家伙非礼啊！”

众人纷纷朝她投来惊奇的目光，她满脸通红，面红如桃花一样，并尴尬用力甩开洋人的手，洋人激动地说：“别……别这样，亲爱的宝贝，我是Jack呀。你嫁给我好吗？我已经找你很久了，这些年来，我一直在打探你的消息。”

姑娘吼道：“混蛋，谁知道你是什么Jack。”

洋人却疯一般将她紧紧抱住：“求求你别离开我好吗？”

胡民终于愤怒了，破口大骂道：“你这不要脸的东西。”那家伙喘着粗气望着他，像一头被激怒的公牛一样活动着粗壮的胳膊，凶猛地朝他扑来。只听到啪的一声响，一耳光重重地扇在他的脸上。此时，一阵纷杂的咒骂声在人们头顶盘旋飘动，像一阵汹涌的浪潮，驾驶员慌忙停下来制止这场稀罕的风波，洋人生怕犯众，便趁势溜下车。

胡民忙过来亲切地问道：“姑娘，你没事吧？”她一脸难堪，垂着眼睑说：“谢谢你！多亏你出手相救，我叫林博雯。我来自A城。”

胡民回答道：“这么说，咱们都是同乡人，我也来自A城。”

“兄弟，我不知道该如何报答你。”她红着脸说。

“姑娘，你千万别这么说，谁都有困难之时，相互帮助嘛，这也是一种缘分。”

林博雯言谈举止不俗，一张鹅蛋脸，柳叶眉，目似天上闪烁的星星，嘴唇上施着淡淡的口红，明眸皓齿。

下车后，林博雯若有所思地眺望着远方，似乎想对胡民说什么。胡民问道：“姑娘，你有什么打算吗？”她摇了摇头说：“世界如此大，难有我容身之处。”

“何出此言，难道心中也有不解之结？”

她淡淡地笑着，笑得有些凄冷，接着她告诉胡民一段凄悲满怀的往事，不仅仅是为了爱情，而是刻骨铭心的痛。她说：“在她所结识的男人中，胡民是最能让她充满安全感的那种痴情男人。”她的话倒让他有些受宠若惊了。

夜幕降临，一轮月牙挂在树梢上，乳白色的月光从树隙间温柔地洒落在空旷的大地上，地面银白一片。寂静的天空由无数繁星连缀而成，偶尔有几架银灰色的飞机一掠而过，那一瞬间，胡民突然觉得失去了一切，他那多年来的梦幻和期盼也随之破灭了，不知不觉陷入无穷无尽的痛苦中……

回到旅馆，何冬生还在昏昏欲睡，胡民叹息道：“你也真够堕落！”他反而笑着说：“让我告诉你吧，那个女人近人情，让我成为她的男人。从此，我就是一个吃软饭的男人，真的，她已经离不开我了。”

“那你就跟她厮守终生吧。”胡民气恼地说，“你瞧瞧外面的天空，新的一天就逝去了，还有许多事情要等着我们去实现呢。”

“你在训斥我吗？你凭什么要训斥我？难道我就像你所说的一文不值吗？”何冬生近乎怒吼地说，“出去！给我滚出去！你让我静一静，我放纵了自己，放纵了感情，这难道是犯罪吗？”

“内心不好受是吗？我走，走得远远的。”胡民就这样头也不回地走了，内心非常难受。

原来，何冬生处处对人恭维都是他刻意伪装出来的。他所做的一切都是在竭力遮掩内心的怯懦。胡民方觉心中有一双无形的巨手在撕心裂肺。进了一家酒吧要了一瓶白酒，一口接一口往下灌，他只想用酒精来麻醉自己。一直到酒湿透了他胸前的衣襟才撂在桌上，周围弥漫着浓烈的酒气，他已经辨不清是自己喝醉了还是因为酒的醇香。当他摇晃晃地走出那家酒吧时，发现别人用一种惊奇的目光在打量着他，并且远远地避着。

大街上灯火通明，已经分不清是白天还是黑夜了，放眼望去都是一片明亮。子夜，他回到那家寂寞、冷清的旅馆，楼道口的路灯已熄了，整个旅馆一片漆黑，分明不像是一家留宿的旅馆，倒像梦境中的黑洞。黑洞或许潜藏着一条毒蛇呢？让他惊愕的是何冬生早已不知去向，桌上仅留下的一张便条。便条上写着这样一段文字：“胡民，我的好兄弟，请原谅我不辞而别，我只想对你说，我不仅是为了那个女人，虽然她贞洁不保，但对我却是一片挚诚，在我们相聚的日子里，我们相处得非常融洽，也很快乐。但快乐之间，总伴随着凋零的忧伤和痛苦。你是个好人，我的生命中能有像你这样的好兄弟，我感到十分荣幸。由于琐事缠身，不便久留，更不想让你卷入一场漩涡中去，因此才忍痛割爱。”胡民喃喃：“好一个何冬生，这一切都是借口和托词，心里却一直嫉恨我。”

次日清早，登记室里那位女人告诉他说，跟他在一起的那位兄弟已经搬走了，他是跟常住五楼的那位姑娘一起走的。临走时，那位姑娘替他拎行李，走得匆匆忙忙，他要我给你捎个信，他们回家结婚去了，再也不打算回来了。胡民微笑说：“谢谢你！我已经知道他们走了，其实每个人都有着不同的生活方式，心中都有所祈盼，但愿他们能有好的归属。”

第十七章 绿世界

然而，胡民工作之事并不十分顺畅，处处碰壁，有天晚上还遇上盗贼。那晚，他在外面喝得醉醺醺地回来，刚巧吴如柔打来电话，问他在哪里？他告诉她在西安，并且住在黄土高原下的一家农舍里，外面都是一望无垠的高原和迷漫的黄沙。

她带着哭腔说："你疯了，一个人跑去黄土高原干啥？难道仅为了发泄内心的积郁吗？那里如此荒僻、凄冷，一年四季都是迷眼的黄沙，谁经受得住哩？"她在电话中断断续续地哭着。胡民劝道："你别哭，不论如何，我一定活着回来见你。"她哽咽："很想你，想你的时候，只好将你写给我的信看了一遍又一遍。"

那一刻，胡民的内心非常激动和难过。在他的生命中，还有如此好的姑娘在牵挂着，也是一件十分庆幸的事情。他们谈了一个小时左右方挂断电话。

深夜，他睡得恍恍惚惚，窗外却有一阵似老鼠的声响，他让那轻微的响动声惊醒了。朦胧中，看见一个家伙手持一把明晃晃的菜刀蹑手蹑脚进来，屋里透着几缕微弱的光，隐约中瞧见那个双目圆瞪的家伙正准备卷他的衣裤，胡民一跃而起，双手横腰将那个家伙抱住，正欲喊叫，小偷慌了神，菜刀哐啷掉在地上，俩人扭作一团。不料那个家伙臂力过人，反而在一刹那间抽出裤腰上的皮带，猛然间套住了他的颈脖，胡民顿时感到气流不畅，颈脖一阵火辣辣的疼痛。哎哟一声，他便跌倒在地上。

不知过了多久，他才慢慢地苏醒过来，颈间已经残留一道长长的血红印，伤口在渗着血，对于最致命的要害，倘若不是那家伙做贼心虚，他显然再也没有机会活下来了。实在痛心的是胡民衣袋里的八百块现金以及正处于充电状态的电话让他劫走了。

第二天清早，胡民向登记室的负责人讲述昨晚所发生的遭遇，并向该旅馆提出申诉。那个女人口气蛮横地说："怨谁呀，这只怪你粗心大意，跟该旅馆并没有多少干系。"她还笑着说："还是一桩奇闻呢，除非内患。"

胡民疑惑了，哪还有啥内患呢！但他也知道，一些惯偷经常在一些上档次的酒店伺机作案。最终登记室里一个微胖的男人承诺："为了免除客人的后顾之忧，限期一个礼拜，为客人提供免费住宿。"无奈之际，他便打电话给周亿，周亿对他非常热情，接过电话嘱咐胡民在那家旅馆等他，他即刻便过来。约半个时辰，门外一阵轻微的叩门声，他连忙起身去开门，一个高个儿中年男人立在门口，是周亿，便把他让进房里坐。

周亿问："你啥时候来成都的？来时咋不打电话告诉我一声？我可以开车去车站接你。"胡民倒有些羞愧了，心里也有些不安："亿哥，咋好意思劳烦你呢。"胡民眼中，他几乎没有任何架子，待人和善，应该属于清正廉洁的好官。

其实，他们已经整整几个年头没见面了，算起来他们是远房表兄弟，周亿年轻时曾去过雪山村数次，那是他外公在世时，后来他被应征入伍，随后不到一年他外公便去世了。

在绿世界度假村那间豪华的客厅里，胡民真真切切感受到了人间天堂。客厅里的装潢设计几乎是国内最上乘的能工巧匠的精心之作，简直完美得无懈可击，应该是个星级酒店吧！

桌上的茶刚呷了几口，立马又上来一个漂亮的服务小姐为他们续上了。

总裁一而再再而三承诺，不出三天，胡民就可以顺利上班。他心里也非常高兴，高兴之际，心中不觉涌起一种野心来。

临别时，总裁先跟周亿握手道别，然后又上前握住胡民的手说："年轻人，欢迎你成为我们中的一员。"胡民涨红脸说："谢谢总裁。"总裁又对周亿说："周局长，改日我请你吃饭。"

"不了，我还忙着呢。"

"咱们是朋友嘛，不离不弃的朋友，吃顿也是应该的事嘛。"总裁笑着说。

第十八章　良辰美景

胡民顺利成了绿世界度假村的一名员工，但有些事情始终让他无法明白，有时觉得这些事情是对他人格上的污辱。那晚，他让一个高层人物安排在一间豪华房间里，还不到子时，突然撞进一个浑身都是珠光宝气并且有些醉意的妇人来，他一下子惊呆了，她却满面红光地说：“别害怕，我喜欢你这种男人。”

男人们喜欢风流，女人也一样可以在外面寻找乐子嘛。她一定是让男人抛弃的女人，所以才这样……

胡民最后还是放弃了期盼已久的那份工作。于是再次回到所居住的那家旅馆，上到四楼，忽然一个年轻姑娘伫立在门口，她嫣然笑着对他说：“胡民，你回来了，我等你许久了。”她正是上次与他邂逅的林博雯。她一束黑装，显得比以前更加高贵、漂亮。她问道：“昨晚我打你的电话，总是让人关掉了，非常失望。”

对不起，昨晚我去车站送一位朋友，一直到深夜才回来，天一亮又出去了。她用手指着他颈脖上的血印，说：“你怎么了？是谁欺负你了。”

“没事，没事的……近来精神有些懈怠，自己揉弄成这个样子。”于是胡民把她让进房里坐，她羞涩地靠着床沿低头坐下。问道：“林姑娘，你在何处高就？”她沉默许久，然后才仰起头对他说：“你救了我，我也不想骗你，我是一名妓女，是一个不干净的女人。”说罢，她黯然低下头，慢慢地避开他那灼热的目光。

“你为什么要告诉我这些我不该知道的事情？何况，让我知道你的经历对你并不是件好事，反而会增加你的痛苦。”

她近乎愧疚地说：“我不想让你产生误解，你为人坦荡，让人值得信赖。”

那时，胡民的心里突然对她反感了。就说：“既然林姑娘是不干净的女人，还在乎洋人的挑逗吗？”

“你……”她那两片似红叶的嘴唇在蠕动，“你在蔑视我对吗？我乘兴而来，却扫兴而归，既然这样，我也无话可说了。”林博雯沮丧地站了起来，从一个棕色的挎包里取出一沓人民币，啪的一声响撂在桌上。冷冷地说：“这笔钱你收下，我林博雯是个知恩图报之人，不想欠你人情。”说完后急促地朝门外走去。正要闪身出门，胡民拉住了她：“林姑娘，你这是做什么？你得将钱带走，我不想不明不白收下别人的恩惠。”她扭身望着他：“你在骗我，那晚发生的一切我全知道了，是登记室的那个女人亲口告诉我的，究竟是谁丧尽天良，对你痛下毒手？我觉得你待人真挚、诚恳，可是你拒绝了我，所以在你身上无法投入感情，你我之间就存在一桩交易，你将这笔钱收下后，从此你我之间互不相欠。”胡民上前拦住了她：“林姑娘，既然咱们之间互不相欠，我又凭啥收下这笔钱？更不配成为你的朋友。”

她痛苦地说：“你要我怎样？难道还要我给你跪下磕头谢罪？”胡民抬眼看见她的泪水往下淌，她慌忙扭过头去不让他看见，胡民从衣袋里摸出一张纸巾将她脸上的泪花揩干，纸巾浸湿了一片，揉了揉扔进门外的垃圾箱里。

“你也别哭了，哭的让人难受，这一切都不是你的错，只希望你离开那个是非之地，脱离苦海，重新开始新的生活。”

“不，我已经无法回头了，真的，我已经再也无法挽救自己了，像掉入泥潭中一样，只有拼命地挣扎，一种无奈的挣扎。这样反而让自己越陷越深。因为我已经失去尊严和人格，它们对我而言，都已经让残酷的现实洗涤得荡然无存，我的幸福生活是让我亲手摧毁的。”

胡民不想使她难堪，对她说：“你千万别这样自责，是我错怪了你，刚才所说的一切并非恶意，你也是为生活所迫。”

她笑了，她的脸上已经露出七彩般的笑容来：“你能原谅我对吗？”胡民朝她默默地点点头，然后在她面颊上吻了吻，那时，她已经搂住了他的身子，那一刻，胡民仿佛觉得自己有种触电的感觉，心中突然涌起一股热浪，但他竭力控制自己，她在胡民的前额上轻吻了几下，用一双柔情无限的双眼注视着他，在他耳边低低地说：“上天注定让我们相逢，让我接近你好吗？”她那撩人心弦的声音让他发酥，几乎再也不能控制自己。后来，她告诉胡民，那晚她一夜未眠，接二连三打我电话，却让人关掉了，一切都变得支离破碎，破碎得似风中的花瓣一样。

他们从体育馆回来后，林博雯躺在床上午睡，当她醒来的时候，才发现胡民已经不在她身边了。午后依旧那般酷热，大街上没多少行人走着，多半是害怕热的缘故吧，这里的人很懂得享受生活，一个个都躲在家里避热不肯出门。旅馆里也是空荡荡的，登记室里的那个女人挺着大肚子坐在桌前打吨，头一磕一晃，时不时让她吃了一惊，惊醒过来后，她又从桌上一个塑料袋里取出几片葡萄干放在嘴里嚼了嚼，目的是为了驱逐疲倦和困意，旅馆里几乎没有任何声音，一切都是那么平淡、寂静。偶尔有门窗被风震颤的声响，房间的桌上留着一张写给林博雯的便条，便条上面清晰地写着几行行书：“林姑娘，因我有事得出去一趟，珍重！”此时，林博雯心中涌起一种良辰美景虚设的感觉，她虚脱般将便条攥在手中，撕成碎片丢在风中。一刹那间，她看到了她的爱情几乎在风中摇晃。

第十九章　雪域（上）

迫近寒冬，北风朔朔，胡母也不在村口默默守候胡民的归来，她确实不知道胡民会回来。在寒冷的冬天里，四处都是冷风瑟瑟，展眼望去，满山枯枝落叶在寒风中凋零横飞，四处一派凄冷、破败的景象。村口，几个身上单薄的娃娃抖抖瑟瑟牵着牛进了村。农家的房顶上炊烟袅袅，该是生火煮饭之时，新的一天不知不觉逝去了。

前几天，周冰荡在电话中告诉胡民说，胡母患了重病，卧床不起，于是他心急如焚从成都赶回来。一推开门，胡母笑着迎了出来："孩子，终于把你盼回来了，我日夜惦记你，生怕你在外面吃不好、穿不暖，因此才让冰荡打电话催促你回来。"胡民不知道该说些什么才好，只觉得心底隐隐发痛，他并不反感母亲所做的一切，那仅是一种爱子的方式而已，这就是凡世间最崇高、最纯洁的母爱。胡母笑着说："说得病是骗你的，前几天是有点小毛病，后来疼得厉害，去王医生那里打了几针，又开了两天的药服下，现在身子松泛了。有一件事情我得告诉你，县政府已下达选拔公务员的文件了，大约在月末进行选拔。对于这件事情，周冰荡也费了许多心血，他害怕你不肯回来，因此就……"胡母没有继续说下去，她一定是怕他难过。

胡母关怀地说："倘若你爸在天有灵，庇佑你在灵山县弄个一官半职，我们也就放心了。"胡母是一个思想传统的女人，但她的话并不是没有理由，她多么希望将自己的爱毫无保留倾注在他身上。

胡民终于知道她的心结，原来，她一直也在思念他的妹妹，时常对此事深深地自责和不安。的确，她一直对此事感到愧疚，甚至会抱憾终生。她总是唠叨说：“如果她还活在这个世上的话，应该是个亭亭玉立的大姑娘了。”她抹了一把眼泪说：“这一切都是我们的错。”

记得那年，那个叫珠妹的女人将襁褓中的女婴抱走了，就凭她那三寸不烂之舌，空口无凭说他的妹妹一脸富贵，往后一定生长于富贵之家，胡民好奇地问：“那个叫珠妹的女人还活着吗？”

胡母淬口唾沫骂道：“呸，她作践，十年前跟一位木匠私奔了，嫁给人家当续弦，她骗了咱，也该遭报应，她在北方生活不习惯，吃不惯白花花的面食，又上了年纪，染了恶疾，怕是回不来了。”

这时候，天已下雪，天空中飘起无数雪花，满天的雪花在狂风中肆意地飞舞着，清清寂寂，寂寂清清，过不了多久，荒寂的大地像覆盖着一层厚厚的棉絮。胡民走出院子，将堆放在门前空旷处的树枝拾掇进院子内侧。屋中央置着一个破旧不堪的火炉，但炉火燃得很旺，炉上水壶里的水在不断地冒着热气。忽然门外一阵跺脚的声响，接着听到有人在叫他，胡母连忙出去迎接，一开门便看见身上满是雪花的周冰荡，他一面用手抖落身上的雪花，一面随手扔了夹在手指间的烟头，积雪已将他的背脊浸湿了大半。她连忙说：“冰荡，进屋烘烘手吧，你婶子是不敢出门了，这场雪飘飘扬扬也不知道下到何时呢？今年庄稼歉收，瑞雪兆丰年，来年庄稼一定生长得茂盛。”周冰荡说：“但愿来年都有好的收成啊！县政府已发了通知，这个周末开始选拔国家公务员，我专程从家里赶来，是让胡民有所准备噢！”

周冰荡是个恋家之人，他又要急着赶回县城去。在胡民的印象中，周冰荡从未在胡家歇过脚。记得姐姐胡欣初嫁时，他陪着胡欣回娘家，凳子还没坐热就往自己的家里跑，胡欣私下说他瞧不起乡下，更瞧不起乡下人。他们常为这些“偏见”闹矛盾。久而久之，乡亲们也逐渐了解他的性格，也不将这些事情撂在心上了。

周冰荡还私下说，胡家女婿真难当啊！吃也不能吃饱，又有许多传统守旧的规矩，平常他滴酒不沾，但作为胡家女婿，坐在席面上也真够扫兴的，乡下人，情浓酒更醇。他们各自拿出自家酿的上等优质米酒，一杯接一杯地往客人嘴里灌。喝下数杯后，还未尽兴。又让人把小杯换成大杯，甚至换成大碗，让客人们痛痛快快地开怀畅饮。若是你不懂得酒规，他们就会罚酒十杯，有的客人被灌得烂醉如泥，跌跌绊绊回到家时已是满身泥浆和一裤裆的尿。但周冰荡怕别人纠缠，一般胡家有什么喜事临门，他匆匆忙忙吃过饭后就悄悄开溜，就这样，雪山村的乡亲们知道他的性子，也不再劝他。

夜悄悄地来临，不论你是欢乐还是痛苦，它始终悄无声息地遵循它的循环方式。黑夜之后终是黎明，黎明之后终是黑夜，就像一对依依难舍的情侣。满天乱舞的雪花在一片苍白色的天空中下个不停，胡民和周冰荡深一脚、浅一脚地在官道上走着，山道让积雪覆盖着，四处都是一望无际的白色。山道的对面便是山清水秀的清水江河畔，胡民突然间想到了许多……

他想到白雪席卷这片大地的时候，会带给他们什么样的感受，但是连他自己也说不明白这一切是为什么？

雪花轻浮地飘入潺潺流水中，一瞬间溶化成水，或许是它生命终结的时候，是一种归宿，是一种孤独，一种无奈的孤独。周冰荡见他在雪地中发愣，便问他在想些什么？胡民黯然笑了笑，然后仰望着远处被白雪覆盖的群峰，山那边白雪皑皑，四处都是一片白茫茫的世界，但他坚信，一片白茫茫的世界始终挡不住阳光的照耀。雪一直断断续续下着，一片灰白的天空仿佛入了魔，并施展出强大的幻术，像是要将整个世界据为己有。路上寥无几人，忽然一道亮光射来，几缕淡黄的灯光便徐徐延伸开去，越来越亮了。接着破碎而凄寂的喇叭声在漫天雪花中飘荡，一阵又一阵，周冰荡朝司机挥挥手，说：“司机，去新穗街不？”司机伸出头朝他们瞥了几眼，他面无表情，胡民看见一片洁白的雪花轻轻地沿着他的脸滑下来。就说：“别为难他了，瞧他那副表情，十成是报丧的。”司机似乎听到他说的话了，一脸的沮丧和失望，然后开车走了。

第二十章　雪域（中）

胡民忍不住感慨道："脚踏苍雪，身似轻舟，情逝人难留，爱悠悠，心悠悠。"周冰荡问他是否为了爱情！他说："爱情是一种幻觉，是一种幸福，是一种相识，相知到厮守终生的过程，它总是让人期盼和向往。"

子夜，新穗街人稀街冷，街道两侧的店面已打烊了，他俩穿过河东路，黑暗中看见一束灯光从一家门隙缝里射出来，懒洋洋地印在雪地上。对面是一家台球摊，摊主是一个偻着背畏畏缩缩的老人，他正在收拾什么。

周冰荡家的门严严地关闭着，橘黄色的灯光穿透玻璃斜斜地映在雪花飘落的街道上，一片冷清，散落了无尽的酸楚和忧伤。

刚睡下的胡欣又起来为他俩备了酒菜，姐姐告诉胡民说："周末快到了，趁着还有几天时间得抓紧时间复习。"她又进房间为他收拾床铺，深夜，待大伙都睡下，胡民依然坐在床榻上心事重重，双目紧锁，眉宇间泛出一股道不尽的忧伤来。同时，他感到自己的胸口上压着一块沉重无比的巨石，几乎让他喘不过气了。按惯例，他会以孤独的方式在灯下写一些让人振奋的文字，那晚，他的脑袋像裂开似的，几乎一片空白，一闭上眼睛就看见林博雯的身影在眼前摇晃，就这样慢慢入睡了。半夜时分，胡民梦见自己和吴如柔默默不语地坐在门前向北的河堤上，四处涌着风，天上流星闪烁，忽然路上一阵喧闹声，一群人吹吹打打进了庄，但不知道是谁家在办喜事。

吴如柔却说："明天我就要成为别人的新娘了，你还是把我忘了吧！"然后吴如柔猛地哭着跑开了，她的眼中没有丝毫眷恋，一抬脚便上了迎亲的花轿。她头上盖着一顶红绸，浑身光彩照人，迎亲队缓缓沿着官道浩浩荡荡远去了。吴如柔坐在轿上探出头来挥手哭喊着："民，你把我忘了吧！如果有来世，我再做你的妻子好吗？"胡民不顾一切地扑上去，带着哭腔说："你别离开我好吗？王歌怡是个无赖，他不会爱你的。"

一醒来，所有的梦都破碎了，他的心里一阵失落。窗外一片宁静，积雪已经将玻璃抹白了一层，屋里剔透着亮光，他起床到外面瞧瞧雪是否停了，看见雪地上残留着纷乱的脚印，寒风依然在呼啸着……

两天时间很快就过去，选拔公务员的地点设置在县政府会议中心大厅里，胡民到达时，那里坐满了人群，对号入座后，忽然听到一个男孩在咯咯地笑，那人戴着一副宽大的眼镜，模样十分得意。突然有人说："来了，大家别吵了。"大厅里顿时安静下来，进来的是一个长脸的家伙，相貌有几分凶悍，门外站立着几名戒备森严的保安人员，没想到再次遇上了吴如柔的父亲吴展澈，胡民发现他进门的第一眼便看见他了。从他那复杂的眼神中掠过几丝倨傲，他将考场规则念了两遍，并特别强调，如有作弊现象，政府将严惩不贷，绝不宽容。这些话也不知意味着什么！然后抬头一眼接一眼地打量胡民，他有些不自在，那个下午，胡民的情绪很不稳定，一想到吴展澈那双阴沉沉的大眼，心里就开始憎恨他了，甚至更不希望看到他的任何表情，哪怕是对着他微笑，但胡民相信他不会对他微笑的。只有恨，一股强烈的憎恨。

三科考试科目在下午五点半结束了，胡民看见别人一副兴高采烈的样子，他的心里开始迷茫一片，同时感到自己的双腿异常沉重，挪不开步，他顺着一条大街毫无兴致地瞎逛，也不知道自己想去哪！最终又回到哪里去。看到一群陌生的面孔在他身边走过，有的会停留下来，他们明白他们并不是为他而驻步不前，始终不能给予他任何关怀和温暖。那天，胡民也不知是如何踏进胡欣家的门，姐姐劝着说：“别怄气，这并不怪你，你已经尽力了。”姐姐这样安慰，他心头反而不是滋味。内心一阵一阵地悔恨，真的，尽不尽力只有他自己才知道。

那场雪整整下了四天，也是那年最后一场雪，雪停后，太阳已露出一张灿烂的笑脸，但寒风兀自地刮着，刀刮脸似的，它带着一种潮湿和凄厉，一股股逼人的寒气还在四处弥漫。

街道上清爽、干净的水泥地面上留下扫帚扫过的痕迹，远远就看见一个身穿黄色制服的环卫工人从这一端扫到那一端去。

此刻，从新穗南街走来一个身穿皮袄，头发梳得油亮的年轻人，他嘴里叼着香烟，模样悠悠闲闲，那一身装束打扮，颇有几分绅士风范。王歌怡凭着良好的家庭背景，在这座毫不起眼的山城谋一份差事并非难事。

让人意外的是吴如柔也出现在一家超市门口，她穿着一件极厚的紫色风衣，脖子上围着一条蓝色围巾，围巾的末端垂挂在她那略起伏的胸前，一双清澈见底的大眼宛如一汪秋水，她的双手插在风衣的衣兜里，一眼一眼地打量着来往的行人。忽然王歌怡出现在她的眼前，随后俩人进了附近一家酒吧。

落座后，王歌怡兴奋地说：“如柔，我还怕你失约呢，不论如何，咱们好歹也是同窗三载。”

吴如柔镇定地说：“你不必逗我，我最近很忙，你约我究竟有什么事？”

王歌怡扫了她一眼，劝道：“别生气，咱们喝杯葡萄酒好吗？”

“我不会喝酒，要喝你自己喝。”

“别扫兴嘛，高三高考结束咱们还在一起喝过酒，否则咱们又怎会来这个地方？来，陪我喝一杯好吗？”王歌怡已经举起杯子，吴如柔却低头默默不语，他见吴如柔不肯喝，然后猛呷一口，笑了笑说：“我怎么这么笨，一个女孩咋会喝酒，女孩喝酒多失风雅。如柔，我只想对你说，在你心目中，难道我永远是乡间的地痞，无赖？这些年来，我一直喜欢的是你，可你却一次又一次地避开我，避开我对你的感情。”

吴如柔冷冷地笑道：“感情？你简直没人性，那我问你，你得如实回答，你为什么将一个可怜的女人逼上绝路？她仅仅是一个女人，是个还没结过婚女人，并且是教你如何处事做人的恩师。中国有句古训：一日为师，终身父母。你踏入大学校门的那天，我还以为你会痛改前非，对你充满了无限期望和欣慰，总认为曾经失去良知并且罪恶深重的你，可以通过这道神圣殿堂的大门彻底改变你自己，我的想法却是一个错误，你在校园里依旧不断寻衅闹事，还将同学的手臂活活劈下，难道仅是一种意外吗？”

“你听我说，那帮讨厌的家伙放出狂言，扬言把我剁残，然后让我鲜血淋淋地爬出A城，他们欺负我，骑在我头上屙屎屙尿，总该给他们一点颜色瞧瞧，否则，他们当我孱头。于是我一怒之下，将那家伙的手臂剁掉。”

听他这么一说，吴如柔心中一片混乱了，眼前立刻闪着一个失去手臂，血肉模糊的惨相来。“那你告诉我，究竟是什么事情使你疯狂地丧失理智。仇恨！自私！当时你还是个学生，遇事可通过校方负责人解决，也不至于如此残忍。”

“如柔，你不明白他们明显在找茬，说我泡了他的妞儿，妞儿长成啥模样，是高是矮，是胖是瘦，我一概不知。而他们仗着人多势众，狠狠地揍了我一顿，着实让我仇恨的是一颗门牙让那家伙用一块砖头打掉了，你知道吗？我是一个男人，是一个顶天立地的男人，我有着自己的尊严，失去了尊严就变成软弱了。”王歌怡振振有词地说。

吴如柔嘲讽道：“对，你说得对极了，人都有着自己的尊严，难道女人就应该失去尊严和人格吗？当年你为什么逼梅老师走上绝路，难道她就没有尊严吗？你就可以任意诽谤和侮辱？”

王歌怡近乎痛苦地说：“别说了，别说了，我没有逼死她，她是为情自尽的。”在那间酒吧里，王歌怡双膝跪地，眼泪大滴大滴往下淌，他似乎在忏悔、愧疚。

“她是你一生中最值得尊重的人，你却葬送她年轻宝贵的生命！”说罢，吴如柔呜呜地哭着跑出那家酒吧。

第二十一章　雪域（下）

不知跑了多久，她来到县郊外北端一片黄沙地的山丘上。对于那个地方，对于那片凄寂的黄沙地，吴如柔并不陌生。那里芳草萋萋，虫鸟悲鸣，对面的白杨树上，一只鸟儿栖息在树杈上，正在断断续续地鸣叫着，像在呻吟，声声凄凉，着实让人悲泪。离白杨树不远的右侧，是一座新垒不久的坟丘，不久前吴如柔替她垒上的，坟前的芳草在枯萎，刚插上不久的鲜花在凋零，鲜花已经洒满了一地，散落了所有的希望和痛苦。吴如柔再次跪在恩师的坟前，叩了几个响头，悲切切地说："梅老师，如柔又来看您来了，老师，您一定在另一个纷扰的世界里很孤单，寂寞吧？"她刚要作揖，忽然白杨树上的那只鸟儿又凄悲地鸣起来，她泪流满面："梅老师，那一定是您的化身，您的灵魂对吗？如果您在天有灵，请告诉我是不是王歌怡逼你走上绝路的。我知道，如果不是王歌怡对您百般侮辱，您是不会选择这条遥遥无期的不归路的对吗？王歌怡是真正的凶手，王歌怡是迫害您的凶手，但总有一天，他会遭到报应。"

坟前再次插满了鲜花，四周散发出浓郁的花香味，一直在那座坟顶上飘香着……

吴如柔忧忧地回到家，还来不及喘口气，她的母亲便幽灵般出现在她眼前，林美琴的神态怡然满足，越是怡然满足，她反而觉得母亲在莫名地伤害她，甚至还有什么事情瞒着她。林美琴说："亲爱的柔，你毛毛躁躁地出门约会，他是谁呀？”她的询问果断而直爽，隐约间有一股强硬的味道，吴如柔凄然答着：“一个离别多年的朋友，他刚从上海回来。”

“难道你还不高兴吗？”林美琴惊讶地说。

吴如柔答道：“有啥不高兴，人家事业有成，我心里一半喜悦，一半嫉妒。近年来，他发了，因此应酬也逐渐频繁起来。”

林美琴说：“他在忙些什么呢？”

“在上海炒房地产，从南方炒到北方，几乎炒热了半个中国，这次他回来办些事情，事情一办完，他匆匆回上海了。”

“我的好女儿，难道你们之间不存在感情吗？你告诉妈是不是真的。”

吴如柔尴尬了：“妈，你瞎猜啥？我仅把他当作知心良友，何况他也明白，在我心中仅能容纳胡民，除此以外，就再也没有其他人了。”

林美琴脸上顿然大惊失色：“你疯了，你是不是想把我们这般老骨头气死。人家是位大款，在上海地位显赫，又还没结过婚，可是你却偏偏喜欢那个一无所有的穷光蛋。”

“对，我就喜欢他，两情相悦，还打算跟他厮守终身做无奈的挣扎，现在，我也不想替自己解释。”吴如柔痛苦地说。自后，吴如柔突然病倒了，一连几日，她一直卧床不起，林美琴夫妇急坏了，林美琴心中忐忑难安。喃喃道：“自从那次出门约会后，如柔一直郁闷不欢，难道从上海来的那位朋友并不喜欢她，因此她心里难受才病了？”

但不出几日，王歌怡在一个落日黄昏的下午进了吴家，吴如柔一觉醒来，就听到有人说话的声音从隙缝里飘进来，她爬起床将耳朵贴在门上听，她听到母亲跟另一个人说：“如柔病倒了，她不肯见人啊！”接着听到王歌怡惊呼呼地说：“伯母，您能告诉我如柔得了什么病吗？”“你别紧张，前几天她出门跟一个朋友约会，回来后，情绪一直很低落，因此病倒了。”“是吗？她应该是为情所困吧。”天歌怡微笑地说。

“您能让我见她吗？”王歌怡彬彬有礼地请求道。

“行。你随我来吧。”林美琴在前带路，王歌怡跟在她身后，朝吴如柔的卧室来了。门外传来一阵沓沓纷乱的脚步声，她心里一怔，慌乱倒头睡下。一会儿，林美琴用手在门中央叩了几下，然后唤道：“柔，歌怡来看你来了。”说罢，她推托有事溜开了。

许久，她在里面懒洋洋地答着：“请进吧。”吴如柔知道来者不善，那家伙会安啥好心，不就是黄鼠狼给鸡拜年罢了。

王歌怡近乎忏悔地问：“如柔，你好些了吗？为啥不去看医生？”吴如柔默默不语，王歌怡又说：“我这次来是来向你道歉的，希望你能原谅我。”

吴如柔嘲笑说：“道歉？我可经不起折腾，我们好歹是同学一场，仅是良言相劝罢。你知道吗？当你在我眼前出现的时候，我的胸口就像被无数把利剑在狠狠地捅着，心碎裂成无数块，我便想起含怨死去的梅老师，她也是被你害死的，她是被你害死的对吗？”

“如柔，你别这样好吗？现在就算我做任何阐述和解释，我知道你永远不会相信我，倘若我是凶手的话，永远脱离不了干系。必定早已身陷监狱，甚至为她偿命，哪还有机会活生生站在你的面前。记得那天下午，梅叶素是在家殉情而死，经法医鉴定，死者确为自杀。难道你还怀疑我是凶手？何况梅叶素生前留下遗书，早已移交公安部门调查此事，但一直没有得出结论，我也为梅老师的死深表难过。但是，一个人的眼光总不能停留在别人的缺点上，任何事物都具有双层性质，亦正亦反，亦缺亦优。”

“你在骗自己，你骗了所有相信你的人。”吴如柔诋毁他道。

“如柔，为什么你总是不肯相信我哩？这些年来，我一直为你疯狂过，可是你却无动于衷。究竟是为什么呢？你告诉我吧。”王歌怡显然十分激动，他浑身开始剧烈地痉挛，接着眼泪淌下来了。

吴如柔低低地说：“你别把时间浪费在一个不值得你去爱的女人身上，或许明天我会安然死去，你又何必加深自己的痛苦呢？”

屋里的空气在一刹那间仿佛凝结了，只听到轻微地吸动鼻子的声音，玻璃上还残留着迷朦的冰花，横七竖八一片，点点滴滴往下淌着，慢慢地流淌在冰冻般的窗台上。那一瞬间，王歌怡心中涌起从未有过的失落感，他突然阴晦地想到这个世界几乎不存在了，再也忍不住脚步，站起来摇摇晃晃地走出那间让他充满失望的门。他的脚步是那般沉重和艰难，仿佛耗尽了所有的力量似的。过了很久，脚步声在门口消失了，吴如柔的心中依旧在怦怦乱跳，接着听到林美琴出来挽留王歌怡的声音。她说：“歌怡，饭菜都准备好了，吃了再走吧。”他勉强挤出一丝微笑，说：“不了，我还有些事要忙呢。”

外面寒风嗖嗖地刮着，人们蜷缩着身子在行走，他们几乎都是面无表情，在这种天气里，给人带来的只有冰澈般的寒冷和无尽的忧伤，人世间的纷扰在恣意地笼罩着……

第二十二章　爱悠悠，心忧忧

严寒临春，冰雪开始融化，天气回暖了。闾里还沉浸在节日的氛围中，四处已是锣鼓震天，鞭炮齐鸣，公务员选拔的消息传遍了整个雪山村，村民们议论纷纷，而这个时候，胡贤贵肩上挑着两筐豆腐，一路吆吆嚷嚷出了自家的门，豆腐让两块洁白的纱布遮盖着，还不断地冒着热气，他逢人就唤道："豆腐哩，又鲜又嫩的豆腐喽！"有人问他："贵叔，您可忙啊！骰子不摇了？"他皱了皱鼻头说："瞎忙一场哩，昨晚又输了。今天一大清早跑去店里赊来十几斗黄豆，开始老板阴着脸要付钱，我舔着脸赔尽好话，几乎要给他跪下了，乞求道，您瞧在熟人的颜面上，行行好，这次决不食言。后来他只能无奈地说，再相信你这次吧。但你欠我的账也该得先算算！他从抽屉里取出账本和笔，翻开账本瞪着眼说，你去年冬天借了二十条香烟，白酒四十斤，黄豆十二斗，布匹三十尺，还有现金八十八块五，你可记清楚了，免得你说我坑人讹你钱哩。我只能继续赔笑脸说下次一定还上。"

那人冷笑了："哟，贵叔，不就是赌惹的祸吗？人家知道你底细，不得不担忧。"

胡贤贵摇摇头说："伙计，甭说了，改日咱请你喝酒。"胡贤贵挑起豆腐踉踉跄跄地走了。他在村庄前兜了一转，有几个妇女用瓷盘买几块豆腐，他动作娴熟地用菜刀在案板上画了一条线，手起刀落，一分为二。

他对一个妇女说："家里来了客人吗？"妇女说："娃儿他爸吃怕了面食，难得吃上几顿白米饭，就把平常卖柴攒下来的几个钱买块豆腐，算是开了荤，养养胃。"

胡贤贵说："你家大女儿年纪快十五六了，二女儿吃十三岁的饭，三女儿同我家彩霞同年，四女儿该是癸丑年，寒冬的牛，还有你家那个宝贝儿子，他可是你们家的命根子，长着个带钩的牛牛，传宗接代就靠他了，千万别让他饿着。"那个妇女人笑着抹了抹嘴，说："那娃真是宝贝，娃他爸一年到头没吃上几顿米饭，谷子刚进仓，还是湿显的，不出半月，家里便揭不开锅了。"

"人不就为了一张嘴，嘴是个偌大无比的无底洞。如此以往，那群孩子会挨饿，倒不如让你家大女儿出外谋生，学点本领，她才有一个奔头。你瞧瞧宝生家的小疤子，今年十七八，脸上疤了一块，还缺了一只耳朵，一年四季留着长发将疤子和耳朵遮住，旁人还说他是艺术家，照样走南闯北。还听回来的人说，小疤子要娶媳妇回家哩！"

妇人一时拿不定主意，有些犹豫不决了："贵叔，主意倒是好，倒怕她不同意。更何况咱地方有人贩子，专门拐骗妇女、儿童的人贩子，倘若我女儿有啥闪失，娃他爸会用刀架在我脖子上。"

胡贤贵恼道："她有手有脚，还怕啥人贩子，人贩子不就是人吗？又不是什么神仙会隐身术。"

"贵叔，我回去跟娃他爸商量商量。"说罢，她笑眯眯地走了。

胡贤贵望着她远去的背影，心里一阵嘀咕，又歪着嘴，蹙眉骂着，谁让你像一头母猪一样，下了一大群娃，闹不准那个大女儿是给人贩子养的，给人家造福哩。当他将这句话说出口的时候，突然感到有股强烈的邪念滑向他的心底，他心中一热，然后又嘀咕着，对呀，她家大女儿长得如花似玉，犹如含苞待放的花蕾，还是一个正宗的处女。得给她访过好人家，自己也赚过八九千块。胡贤贵便开始打定主意，想个万全之策将她的女儿骗过来，想了许久，脑袋已经嗡嗡作响了，还是想不出好的办法来。朦胧间，他突然想到了胡民，他浑身又忍不住发颤了，脸上一阵抽搐，干这种断子绝后的事情，任何人也不会支持他，更何况是他呢！

他径直挑着豆腐来到胡民家门外，正欲进门，对面有一个老太太唤住他，他将豆腐撂下肩抽了袋烟，瞧见是洪家滩来狗的娘，心里就有道不出的气愤来，故意不再理睬她，然后十分倨傲地进了胡民家前院。那时胡民好出来，胡贤贵说："哟，民侄，要出门去庄前凑凑热闹？告诉你一个喜讯，一个惊天动地的喜讯啊！"胡民惊奇地询问："啥喜讯？"

"唉，你是真不知道还是假不知道哩？昨天，我去县城找你干爹王少成办些事，可那忘恩负义的家伙不但不理睬，反而惊讶地问我是谁，叫啥名字，我欣喜地告诉他，县长，我叫胡贤贵，咱们还在雪山村喝了数次酒哩。你是真贵人多忘事呀！王少成拍拍脑袋想了许久，但最后终于说我不认识你，更不认识什么叫胡贤兵的人，他把我当作疯子一样轰了出来。出县政府门口时，恰好瞧见一个工作人员在张贴政府公告，原来是大中院校一些毕业生分配工作名单。你小子窝在家里做啥？去了一趟成都还是跑回来了，难道你家里有金山银山吗？"

胡民黯然地笑了，然后默默不语地想着心事，而这一刻，胡母从后院走出来了，跟他打过招呼，急切地询问："贵叔，您在说啥事呀？"

"嫂子，或许你不知道，毕业分配工作名单公布示众了。"

"真有这么回事？看见胡民的名字不！"

胡贤贵脸上有些失落，许久才吞吞吐吐地说："我倒没注意，得瞧瞧他自己的造化咧。"胡贤贵敷衍了几句便溜出了前院。

他才蓦地想起两筐豆腐还放在路边，又重新卷一袋烟草，闲悠地吸着走出胡民家门口。忽然路边窜出一头大母猪，它身后随着一大群猪娃，黑黑白白一片，母猪肚下的一头杂花色的猪娃吮吸着奶不放，一路上哼哼唧唧。有的挤不上，或许饿得发慌，一阵嗷嗷乱嚷。远处跑来了来狗娘，她拄着拐杖，嘴里咕咕哝哝骂个不停，只听到啪的一声啐响，一块尖石已经撂在牲畜的背脊上，牲畜痛得一阵怪叫，猛朝前一窜，正好将胡贤贵的两筐豆腐撞翻在稀泥中。胡贤贵一时傻了眼，破口大骂：“该死的牲畜！”他从路边捡了一根棍子，撵了一阵，吓得那群猪娃乱窜，这个时候，来狗娘喘着气，拐着腿跑过来，胡贤贵正恼着：“婶子，您瞧瞧，你瞧瞧啊，豆腐全没了！”他蓦地回忆起来，来狗娘刚才在寻猪，来狗那兔崽子躲在家里做啥？也不将猪槽修修，一提到来狗，她开始落悲了，眼泪刷刷地从那张似树皮的脸上掉下来，委屈地说：“咱这般老骨头双眼一闭去了，他就去讨饭，那个没出息的家伙。他怪我没给他娶媳妇，每天清早扛着火铳去山上打野兽，抓山鸡吃，喝生血，吃生肉，看了就反胃，如此以往，都成了野人了。想想看，哪个女人敢嫁给他，人家不担心晚上让他生吞活剥吗？”

第二十三章　爱悠悠，恨悠悠

“脓包，真是个脓包。”胡贤贵气恼地骂着。“洪哥在世时，好歹也是村主任，也称得上一个能人，可他哪抵得上他爸的一根汗毛，可我的豆腐全没了，有几户人家还等着要呐，婶子，您瞧咋办？不是你的错也是你家那帮牲畜的错，摔烂的是钱。”

来狗娘不断赔好话，她越说胡贤贵心头越气愤。她把一切怨恨毫无保留地发泄在来狗的身上。他抱着侥幸的心理从泥浆中捡起几块未撞烂的豆腐，用手抠着豆腐上的泥沙，更为恼火的是，一块豆腐摔在蘑菇似的稀屎上，他再也忍不住，低头叫住来狗娘：“婶子，全烂了，岂不是损失大了，黄豆都是赊来的，店老板隔三岔五地催债，你得替我想个法子呢？”胡贤贵的蛮横无理出于对来狗的家人的憎恨。一直以来，来狗娘吝啬如命，也从未照顾过他的豆腐买卖，有时挑在她家门口，来狗娘拄着拐杖出来瞧瞧，用鼻子嗅了嗅：“哟，豆腐都发酸发臭哩！可我家来狗偏不喜欢酸的，就连夏天的杨梅也不敢尝，却情愿躲在家中的后仓里抓几只老鼠剥了皮烤来吃。”胡贤贵诙谐地说：“婶子，他这人不喜欢豆腐，一定对女人没兴趣。你这般年纪，还要供养着他，倒不如养一头猪。”一谈论到来狗，老太太的眼泪又涌出来了，她的眼泪似溪涧里的暗泉汩汩而出，啪嗒啪嗒掉在地上。来狗娘请求道：“贤贵，你人缘广，得替他想想法子。不论跛子、瞎子还是哑巴，替他寻一个，免得断了洪家的香火。”胡贤贵笑着说：“不孕不育的要不？”“这……倒要瞧他啦。”最后，来狗娘还是舍不得花钱买一块豆腐，胡贤贵暗骂自己蠢，费嘴费舌。因此，胡贤贵一直对这些事耿耿于怀，他再次提出要来狗娘给予一定的经济赔偿，她十分沮丧，双手抖抖瑟瑟地从身上摸出一个布团缓缓地打开，里面包着几张皱巴巴的纸币，这是她平常省吃俭用积攒起来的。许久，她的手依然在发抖，几乎连那块薄薄的布团也抓不住了。

她说：“贤贵，念在咱们乡邻的份上，陪你一天工钱行吗？”

胡贤贵阴沉着脸默默不语，明显一副不高兴的样子。当时，村里稍殷实人家请劳动力的工资极低。

“婶子，我胡贤贵并非斤斤计较之人。不看僧面看佛面啊！工钱我甭要，让我抱一头猪娃吧，这也扯平，互不相欠。”

来狗娘顿时哑然失语了，心里想：一头猪娃好歹也价值三四十元，分明是在讹钱。“贤贵，不行啊！我不能擅自做主，这事还得问来狗去。”

他暗骂：“那蠢材不识数，连男人女人都快分不清楚了，别人哄骗他反而洋洋自得。”

她又乞求道：“胡老弟，来狗那鬼脾气你也知道，我真做不来主，倘若擅自做主，他就操火铳唬我，那群猪娃是他的命根子，也是我们一家人的命根子。自从来旺家那头种猪死后，来狗总是往配种站跑，可那牲畜迟迟未配上。”

胡贤贵气得快跳起来了，他说：“他真敢拿火铳唬你？果真不怕轰雷劈他？”

“真的，我还哄你不成。你还不知道，他怪我没撮合他的姻缘，骂跑了一个并不喜欢他的女人。自从那个女人走后，他头几乎都想烂了，思想就犯糊涂，还认什么爹娘呢？”

他没趣地说：“钱和猪娃都不要，赔咱一斗黄豆，算我遇上倒霉事，就这样谈妥了。”来狗娘答应赔一斗黄豆，胡贤贵是个滑人，他懂得“失之东隅，收之桑榆”这个道理，既然折了，就得拼命把它挣回来，他的生活就是一场赌注，可以押大，也可以押小。

她撵着母猪进了槽栏，心里越想越不是滋味，一切都是牲畜惹的祸，顺手操了一块沾满猪玷的方板使劲戳它，直戳得它们在槽内团团乱窜，她看了又可怜，方松手进屋。

来狗正在灶前剐兽皮，弄得一双手都是血迹和兽毛，灶上置着一个瓷碗，碗里盛半碗潮血。她问：“血留着做啥？”“山鸡血，喝了能强身健体哩。”他用清水冲洗完内脏，然后顺手挂在墙壁上，才回过头来一口气将半碗山鸡血一饮而尽。来狗抹了抹嘴问：“妈，牲畜又作乱了吗？”她默默不语进了房间，此时，门外有人在唤来狗，他急匆匆跑出门来：“哟，是贵叔呀！进屋坐坐。”然后他独自低头一阵憨笑：“我刚从山里回来，野兔倒没打中，却打下一只山鸡。”“不就是一只山鸡？”胡贤贵没兴趣地回答道。

“来狗，咱们好久不见了，如今显得越发年轻变胖了，啥时设宴请我喝喜酒咧。”他依旧嘿嘿地笑着，酒糟鼻泛着一片红光。

“您说啥呀？近来闹得心里直发慌，整天跑去深山里围猎，却遇上一条长尾巴的狼。”

“哦，是吗？狼不是已经灭迹了？我还是年轻时遇上过狼呐。”胡贤贵淡淡地说。

来狗说：“我看到的是毛色灰白的狼，它好像寻找食物，它一看见我，似乎不把我放在眼里，双眼透着一片蓝光，并凶猛朝我扑来。慌乱中朝它开一枪，却没有射中。这时，远处的密林有狼的锐叫声，声音有些凄泣，像是在寻找它失散已久的伴侣，后来狼听到声音便掉头走了。”

“真的还有狼吗？”胡贤贵半信半疑地问。

“你还不信，是我亲眼所见！”来狗回答道。

“贤贵，你别听他瞎说，我活了一辈子也没见过狼。”老太太理直气壮地说，“你捡个地方坐坐。”

胡贤贵也不谦让，坐下来与来狗聊聊话，最后谈到来狗也该娶个媳妇了。来狗低头坐在那里笑，并且拘束得不停地揉搓他那粗短的手指。

胡贤贵道：“你妈托我替你介绍个姑娘，虽然是个哑巴，但还是待入闺中的黄花女，不知道你是否愿意！男人嘛！总该娶妻入室，这样才能发家致富。光过一个人吃饱全家福的日子，那是什么生活呀！”

来狗摇摇头说：“一个哑巴，没人陪咱说话，抱她，亲她，不就是一团死人嘛。”

“你还倒挑人家来。”胡贤贵哧哧地笑，“只要有个能延续洪家香火就行，晚上黑灯瞎火的，男人们不就图个快乐吗？还想不到你对付女人挺有一招。”

来狗羞愧得将头低在膝盖上。这时，来狗娘在房中用升子装了一斗黄豆，独自咕哝一阵，然后驮着出来见胡贤贵。

胡贤贵收了黄豆，推托有事就出了来狗家的门。胡贤贵前脚刚走，来狗娘就阴着脸不断对来狗唠叨，他嫌烦，晚饭不吃就蜷在床上睡了。一直睡到天亮，清早天气急骤变冷，并且是雨夹雪，来狗从柜里找出一件他爸遗留来下的棉衣添加在身上，又带着火铳、弹弓、镰刀上山去了。临出门时候，他把昨晚挂在墙壁上的山鸡肉剁下一块，盛满一碗酒，独自咬着血红的山鸡肉下酒，吃饱后，拍拍肚子才出门。

第二十四章　背叛（上）

对于胡民那次落榜之事，胡母一直忧闷不欢，她几乎伤痕累累了，这无疑耗尽了她多年的心血。因为她对胡民的期望太高，他却有负众望。自从胡贤兵死后，曾有人劝她改嫁，可她的信心一直从未动摇过。因为在她心中，胡民成了她生命中唯一的精神寄托和希望。现在，她所有的希望一步步地破灭了。

过了几天，胡母病倒了，她觉得浑身乏力，胸闷异常。一个傍晚，她服下药后围着火炉取暖，胡民又用铁箸往火炉里添加了一些碎煤块，因为她觉得冷。一阵子，有些发绿的火焰舔着锅底，呛得她一阵剧烈地咳嗽。胡母喘气不止地说："还真相信那位风水先生曾说的话来。"的确，不久前来了一位风水先生，闲时在庄前庄后逛了一圈后，然后毫不忌讳地说："说胡家所坐落的地势处在一个漩涡中，自然地形成了白虎临门之状，意味着祸福相倚，灾难不断，不久将会遭一场灭顶之灾。"

贵叔恼了，破口大骂："简直在放屁，别装神弄鬼，胡家风水的好坏也不用你信口雌黄。"风水先生说："先生此言差矣，你若不相信，日后便可应验。恕老朽直言，天将将祸于胡家。"胡贤贵一怒之下，给了风水先生一耳光，并扬言打断他的腿，为这事，前庄的来旺还跟胡贤贵闹翻了脸。

胡民劝道："妈，您别担心，这些谬论不足取，宁可信其无。"但是，胡民怀疑母亲真的染上了疾病。这些天来，她说感到胸腔一直发胀、发痛。

胡民急了，一大早带着她去县医院检查。医院拥挤异常，进进出出的人群几乎都带着同一种表情，他们的表情冷漠，惊恐失措，仿佛来了一场可怕的瘟疫。

一直到下午四时左右，X线检查报告单出来了。

姓名：郝久珍，性别：女，年龄：五十二岁，X线所见，两侧胸廓对称，肺门及肺纹理未见明显增浓，增粗。两肺未见明显实性病灶。两膈面光整，肋膈角锐利，心影形态病症。

胡民才松了口气，随她回到家中，胡贤贵的妻子便来探望。她关心地询问："嫂子，听说你去医院检查了，没啥病吧？"

胡母放心地说："没病的。总算苍天有眼，该可怜我这个寡妇吧。"

接着她凑近胡母耳边窃窃私语："嫂子，你替我想想法儿，那家伙要跟我离婚！他从县长儿子手里弄了许多钱。"

胡母笑着说："哟，他可巴结上县长儿子了，说不准有天沾上好运，带着你们一家人去城里居住。"

"嫂子，你别说风凉话，我没那福分，只怕有天让人打死抛尸街头，我才不去替他收尸哩。他敛人家的钱财，得替人消灾避祸。长期下去，不就成了别人的奴隶吗？"

"我的好妹子，这些讯息是从哪里传来的？"

"前几天他从县城购买一些时尚的家具和高档电器，又在家里设宴招待客人，几乎每天都喝得醉昏昏，于是趁他醉酒时套出他的真相来。他醉醺醺地说，苦日子快捱出头了，要发财了。"

"既然有人供养他财物，满足他的物质欲望，看来，贤贵倒是有些问题！"

“嫂子，你可别唬我，倘若他真的干些见不得人的勾当，我跟彩霞该怎么办？”她哽咽一阵，然后抹着眼泪起身走了。

送走她后，胡母独自回到屋里，她心里一阵阵发慌，右耳发烫，一副心事重重的样子。突然，她想起那天是胡贤兵的祭日。

挥手间，二十几个年头过去了，但胡贤兵临死前的一幕幕惨相，却一直印在她的脑海中。他出事的那天，一片灰蒙蒙的天色罩着大地，似狂风骤雨前夕一般。胡贤兵神色慌张地冲进家门，他脸色发紫，过来愧疚地握紧她的手喃喃道：“久珍，请你原谅我好吗？我真舍不得你和孩子。”

她惊诧了：“贤兵，别说晦气话，你今天究竟怎么了？有什么事情可以找你的战友王少成帮忙呀！”

他痛苦地摇摇头说：“他救不了我，他是救不了我的。王少成是个卑鄙的小人，我跟他毫无关系了，但我何尝不想跟一家人其乐融融过日子。”他又说：“请你不要怨恨我，我这一辈子犯下不可宽恕的错误，这个贫穷、缺损的家庭是我一手摧毁的。假如有一天我离你而去，你得替我照顾好民儿和寻找失散多年的女儿。”说罢，他松开她的手，一扭身钻入房间将门闩上。胡母才恍然大悟：“贤兵，你开门，你快开门…为什么要骗我？如此重要的事情竟将我蒙在鼓里。"

过不了多久，门外传来一阵斥责的声音，胡母赶紧抹干眼泪。她假装镇定自若地询问：“谁呀！”接着有人答着：“嫂子，是我。闻讯兵哥回来了，因此过来探望探望。”于是她假装问道：“贤兵几时回来的，可我一无所知呀！儿子还病着，咱们还四处打探他的讯息哩。”她出来开了门，将胡贤贵等人一一让到屋里，并搬来长凳让他们坐，又忙着去泡茶。“嫂子，不必了，他们还有重要的事情要办哩。”胡贤贵逐一向她道明来由，一个满脸络腮胡的汉子从人群中站了出来，并朝她走来。他一脸凶相，脸上残留着一条弧线的刀疤。瞪着双眼问：“他既然回来了，为何避着不敢见我，这样算什么男人？！”那家伙牙齿咬得咯咯作响，脸上的刀疤在不停地扭曲着：“你家丈夫是一位煞星，欠我一条人命，今日前来，总该讨回个公道吧！”

“你们是来寻衅闹事的？”她慌乱地说。

“噢，你自去问问你的兄弟。”

“贤贵，究竟是怎么回事？”她问道。

“嫂子，不瞒你说，兵哥在外欠了一身烂债。一年前，由我担保借了这位爷的钱高达五万，可他一拖再拖，至今一分也未还上。该咋办？否则，这位爷会拿我开刀。”

“你这个吃里爬外的家伙。”胡母骂了几句。接着她心里一阵发虚，弄不清那家伙什么来图，就赔着笑：“我不知发生了什么事，至于我家男人有失礼之处，还望您宽宏大量。”

刀疤脸的弧线抽搐了几下，鼻孔咕了一声，冷峻地说：“欠债还钱，否则，他就只好自行了断。”

第二十五章　背叛（下）

胡贤兵躲在屋里不肯出来，他很清楚地听到他们的谈话了，胡母感到分外失望，她的心隐隐开始作痛，刀疤的一言一语，甚至说话时所表现出来的那种凶悍的表情，着实让她恐惧。恐惧似一阵阵狂澜袭击着她的心灵深处，更料不到胡贤贵也为虎作伥了。

但胡民永远不明白，逃避却成了他为了生存下来的唯一生路。他逃避着人生的苦寂，逃避着生命给予的馈赠，逃避着世间的喧嚣尘埃，一切都淡淡地远去了。胡贤贵心里也十分愧疚。他献媚道："大爷，想必他已经远走他乡了，咱们还是走吧！"

"哼！就算他有遁天入地之术，我也要掘地三尺将他挖出来。"

"嫂子，让兵哥出来跟这位爷赔礼道歉，啥事都化了。"胡贤贵为难地说。

"谁是你嫂子，我不是你嫂子。你为什么要帮他担保五万块，雪山村村主任不做，他却野心勃勃想当起老板来！"她气恼地给了胡贤贵一个耳光，准备再次扇他耳光时，胡贤贵不躲也不让："嫂子，你打吧，我这人该死该埋。"

屋里传来一阵微弱的呻吟声，时高时低，胡母大惊失色了，一种不祥之兆笼罩在她心头。一会儿，又有几声声嘶力竭的惨叫声传出，她便破门而入，只见胡贤兵倒在地上了，他嘴吐白沫，脸色铁青，房间里弥漫着浓烈的毒药味，地上残留着许多玻璃碎片。他双手抖瑟，浑身似筛糠一般，他很想对她说些什么，但他始终吐不出一个词儿来。胡母吓得六神无主，哭喊着让胡贤贵去请医生，胡贤贵飞跑往村卫生室去了，一会儿，他又满头大汗地跑回来，手里端着半盆肥皂水，胡母用筷子使劲撬他的嘴，用勺子将肥皂水灌进他的嘴里，胡贤贵破口大骂："嫂子，那个缺德的医生到县城去了，留下他的女儿在卫生室里看书。"但一切都太迟了，胡贤兵的身子在地上挣扎了几下就不动了，刀疤众人站在旁边不露声色，一个个脸上露出幸灾乐祸的笑。当她苏醒过来的时候，屋里已经站满了村人，胡贤贵跪在她的面前，眼泪汪汪地说："嫂子，我不是人，是我害死了兵哥，胡家的列祖列宗不会放过我的。"自始至终，胡民也不明白他为什么会选择这种方式悄悄离开人间。胡贤兵的离去，直接影响着他们母子俩以后的生活和幸福。她含泪讲述着这段凄惨满怀的事时，胡民心如刀割，痛楚不已。并跪在她的面前请求道："妈，您别说了，什么都别说了。"胡民心里非常难受，站起身风一般地冲出门去。胡母怕他想不开，就跑出去到处找他，她是在一片密林前的草地上发现了胡民，他独自一人坐在那里悄悄地哭泣，她说："一切都过去了，今天是你爸的祭日，应该高兴才对。香火都点燃了，该去祭祭吧！孩子，他好歹也是你爸啊！"

弄屋里一片黑暗，夜很早就降临了，远处悄无声息一片，似乎一切都凝固了。胡民从神位旁侧内壁中取出香纸，点燃一支蜡烛，摇曳的火焰即刻将黑寂的弄堂照亮了。

他叩了三个响头，低声祈祷道："爸，民儿给您叩头了，请您安息吧！但我不明白，您为什么要逃避生活，去一个没人能找到您的地方，您难道不孤寂？生命对您而言，短暂而又漫长，您却忍心抛弃我们，抛弃这个支离破碎的家，但您可知道妈整日得面对残酷的现实！"

确实，这些年来，她卖血、捡破烂、帮工，起早贪黑，她都默默忍受了。有次凌晨四时左右，送人输血的司机在路上不停地按着喇叭，这是惯例。她听到喇叭声，于是爬起床匆匆忙忙地出门了。她是在别人的怂恿下才去卖血的。她自认为，人老了，迟早都有入土为安那一天。输点血又算什么呢？开始，她害怕血库负责人阻止她，抱着试探的口吻问过血库负责人，血库负责人对她怜悯道：“婶子，您这般年纪，还行吗？”

她坚强地说：“行，行的，咱年纪是大些，骨头硬，挺得住。”

血库负责人一声叹息：“还得瞧您身体状况如何，你应该没什么传染病吧？”

她坦然地说：“一切正常。”

“有过乙肝史吗？”血库负责人问道。

胡母心中一片骇然，根本不知道什么是一肝二肝，就只知道肝是肝，肺是肺，这话把血库负责人逗乐了。

她每次从血库回来，总是骗胡民说，二姨那孩子发高烧，烧到三十八度半，总该去瞧瞧，但她一身倦意，脸色苍白，说话时有气无力的。后来，一场意外的惊吓验证了事情的真实性。一天清早，她感到异常胸闷，忽然眼前一黑便昏了过去，胡母住进了医院，医生告诉她，那是由于身体虚弱的缘故。医生还说她患了严重贫血，一定要加强营养才行。她才把真实情况倾吐给医生。医生严厉制止说：“这种身体，你还敢贸然造次，简直不把性命当回事了。”她说下次不敢这样轻贱身体了，她这样也是迫于无奈，胡民很理解她的一片苦心。

弄屋里越来越暗了，燃着的蜡烛不时发出一阵爆裂的声响，蜡花在消融着，有一种说不出的无奈和忧伤。

桌上残留着蜡烛的泪痕，一滴一滴淌在桌面上了，胡民轻轻地将阴纸点燃，火焰跳跃着照亮空旷的墙壁，一片微弱的亮光印在墙上，十分单调和幽静。

第二十六章　命中注定

夜静极了，静得几乎让人充满惧栗，偶尔有几声吠声，那声音充斥着狂怒和强悍。胡母在内屋里恼着："是哪家的狗？可烦死人了。"

冰天雪地还有什么人来吗？胡民按母亲的吩咐出门查看，他没有看到任何人，昏暗间看见雪花洒落下来，一片一片。当他快要转身进入房间的时候，远处一阵树枝的破裂声传来，接着是一阵树枝倒塌的声响。原来门前那颗老槐树拔根而起，落了满地的枯枝残叶。

她在屋里咕哝着，三十年了，岁月沧桑，使它经历了无数的风风雨雨，它疲倦地倒下了，或许是它一生中最美好的归属。人不就这样吗，有一天终会弄得心力交瘁而倒下。

不知过了多久，狗叫声也停止了，只有寒风在房顶上呼啸盘旋而过，漫长的寒夜笼罩着人们一天下来的欢乐和痛苦，她的胸部疼痛感增加了，但唯一的好处是咳的次数明显在减少，她不敢将这种可怕的消息告诉给胡民。

次日清早，她要胡民陪她去找一位叫张洪义的人，他是一位医术高超的医生，可他也是一位有晚福的人。

胡母换了一身干净衣服，她快走出村口的时候，却犹豫不前。胡民也不知道为什么？后来，她把张洪义的地址告诉他，胡民怀着对一位医生的敬仰来到八仙街十一号。当他走进那间并不十分宽敞的药店时，看见一位年老的医生正叉着腰，偻着背站在一位妇女面前，那人应该是张洪义。他年近六旬，头发稀薄、银白，一双炯炯有神的蓝眼睛，病人是位姿色冶艳的少妇，医生的一双手不停地在她腹部上揉来揉去，胡民却有些尴尬和不习惯，这是不是医生的职业道德他一概不知。

“医生，咱浑身不舒服，您给我瞧瞧吧。”妇人娇滴滴地说。

张洪义微笑着耸耸双肩：“我给你开张药方，不就是旧病复发嘛，保证药到病除，高枕无忧。”

他一语道出，仿佛破解了她心中所有的疑问，她如释重荷地撩下胸前的衣襟。一条优雅的曲线将她的身段分割得如此均匀、谐调，她略低下头看着自己丰满高耸的前胸便走了。

医生喃喃道：“真不相信一个妓女也钟爱艺术，也让艺术生活熏陶着。”

原来她跟当地一位颇有知名度的画家结成连理。那位画家还是一位前卫诗人，由于近年来体弱多病，所以穷困潦倒。画家是一位非常内敛之人，整日只是让艺术生活感化着，几乎没什么朋友往来，他总是将自己关在房里享受着艺术的宁静。直到大功告成时，卖上几幅画赚些钱，他偶尔去一家上档次的饭店吃上几顿美食。一次偶然的机会便结识了她，从邂逅那一天起，她就被他的艺术气质彻底征服了。胡民心中一惊，想也想不到一座名不见经传的山城居然人才辈出，还有什么画家、诗人、作家这些上流人物，难道是墙内开花墙外飘香吗？

第二十七章　墙内开花墙外飘香的画家

为此，胡民决定跟踪那位艺术家的女人，她并不知道有人在跟踪她，但令胡民不解的是一位画家却放纵自己的感情去钟爱一位妓女。究竟是什么原因呢？一直让他想不明白。

她穿过几条小径，然后拐弯进入屿山陵园，胡民一时纳闷，难道画家仙逝了。因为屿山陵园里是漫山遍野的坟墓。半腰上有一座刚建不久的楼房，远眺似一座香火畅旺的寺庙。但他发现守墓者是一位四十岁左右的男人，他的右眼睁得特别大，仿佛眼珠要掉出来似的。原来是一只假眼，难道他就是那位画家？

胡民认为，一名画家必须具备的条件应该是双目不损。前面是一段上坡路，坡很陡，地上落满了枯枝残叶，凌乱不堪的道上走着几个装束平常的汉子，偶尔有一群民工从山上骑着自行车，吹着口哨，似旋风般冲下来。道路旁边焚烧着一堆垃圾，并散发着一股股难闻的臭味，下水道流淌着黑乎乎的污水，如墨汁一般。甚至还有令人作呕的粪便，苍蝇还在扑扑地飞舞，它们也没多少活力了。她的脚步开始放慢，她似乎意识到有人在跟踪她了。前面有一座猪棚，槽里的猪在哇哇嚎叫，叫得人心烦。一个男人一身肮脏地给猪倒食，也许他已经适应那种环境，反而显得不急不躁的。猪棚后面是一排用石棉瓦盖着的简陋房子，大大小小约十来间，女人突然闪身不见，但离胡民最近的那间房里传出一对男女调笑的声音，突然门吱的一声响，一盆脏水泼出来，恰好泼在他的头上，胡民几乎成了落汤鸡，一声惊叫道：“哇！你这人怎么了？智商有问题吗？也不瞧瞧呢！”一个眼小嘴尖的家伙出来频频道歉，又找来一块干毛巾替他揩干，正在左右为难之际，那个女人正巧提着一桶脏衣服出来，并惊呼呼地打量着胡民，并惊诧地问道：“你是……”

“哦，我是画家的一位朋友，曾经买过他的几幅画。”

“你认识我丈夫，对吗？”她笑着说。

“对呀！他的作品风格不拘一格，与众不同，确实是件艺术精品，十分具有收藏价值。”

“小兄弟，多谢你对他的赏识，他的作品并非你所言那般完美无缺。我作为他的妻子，也不知道自己丈夫的作品是否称得上一件艺术精品。现在他得了一场病，已经卧床不起了，我们为了生存下来，不久前我进了一家食品厂上班挣钱，我丈夫一生中唯一的心愿就是待病愈后，能够去北京、上海等地举办一次画展。”

“他一定能够如愿以偿的。”

“但愿如此吧。”她开心地笑了笑，“兄弟，你是我丈夫的朋友，为什么不进去看看他呢？”

“我……”

不待胡民说话，她便在狭窄的过道嚷着：“华生，你朋友来看你来了。”

胡民却有些犹豫了：“嫂子，像我这位不速之客不会令画家反感吧？”

“兄弟，你别这么说，今天正巧是我丈夫的生日。因此我向工厂里的主管请了一天假，待会儿上街去买些东西回来给他过生日。”胡民被她的体贴入微感动了，为画家拥有如此贤淑的妻子而感动。

她带胡民进了屋，屋里一片寂静，她说他或许睡着了，原本打算邀请几位圈内朋友来庆祝一番，给他冲冲晦气，现在这种状况，我也没跟他的几位朋友说。

胡民激动地说：“看来，我今天运气确实不错，能够与画家共聚一堂，也是我的荣幸。”他发现，他们夫妻俩所居住的住处十分狭窄拥挤，约十来平方左右，右侧靠墙壁处摆置着一张简陋的床，床前放着一张书桌，但桌子很宽大，桌面上堆满了许多书籍和纸张，在众人的眼中，画家的生活应该是如此惬意和充满诗情画意，不幸的生活却偏偏降临在这位画家的身上。

画家终于醒了，他便高兴地招呼胡民坐。他的妻子说：“这位兄弟曾多次替人买过你的作品，你还记得吗？”他沉吟道：“病糊涂了，像是有这码事。”画家仰头望着他微笑，他的笑很厚道，十分平易近人。

“兄弟，咱们曾经相逢过对吗？可是我近年来足不出户，真回忆不起咱们在啥地方遇上过。”

胡民道：“我真敬仰画家才华横溢，因此慕名而来。”

画家坐在床上开心地笑了：“小兄弟，献身艺术终会受穷，你不怕吗？”

胡民正欲开口，他的妻子便一旁打岔说：“华生，今天是你生日，咱们应该快快乐乐过一天。只要你快乐，我也快乐。”

但让他吃惊的是画家的右腿是一只假肢，床边靠着一根拐杖，他的右腿从膝盖处齐齐地断去，接上的假肢很长，因为他个儿极高，看上去十分单薄、枯瘦。

他脸庞苍白，一双圆润的大耳让略卷曲的长发遮了一半，一副大框眼镜罩着双眼，从他的眼神中透着一股非凡的艺术气质来。

那天夫妇二人异常高兴，画家坚持独自拄着拐杖出门透透气，也许是长久未活动的缘故，他完全丧失了行动能力，还没穿过那条狭窄的过道就快摔倒了。胡民慢慢地扶着画家去街上逛了一番，画家的心情十分舒畅，并不停地问胡民一些关于人生的问题。从他的言谈、举止来看，他的心在慢慢地释放，也许那天是他一生中最快乐的日子，出门时，他的妻子叮咛他们早点回来与她吃上一顿丰富的晚餐。

胡民不明白，他的妻子在他面前表现得唯唯诺诺，言听计从，难道一名妓女也能被艺术生活感化吗？真让人难以置信。

他们回来的时候，画家十分疲惫了，是由胡民一路上扶着回来的。他们回到屋里后，画家依旧气喘吁吁，胡民为他准备了一盒生日蛋糕，蜡烛点燃了，三十五支蜡烛在那间小屋子里闪闪发光。

他的妻子说："华生，许个愿吧！以图个吉利，这些年来，我们的生活过得不容易啊！"画家的双眼扫向胡民和他的妻子，他没有祈祷，而是缓缓地、努力地向她靠近，伸出双手将他的妻子紧紧拥在怀里。深情满怀地说："谢谢你，亲爱的圆。"胡民才知道她的名字叫苏圆。一会儿，画家又掉头对他说："小兄弟，谢谢你伴随我度过人生中最快乐的时光。"说罢，他却搂住他妻子的脸一阵疯狂的热吻。她脸上灿如桃花了，慌忙从他的怀中挣脱出来，尴尬地说："来，咱们吃蛋糕吧。小兄弟，吃吧。"他们的举动让胡民有些瞠目结舌，他深爱他的妻子，爱能给予人的温暖，爱让他们的心紧紧连在一起，一辈子永恒……这也是一名画家对事业和爱情的执着。

胡民感慨道："要有部相机多好，我会替你们把当时的情景拍摄下来。"她掉转身去把柜里翻了一遍，却没有找到相机。

"华生，那部相机呢？"

他回答："去年送给一位北上的朋友了。朋友临行时，当时没准备礼物，于是就把随身携带的照相机送给了他，朋友坚持不肯收，但最终还是收下了。"

垂暮之时，胡民离开他们的家，夫妇二人把他送出很远，并一直叮咛有空经常去探望他们，然后由他的妻子将画家背回去。那一刻，泪水不知不觉地遮住了胡民的视线。他是被她的行为而感动了，他看到他们的爱情是那么执着，难舍难分……

次日午时，胡民再次踏进那家药店，张洪义目光似炬地盯着他，医生善于察言观色，他的眼中永远透着一股不近人情的光芒，总是用一种异样的眼光打量着那里的每一位病人。

“小伙子，你从雪山村来的吧？你认识胡贤兵吗？”

胡民回答道：“他是我爸，他很早就去世了。你的长相酷似你爸，我一看见你，就会回忆起从前的事情来。”接着一阵意味深长的叹息。二十年了，一切都淡淡地远去了，给他留下的是一段封尘的记忆。

他说：“我跟胡贤兵是朋友，朋友之间不存在任何隔阂和焦虑。你说对吗？”

“叔，您能告诉我为什么吗？”

他似笑非笑地望着胡民，但他发现他的眼眶里泛着一股润潮，然后喃喃道：“人为情种，收获不同。妓女迷痴艺术，其间便有情缘。”

“您是说那位画家的妻子对吗？”昨天胡民去拜访过他们，还扶着画家到街上透气，他的情绪一直很稳定，但身体十分虚弱。

张洪义惋惜说：“那对夫妇也怪可怜的，或许那位女人在替自己赎罪吧？”

是的，她确实在替自己赎罪，否则，她也不会心甘情愿为一个穷困潦倒的男人牺牲自己。

午饭时，张洪义盛情挽留胡民在他家吃午饭，他老伴去世后，他孤单地度过这些年，还有一个在药房里抓药的小伙子，是他的侄子，刚从卫校毕业不久。他是位书卷气十足，外表略显软弱的人，说话十分结巴，嘴唇大而厚，对人十分热情厚道。他不停地给胡民夹菜，每说一句话噎了半天，张洪义低声地训斥他：“吃慢些，千万别噎着哩。”胡民强忍不敢发笑，他吃完便招呼几句进药房去了，张洪义告诉胡民，他的侄子不苟言话，说话词不达意，卫校毕业没有找到一份合适的工作，就干脆让他在药房里学抓药了。

天空中偶尔飘起几缕雪花来，平安的圣诞夜悄悄来临了，疏冷的街道变得空旷起来，偶尔看见几个蜷缩身子，双手插进衣兜里的人沿着屋檐下歪歪斜斜地行走，又有人从这条巷穿过那一条巷的。街道两侧的路灯仿佛快瞌睡了，没精打采地闪耀着，那时，胡民突然想到了画家和他的妻子，他们是在开开心心欢度平安之夜？画家会不会用吻的方式感激他的妻子呢？

第二十八章　恐怖的中毒事件

后来，胡民顺着那条大街往前走，前面不远处有一家火锅城灯火通明，门前张贴着看上去很新的海报，一个虎背熊腰的中年人穿着厚厚的棉袄在门前悠闲着，他那刚强的脸上充满狂妄和恣意，从他的眼神中透出男人少有的暴戾和凶残。同时，他几乎带着一种不屑一顾的眼神打量着过往的路人。

胡民上前道明来意，他斜眼瞄了一眼，说："你能吃苦耐劳吗？干我们这行，可是饭店里卖床——有吃有住。如果你有这份诚意的话，明天清早不妨过来面试一下。"

第二天清早，胡民面试顺利过关。午后，他回到雪山村，并将这桩喜讯告诉他的母亲，胡母非常高兴，她忙着帮胡民收拾行李。

也许是他欣喜若狂的缘故，入夜，胡民不停地做噩梦，梦见画家让他的妻子抛弃了，让他一个人留在一座寂静的孤岛上，那里涌着风，一片波涛汹涌的海浪，还有一株株婀娜多姿的杨柳，杨柳像伊人般在飞舞，突然画家拄着拐杖，缓慢地，痛苦地朝大海深处走去……一声惊叫将他吓醒了。

当胡民醒来的时候，窗前明亮一片。农家那种平淡的生活又延续开了，一切都是那么淳朴和乏味，庄前的广播在哇哇响着，接着一个歌手唱了一首词调优美的民歌，歌声十分撩人，那片土地渐渐地喧闹起来了，胡民马不停蹄地赶到了灵山县。

午时，火锅城前陆续停了十几辆轿车，五短身材的老板满脸堆着笑向客人们招呼着。胡民甚是惊奇，便向一伙计打听，伙计瞪着双眼斜了他几眼，骂了他一句：“白痴。你初来乍到，还不清楚老板的社会背景吧。”伙计接着如数家珍地说：“省长是县长的同学，县长又是老板的姑父，加上这层复杂的社会关系，人家不能不给面子啊！”听他这么一说，胡民心里有一种说不出的嫉妒，不就是县长大人是他姑父吗？他谢过伙计，便忙着给客人传菜和擦桌子。

胡民一干就是近三个小时，下午三时左右，客人们逐渐疏少了，刚想停下来喘口气，熊荣却摇摇晃晃地走近他的身旁，他用宽厚的手掌往胡民肩上拍了拍，说：“小伙子，好好干，我不会亏待你，如若怠慢了我的客人，我会让你‘衣锦还乡’的。”说罢，他的脸上露出几丝难以觉察的冷笑。

忽然进来一名服务生，他礼貌地说：“老板，王县长到了。”熊荣就一声不吭地出去了。接着听到熊荣在门外朗声道：“县长，里面请。”一会儿，一个年纪约五十开外，身材魁健的男人缓缓出现在胡民的眼前，年龄上的差距并不影响他的气质，他腰板笔直，外表十分威严，一双大眼在不停地旋转着，从他那难以洞察的眼中透出一股让人震慑的威严来。王少成刚落座就问：“近来生意如何？”熊荣躬身赔着笑说：“姑父，托您的洪福，否则，新穗街那几家早就关门大吉了。”

“总之，这是我的地盘，谁敢跟我有什么间隙，我就让他们都不好过。你说我的话对吗？”

熊荣受宠若惊地说：“对，对，让他们一个个倾家荡产，才消我心头之恨。”熊荣示意，即刻唤来一位服务小姐，她们端来咖啡恭恭敬敬地摆在王少成面前，那位艳丽的服务小姐正欲扭身离去之际，王少成瞅着她问：“姑娘，瞧你面孔陌生，一定是新来的吧？”她低头羞愧地说：“是啊！我上个月刚来的。”

“咱们好像在哪里遇上过，对吗？”

她轻柔地答道：“县长，您可能认错人了。我一介柔弱女子，您咋认得我呢？”

“今天我们有缘，也是我王某的荣幸，来，陪我喝杯咖啡好吗？”

她摇了摇头：“不了，我还要去忙哩。”她双手拘束交叉搁在胸前，显得十分矜持，她忽见站在一旁的熊荣向她递了个眼色，于是她的脸上开始活泛开了，然后笑眯眯说：“县长，我不喜欢这……我就陪您喝杯酒吧。”

王少成称赞道：“好，好，有性格，也难得姑娘如此豪爽。”一顿丰盛的午饭一直吃到太阳偏西，但王少成已让她灌得烂醉如泥。

当她搀着王少成下至一楼的时候，胡民看到了她的脸庞，不可思议的是那位搀着王少成的竟是他的朋友林博雯……同时，她也发现了胡民，林博雯的出现使胡民的心中莫名涌起一种难受的滋味，那种滋味不断地折磨着他的心。

胡民终于叫住了她，蓦然回首之际，她那悲凄的眼光与他久久凝视着，他看见她的眼中充满了泪水和一种难言的悔恨。

王少成转身对她说：“姑娘，你跟他认识吗？那人简直不可理喻。”他的话带着几分专横和不屑。

林博雯扬扬眉道：“我不认识他。县长，刚才我喝多了，头晕乎乎一片。”

一会儿，林博雯让他带走了，车在人流中缓缓行驶着，她感觉到自己活在梦幻中，于是努力将双眼透过前面的车窗，但她的眼前依旧模糊一片……

约二个小时后，林博雯疲惫不堪地回来了，她头发蓬松，脸色憔悴不堪。熊荣脸上浮现出阴谋得逞的神情，并一眼接一眼地注视着她慢慢地进入火锅城。

然而，在那段日子里，生活是那般平淡和乏味，但荣胜火锅城依旧一派华丽，如同一座宫殿一般。

胡民一干已有两个月有余，那期间，他目睹了当地一些大小官僚的不正之风，一想起这些来，他的心里就有一种说不出的痛。

一天中午，该是午饭的时候，突然一个伙计替胡民送来了预先准备的饭菜，他谢过那位伙计，接着伙计面带微笑地走了。草草吃罢饭，他便与几名伙计陆续收拾桌上的碗筷，刚收拾完桌上的碗筷，胡民突然觉得自己浑身乏力，接着一阵反胃，想吐又吐不出来，吐的却是一摊酸水，肚子也一阵绞痛，犹如万箭穿心一般。忽然眼前一阵发黑，接着，他便像一堆烂泥瘫在地上了。

待胡民苏醒过来的时候，他隐隐约约听到耳畔有个声音在呼叫着他的名字。但他始终睁不开双眼，他担心自己会在这场灾难中不明不白地死去。那时，只感觉自己很冷，像躺在冰库里一样，也许是寒冷刺激了胡民，又使他很快恢复了理智。

过不了多久，他发觉自己身上有了余温，一股热气像血液一般在他的身上流淌着，他是让人抱着的，胡民努力睁开疲惫的双眼，朦胧间看见林博雯对着他微笑。

她看见胡民醒了，她十分激动地说："胡民，你怎么了？你说话呀！"他很想对她说些感激的话，可是他的声音小如蚊虫，同时乏软的双手渐渐往下垂，紧接着整个身躯往下挪。林博雯急了，便对着一个伙计嚷道："你帮帮忙吧，他真的快不行了。"胡民已经失去知觉和力气，但她紧紧搂住了他的身体，开始，她的脸上一团绯红，心里怦怦跳个不停，在生死攸关之际，她再也不能顾及这细节了，更何况心灵深处一直深爱着胡民。这时候，熊荣跑下楼来，他看见形势不妙，他急忙吩咐将胡民送往附近的医院。胡民是由几个伙计抬着进医院的。一位年老的医生慌慌张张从桌上拾起眼镜，并唤来一位年轻助手，慌忙说："快，给他打止痛针，然后再挂吊瓶。"年轻的助手好不容易才将长长的尖针扎入他的血管，熊荣在一旁阴沉着脸唠叨着："遇上倒霉鬼了，这杂碎原本有病，如果是什么传染之类的病，咱火锅城岂不是让他毁了。"

站在一侧的林博雯恼了："老板，都快闹出人命来了，你还在埋怨啥？他若是有什么三长两短，你的火锅城该如何收场呢？"

熊荣嘘嘘地叹息了一阵说："难道我不急吗？"

年老的医生摘下眼镜，从桌上拿了块白绢轻轻在两块宽厚的镜片上擦了擦，表情严肃地问："病多久了？"

"谁知道他病多久呢？"熊荣懊恼地说，"杂碎果真有病，这下把我折腾惨了。"

医生毫无把握地说："病人患了疑难杂症。"

熊荣急迫地问："他得了胃溃、肝炎、结核、十二指肠哪种？"

医生说："他中毒了，药量少些，否则，他会七窍流血而死。"

熊荣恼了："医生，你不能信口开河呀，我靠饮食业起家，你如此推断岂不是毁了我的声誉。"他又想，如果真是这样，那投毒者又是谁？他们一定在嫉恨我，因此伺机整垮我。

医生摇了摇头，说："你们还是将他转移到县医院去吧，我已经尽力了。"

熊荣气得直骂："饭桶，全是饭桶，技不如人，就别吃这行饭嘛。快，快给这个杂碎扶上车去。"

于是众人又将胡民移至县医院，一到县医院，医务人员将他推入急救室，然后又给他抽血、化验、拍片、作CT检查。并初步得出结果："病人是由于食物中毒造成的。"

熊荣大惊，在他脑中立刻闪出无数种猜疑来，天哪，如果这事张扬出去，火锅城居然闹出有食物中毒事件发生，一旦媒体披露出来，那意味着什么！熊荣心里非常明白，投毒者安的什么心。如果投毒者不达目标而不择手段的话，那就意味着他那苦苦经营的火锅城将会面临一场浩劫，熊荣叫来了众人，他表情凝滞地说：“你们给我听清楚，分明有人在泄恨，想置我于死地。此事不能泄露出去，否则……”说罢，他的眼中充满着无限沮丧和愤怒，熊荣深深地知道，自己所经营的火锅城刚步入正轨，生意日渐好转，却又闹出如此事端来，他的心里能说不气吗？接着，他便气急败坏地走了。

第二十九章　绝代佳人（上）

过了几天，胡民的病情有所好转，林博雯却向熊荣辞了那份工作，也不知道她为什么？当辞工书递交到熊荣手里的时候，他非常气愤，便立马唤人找到了林博雯。她却说："辞工就是辞工，哪还有什么借口和推托呢？"熊荣脾气又来了，他张口骂道："难道你看上那个杂碎了？我高薪聘你来，你却不识相。"林博雯还没等他的话说完，就拎着一个黑色皮包走了。

胡民终于醒了，窗外一片亮光，一束阳光如水般洒在窗台上，田野里覆盖着一层厚厚的浓霜，干枯的草地上如同生了一层霉菌，像食物腐烂变质一样。

突然，他听到电视在预报天气的节目，那天气温3－5℃，山区已降小雪，北方有许多城市已降大雪了。

林博雯再次出现在胡民所住的病房里，她推门进来，哈着手说："你醒了，外面天气很冷，多睡一会儿吧。"胡民十分感激地望着她笑了笑，说："谢谢你来看我，谢谢你这么久来对我的悉心照顾。"

"拜托你啦！你别这样客气好吗？你昏迷不醒有几天时间了，当你昏迷不醒的时候，我的心都快碎了，思想上便产生一种无法预测的幻觉来，担心你从此不再醒来。于是我趁着医务人员不在的时候，还偷偷地掉着眼泪，总是担心不幸会降临在我们的身上。如此看来，那种纯属多余的担忧，简直是一种累赘。"

在那段时间里，林博雯一直在胡民的身边默默地守候着，她几乎一刻也不离开他，她以孤独的方式为他守候着，好像渔夫的妻子盼望出海的丈夫早日归来一样，但胡民觉得自己愧对了她。最后，他惊诧地说：“博雯，我们还是保持一定的距离好吗？因为我不是你所喜欢的那种男人。”

林博雯闭上眼睛吁了几口气，然后说：“你要我离开你对吗？你为什么还是对我持有偏见，你告诉我为什么好吗？”

“我是个瘟神，并且一无所有，我生活在这个世上没什么价值可言，难道你不觉得失望和后悔吗？”胡民痛苦地说。

“你什么都不用说了，不论如何，我会痴痴地深爱着你。待你的病痊愈后，我们就离开这个熟悉而痛苦的鬼地方好吗？”

病房里开始越来越暗，已到掌灯的时候，外面冷风飕飕，大街上几乎没有几个人在行走。这里的冬天真像个冬天，雪降临得太早，立冬不久便开始下第一场雪。第一场雪足足下了半月之久，待大雪初融后，寒风依旧袭面，才真真切切感受到寒冬的残酷。

病房里开始变冷了，由于他身子虚弱的缘故，冷得让他无法入睡，林博雯便向医务人员要了一床干净的被褥给他盖上，胡民才慢慢地又沉睡了过去，因为一个从死神中挣脱出来的病人需要足够的睡眠来弥补身体受到的伤害。林博雯不忍心将他惊醒，她无所事事地坐在床沿上默默守候着。在她心里，爱一个人不需要太多的言语，就这样默默地为所爱的人毫无保留地付出，她反而觉得是一种快乐和幸福。

由于太困的缘故，过不了多久，她便趴在床上打盹了，突然一阵急促的敲门声把她惊醒了，她起身去开了门。门开了，一个长相非常漂亮的姑娘面带微笑伫立在门口。那一瞬间，林博雯几乎让她的美艳惊讶得瞠目结舌，她结结巴巴地说：“你……你是谁呀！请进吧。”

那位姑娘稍点点头，说：“咱们好面熟啊！”

“是吗？我好像第一次遇上你呐。”林博雯倨傲地说，“哦，我倒想起来了，你不就是那位倾城倾国的绝代佳人吴如柔吗？”

吴如柔双手一揖：“不敢当。听说胡民病了，因此我过来探望一下。”

“多谢吴姑娘一番美意。”林博雯不屑地说，“他的病都快彻底恢复了，不日便可以出院，如柔姑娘着实不该来啊！我坦白告诉你，胡民是我的未婚夫，待他的病好后，我们就举行婚礼。”

吴如柔气急败坏地说：“你疯了，你是个疯子。”

其实，但凡女人都有如此，当她们同时爱上一个男人时，她们都会在自己心爱的人面前施展女人特有的魅力来征服自己所爱的男人，这是女人的天性。她们一旦失去这种天性，就会变得争风吃醋。

吴如柔继续说：“你既然那么爱他，还打算成为他的妻子，你究竟爱他什么？！”林博雯一时哑然无语。

胡民让她们吵醒了，他睁开双眼看见吴如柔站在床前，心里有一种说不出的高兴。

吴如柔高兴地对他说：“胡民，你好些了吗？”

“你放心吧！我不会死的，因为滚滚红尘中还有许多事情值得我眷恋。如果有一天死亡降临在我的头上，我也要将最后一口气咽着给自己最心爱的人。”

林博雯受冷落地站起来朝他们扫了几眼，然后悻悻地朝门外走去，胡民唤住了她。她止住了脚步，并扭转身说：“我留下来没什么意义了，有吴姑娘这种倾国倾城的女人陪在你身边，难道你还寂寞吗？”说罢，她旋风般地冲出了病房。

她刚离去，就有一位医务人员跑进来问他们发生什么事了，吴如柔对他说：“她有些急事要办，因此先离开了。”医务人员惋惜说：“刚才看见她哭着跑出去，一副伤心难过的样子，也不知道她为什么而难过。”

胡民出院那天，天气晴朗，艳阳高悬。在寒冷的冬季里，是很难遇上这样的好天气的，熊荣亲自开车接他出院。他有如此举动简直让胡民不可思议，于是再次回到久违的火锅城。胡民回到房间准备收拾东西打道回府，熊荣得知讯息后就赶过来拦住他质问："好一个丧门星，你这么快就想离开吗？咱们好歹相识一场，我们还来不及痛痛快快庆祝一番。"

"熊老板，谢谢您对我的关照。这分明有人在泄恨！"

"泄恨！"熊荣反问道。他的脸上十分难堪，脸上的赘肉绷成几团，"谁在泄恨！你才在坑害老子呐。不论如何，我一定找出肇事者，还你我一个清白。上次的饭菜通过化验，里面的确拌有少量的毒药。既然投毒者阴谋未逞，他们一定不会善罢甘休，倒不如顺水推舟，以你为诱饵，我们或许会钓上一条大鱼来。"

在荣胜火锅城里，胡民再次遇上了何冬生，他的肤色略比以前黝黑，神色诡异，嘴里时常衔着一支牙签，照他的话说，牙痛不如让人剁去一个手指，那仅是他作践的想法。

他微笑地跟胡民打招呼："兄弟，咱们好久不见，你还好吗？"

胡民上前握住他的手，说："好啊！"

"前次我们蓉城匆匆一别，真是迫于无奈，开始我缠着跟那个女人结婚，真不知趣，我怎么会娶一个随心所欲的妓女哩。"他又告诉胡民，他在三楼当管事，混口饭吃，待赚到钱后再干一番轰轰烈烈的大事业。但胡民不得不怀疑他的野心来，他已经不是昔日的何冬生了。

自后，林博雯下落不明不知去向。有关她的离职，熊荣只是轻描淡写地说："留住她的人，而拴不住她的心。"如同一场破碎的婚姻一样，任其一方选择离开是最佳解脱方法。但林博雯的确为熊荣招揽了不少生意，好歹新老顾客贴了心，这也不能表明除了一个风骚艳冶的林博雯会造成什么样的结局。女人终是个女人，像个装饰的花瓶一样。总之，一些当地有颜面的政府官员，他们都有着共同的致命弱点，最终目的都是为了职位升迁。谁都知道王少成是其貌不扬，一副熊样的熊荣的姑父。

在以后的那段时间里，熊荣一面对外俘获年轻漂亮的服务小姐，一面又暗地巴结各达官贵人。“人靠衣装，佛靠金装”，这是熊荣在生意场上惯用的赚钱伎俩，但毫无疑问的是一个偌大的火锅城并不是靠漂亮女人支撑起来的，这是现实。

第三十章　绝代佳人（中）

一个夜晚，胡民很晚才回到房间，刚打盹，房门让人重重地踢了几脚，熊荣愣头愣脑地嚷着：“出来，都给我滚出来。”他打开门出来看个究竟，只见熊荣撒了一裤子的尿，人瘫软在门前的过道上，鼻涕牵了一条长长的直线。原来，他陪着王少成等人喝了半夜的酒，出门小便时找错了厕所，闹得胡民直嘀咕。后来，他媳妇听到呻吟声才扭着屁股跑出来，闻到一身酒气，她皱了皱鼻子，呸的一声响，一口啐沫吐在熊荣的脸上。

“蠢货！一天就知道泡在酒桶里，你去死吧！”然后她头也不回地进房间关上门睡了。

约半月后的一天中午，吴如柔突然给胡民打来电话，约胡民在开心酒吧碰面，胡民不知道发生什么事了。他如期而至，一直到很晚才回来，让他很难过也很失望。一连几个小时的聚会上，吴如柔都是面无表情，几乎没说上几句话。一刹那间，胡民心中一阵大乱：“如柔，你怎么不高兴啦！是不是我做错了什么！”她哽咽：“也许咱们以后不能在一起啦！因为王家已向我家下了贵重的聘礼，父母也乐意这桩事了。”

胡民蛮横地说：“你把聘礼原封不动退回去，拒绝这门亲事不就得了。你不能嫁给王歌怡，不能嫁给一个你不喜欢的男人。”

“你不知道，那个可厌的家伙总是三番五次去我家骚扰我，让我无法平静地生活。他也亲口对我说，她就是迫害梅老师的真正凶手。是他，一定是他，他就是迫害梅老师的真凶。那个可厌的家伙，为什么偏对一个女人下如此毒手，他究竟带什么动机和企图呢！”

“一定是泄恨吧。”胡民道，“真的，像那种卑鄙小人还值得你去爱吗？你把聘礼退掉，他就会知难而退，败兴而归。你是个文化人，难道还不懂得自己的婚姻自由？何况我们一定有着美好的将来，我要看着你踏入殿堂成为我的妻子。”

当他们从酒吧走出来的时候，外面风刮得很大，路边的树叶一片一片住下落，不多久就铺满整个人行道了，吴如柔望了望地上残叶，心里有一种说不出的失落，那种失落多半是因胡民而起。

他们顺着南门往西拐，还没有到达西街的尽头，突然一辆银白色奥迪轿车在他们眼前刹住了。车门一开，一个衣着潮流时尚的青年猫身走出来，他耸了耸肩，朝着我们投来惊诧的目光，接着一脸阴森双眼瞪得血红，挑衅道：“好一个胡民，果真非同凡响，只怪王某不才，就连一个柔弱女子也征服不了，眼睁睁看着自己心爱的女人投怀送抱，确实有些遗憾。不过，你别高兴得太早，因为我爸已向吴家下了聘礼，与吴家结成秦晋之好，吴如柔马上就会名正言顺地成为我未过门的妻子。”

吴如柔十分气愤：“你休想！你别做白日梦了！”

王歌怡不气不恼，阴阳怪气地说：“如柔，你别这样，你始终是个女人啊！梅叶素是我逼死的又如何！她含恨去了九泉，因为她失去了不该失去的东西。她跟你一样，永远不能摆脱世俗观念。”

这个时候，何冬生不知从哪里蹿出来，跑上前询问：“怡哥，出什么乱子啦！”

王歌怡晃晃肩说：“他想作乱哩，你去狠狠地给我教训他一顿。”

胡民圆睁着双眼，眼中喷射出一股不可抗拒的怒火来，一步一步朝前逼近。

何冬生说："伙计，你要干吗？难道我们兄弟情谊你忘了吗？"

"我没有忘，可是你忘了，忘得一干二净。"

何冬生解释道："一场误会，大家有话好好说嘛。王歌怡是我大哥，也是生死之交。我不能失去他你懂吗？他给予我美好的幸福生活，否则，我还在贫穷和痛苦中苦苦挣扎。"

胡民嘲讽道："哦，原来你也是个势利角色。今天，我也不想用任何言语辱没你，因为我们毕竟曾经是朋友。我想对你说，咱们兄弟情谊从此断裂，互不相欠。"

"既然你不顾兄弟情谊，可就别怪我翻脸无情。"说罢，王歌怡俩人悻悻上了车，呼啸一声便朝前驶去了。

胡民回到荣胜火锅城时，熊荣正在午睡，他适才又喝多了酒，可是他那胖媳妇缠着他白天干那事。何冬生猫身闪到门外："老板，出乱子啦！"里面传来一阵哈欠声，接着一个声音懒洋洋地答道："啥事？"门开了，熊荣的媳妇扭着身子堵在门口，"谁闹事了，闹出人命了吗？"

"倒不至于闹出人命，可影响极为严重。"

熊荣在房里有些烦躁："你大惊小怪什么？我还认为发生人命案呢！"

"老板，你有所不知，是胡民那个家伙在寻衅闹事，他还用石头砸了歌怡的轿车。"

"你先说，是谁先动手闹事。他们之间究竟为什么？！"

"当然是胡民那个家伙。"

"呵呵……果真反了，你们反而让一个小白脸唬住了。"

何冬生低头哈腰说："老板，像胡民那种人，又不会处事干活，不如先解雇了他，以免后患。更何况那家伙初来乍到，便给您惹出如此多的事端来，还让您劳神破财，把他留下岂不是一个祸根。"

熊荣说："你告诉我，你跟胡民之间究竟有什么间隙和冲突，为什么会憎恨他？"

"老板您千万别误会，我是替您分忧，免得以后带来麻烦。"

熊荣说："至于这事我自有主张，下去吧！"

何冬生觉得自讨没趣，他转身下楼去了。

第三十一章　绝代佳人（下）

冬末的阳光懒洋洋地洒落在大地上，地上一片斑驳的淡黄。空寂、荒冷的街道逐渐喧闹起来，四处呈现一派生机蓬勃的景象。明媚的春天渐渐穿破冰封的寒冬，它的脚步近了。四处的灯光开始亮起来了，突然荣胜火锅城门口驶来一辆蓝色轿车，车一停，从车上下来三个装束花里胡哨的青年来，他们朝火锅城打量了几眼，一个高个儿对另外两人挤了挤眼，便摇头晃脑挤进了火锅城。

高个儿说："熊老板在吗？咱们是他的常客，今日来此小聚。"

胡民迎出来对他们友好地说："对不起，他一大早去了杭州，也不知他什么时候回来。"

高个儿斜眼道："你好面熟啊！"

"是吗？我姓胡，是这里的伙计。"

"呵！原来你就是胡民对吗？真是踏破铁鞋无觅处，得来全不费功夫。"

胡民心里愣了一下，三人齐声怒吼："你还愣着干吗？当心爷们把你的眼珠挖掉。料不到一个模样斯斯文文的小白脸也是一个朝秦思楚的货色，但可惜长了一副猪脑袋，也不撒泡尿照照自己。不过，爷们一路兼程从广东赶来，难免身心劳顿，晚上还得找个地方好好休息呢！"余音未落，一个家伙旋风般窜起身猛地抓住胡民的衣襟，一拳狠狠地朝他的鼻梁揍来，顿时血流如注。此时，坐在西侧一个人捺不住了，那人醉醺醺地从桌旁站起来，嘴角沾满油汁，他努力用手抹了一下嘴，众人张望过去。西侧一张桌上狼藉不堪，一瓶二锅头所剩无几，他喝得如此酣醉，并且开始不断说着酒话。人总是那么矛盾，为什么一生总是在失势和得势的漩涡中苦苦挣扎，难道这一切都是天意？

“这几个不知天高地厚的家伙竟敢行凶打人，目无法纪，有本事就冲我来吧！”他往自己的胸膛拍了拍，然后打着酒嗝，嘴里散发出让人窒息的臭味。一个好心肠的伙计替胡民打来一盆水，把他脸上的血迹洗尽，让人扶着去了医院。三个家伙生怕惹出祸端来，他们溜出门上了车便匆匆离去。

车在和平住宅区停住了，三个家伙从车里钻出来，他们蹑手蹑脚溜入一幢外表豪华气派的楼房。然后乘电梯上至三楼，三楼右侧一间房门虚掩着，那是王歌怡的卧室，刚要推门进去，不料房内传出一位女人甜甜的笑声，女人妖冶地说：“怡哥，别这样，人家害臊嘛！”王歌怡正搂着那个女人纤细的腰肢热烈地狂吻，他们是那么激烈，那么贪婪。女人陶醉在亢奋中，不时散发出让人全身酥软的叫声。原来，她就是千娇百媚的林博雯。自从她离开荣胜火锅城后，便重操旧业。

“自从那次在怡春楼遇上你，你不知在我身上下了什么咒，害得让我为你梦绕魂牵。”

“既然你这样爱我，你能娶我做你的妻子吗？”林博雯蓦地投入他怀中温柔地说。

“你要跟我结婚？”王歌怡面无表情地问。

“是啊！我不希望一个男人给我只是短暂的幸福和快乐，而是永恒此生。”林博雯镇静地说，“但我发现你们男人总是在相互猜疑，彼此都不信任，甚至发生永远不能化解的间隙和冲突，似乎各自的心里都隐藏着极大的野心，你跟熊荣有着化解不开的间隙，这是众所周知的事情。”

“我跟熊荣是有些冲突，但我们毕竟有血缘关系，我跟他是表兄弟哦！”林博雯被他的话怔住了，难道胡民中毒事件跟他存在着极大的关联，他才是真正的幕后操纵人。

王歌怡望了望她，说："你很想知道些什么对吗？真的，我可以对你坦诚相告。"

"歌怡，我是个女人，对于你们男人之间的事兴致不浓，永远也不明白你们整日在追求什么，是权势？还是金钱？"

"林小姐果真聪明绝伦，你一定很想知道有关胡民中毒事件吧？"

"不，我没那意思，我们女人对这种事不感兴趣。我早说过，你不知道我心里有多难受，我只想让我的爱情早日找到一份避风的港湾，从此不再受任何伤害。因为我无法这样漫长地等待下去，担心这种消极的等待终会给我带来一场噩梦，也是一场没有终结的悲剧。自己根本无法忍受这种受人歧视的生活，你懂吗？"

稍后，王歌怡脸上略有些不安地说："过不多久我们结婚好吗？"

三人进门后，刚落座，林博雯推托有事情要出门一趟，王歌怡送她到楼下，并嘱咐她早些回来。他们彼此默视了一阵，王歌怡才恋恋不舍回到了楼上。一进门，他劈头盖脸地问："事情办得怎么样了？"

高个儿站出来说："大哥，你尽管放心，我们已经替你出了口恶气。"

王歌怡一阵冷笑："好，好啊！胡民呀胡民，现在你我势不两立。对啦，那批货弄得怎么样了？"

"大哥，我办事，你放心，那批货绝对不会出丝毫纰漏。"

接着他扭转身对着三人笑着："咱们是兄弟，有钱大家赚。"

直到万家灯火闪烁之时，三人才各自散去。

第三十二章　女人街

熊荣从杭州回来的时候，他总看见西侧的角落处睡着一个满身酒气的家伙，他十分恼火，便让人将他轰走。那人却眷恋道："爷，你给我再来杯酒吧！"熊荣恼道："滚，快滚吧！否则我就对你不客气了。"那人便哼着歌儿朝别的地方去了。街上十分阴冷，他蜷缩着身子张望着在一家门前停住了。那时，他多么希望再喝上几杯暖暖身子。当胡民从医院赶回来的时候，在西侧的角落处没有看见他，后来才知道他让熊荣轰走了，胡民便追出门去。胡民是在一处小胡同里发现他的。那时，才真真切切看清他的模样来，他几乎跟莫泊桑笔下的酒鬼一模一样，头发蓬乱似茅草，头顶心有些令人讨厌而作呕的头屑，前额深深地刻了七八条横皱，如刀疤似的。他的串脸胡须将失色的薄嘴唇包裹着，既乱又长。他对胡民乞求道："爷，你过来好吗？"那一刻，胡民的心里非常难受，不知该对他说些什么才好。他问道："您是贵叔吗？我是胡民呀，难道您不认识我了。"他嘴角流涎如注地说："爷，我又渴了，您能给我一瓶酒喝吗？"接着他唧唧咕咕一阵，喃喃自语："我也该去女人街瞧瞧女人了。"胡民递了一支烟给他，他嘿嘿地冷笑着接过他的烟，但他的眼角不时皱着难以消失的皱纹，然后歪歪斜斜地站起来走了。

新穗街头肩摩毂击，热闹非凡，他左顾右盼地望着地面，离他不远的地方是一个大的垃圾场，那里浓烟滚滚，一场大火在焚烧，垃圾场的南端是一望无际的田野。一条通往“女人街”的大道上落叶满地，风一吹，铺在地上的枯叶在风中凌乱飞扬，卷来卷去，也不知吹向何方。路旁一间矮房里住了一对年老的洗车夫妇，他们几乎没什么生意。矮个子男人坐在一张藤椅上打盹，唾沫源源不断地沿着他的嘴角流淌到胸前，一对狗在垃圾旁汪汪乱叫，那人醒过来了，他随手捡了块石头扔过去，石头不偏不倚甩在公狗的屁股上，然后是一阵乱嚷，像在诅咒别人破坏它的美事。他蹴在地上傻笑不止，说：“牲畜也图风流哩。”矮个子站了起来骂了一句：“真贱！没见过牲畜交配？”他便默不作声地傻笑着走开了。

拐过一个弯，狭长的街道变得拥挤起来，那里汇集所有的女人，出入着各种货色的女人，美容师、理发师、珠宝小姐、妓女、服饰店女老板等。一个朋友说过，他很喜欢去女人街“欣赏”女人，那里的女人像是件艺术品。开始胡民还不相信，真的，那里的女人确实一个比一个漂亮迷人，旁人不知的话，还以为在那里作一场选美秀哩！仿佛天下所有漂亮女人都云集在那里。其实，那里的夜景更迷人，让人不断产生幻觉，时尚而名贵的服装、皮鞋、珠宝总在深深地诱惑着你，还有潜伏在理发店的暗妓，她们不时用一种不安本分的眼球透过明亮的玻璃向男人们抛着媚眼，甚至飞吻，动作独特而显尽轻浮。

第三十三章　人间悲剧（上）

四处一阵清脆的声响，天色渐渐暗了。胡民的脑海中总是浮现出胡贤贵的影子，这样来来回回多少次，他是贵叔，一定是贵叔。难道他变疯了吗？他为什么会这样呢？胡民的心头一连串沉重的问号，但他始终想不明白，更让胡民煞费心思的是王歌怡公然在报复他。后来，他找过熊荣谈及此事，熊荣却不温不火地谈一些不着边际的话题，并对胡民所发生的种种遭遇彻底无视了，但他心里知道真正的幕后指使便是他的表弟王歌怡。虽然他俩的关系比较暧昧，打狗也要看主人啊！王歌怡这样做，不就是在黑暗处捅他一刀吗？

熊荣心里也有种说不出的愤怒，他只是仅仅没有发泄出来罢了。后来，他斜了胡民几眼，说："往事都烟消云散了，肇事者早逃之夭夭，我所经营的火锅城声誉更为重要，咱们姑且别论好吗？"

胡民的心里凉了半截，气恼道："熊老板，这不是和尚头上的虱子——明摆着吗 ！一定是王歌怡从中作祟。"

"你胡说，你得对自己的言谈举止负责，你是在讹人！"熊荣吃吃地说，"在没有任何确凿证据之前，我们谁都不敢断言是谁指使谁干的。明枪易躲，暗箭难防，这个世上有许多事情避也避不及。"

胡民拎着行李往门外走，熊荣却叫住他："喂，你别走，你的工钱哩。"他一面唤着，一面跑出门来，他掏出八张大钞塞在他手心，血汗钱啊！

胡民怔怔地望着手中的大钞，心里有些激动和难过。

他再次回到家，一进门，就跟母亲打听有关胡贤贵的情况。母亲告诉他，前阵子贵叔疯了，现在下落不明，生死未卜。婶子说，他也跟胡民的父亲一样欠下许多赌债，债主纷纷逼门来，没有钱，让人将家里稍值钱的东西都搬走了。他又重蹈胡贤兵那条不归路，十成是他阴魂不散缠上了。一个月前，村里有一场丧事。深夜，他酩酊大醉赶回家，在外面留宿了一夜，直到次日清早，村人才发现他在田地整整跪了一夜，他浑身都是泥浆，脸和颈脖处残留着一道道血印，他是让人扶着回家的。回到家里，他不断说着胡话，喉里嘟嘟作响。

村人看他可怜，给他洗过澡后，婶子给他换上一身干净衣服。他却躺在床上不停地痉挛，一时哭，一时笑，一定是疯了。婶子急了，她哭哭啼啼请来一位巫师，巫师闭着双眼，掐着指头，说："他遇上鬼了，得替他解凶避难。"当晚，巫师一身道袍，手持镇妖宝剑，嘴中念念有词围着祭坛团团转。后来巫师及众人去到了两岔沟，巫师从一条水沟里逮住一只大肚皮的青蛙，说是那只青蛙在作怪，现在逮住了，邪已经镇住。法事很快完毕，巫师收了钱拍了拍手走人，婶子感激得鼻涕直流，她一直将巫师送出官道。

事后，贵叔的病并没好转，反而日益加重了。他时常在屋里挖坑，他的叔伯兄弟们便来阻止他，他嘿嘿地笑着说："是在替他筑坟墓。"然后一阵傻笑。

胡民告诉母亲说："我看见贵叔了，前几日在火锅城遇上的。"

她却说："那个该死的东西让人一阵好找，城里车多人嘈杂，让车将他撞死倒替婶子省些心。"她说着，那仓皇的脸上不时掠过几丝凄冷的笑。胡民看见母亲这种表情，心里显然不是滋味，不知所措了。婶子也急匆匆地赶来了，一进门，她泪流满面地问："民，你看见你贵叔了吗？"

胡民说："婶子，贵叔倒是遇上了，他不认识我了，一切都是那么陌生。

他逢人就唤人家爷，还说今年五十八啦！没多少光阴啦！不如痛痛快快地喝酒打发日子。贵叔显然是以孤独和喝酒的方式来麻醉自己。”

婶子坐在凳子上呆滞地流着泪，任凭泪水往下淌，一会儿，她才用手抹了一把泪说：“嫂子，你都瞧见啦！当初是自己瞎了眼瞧走样儿，还私自议论他耳阔额宽来日必定显贵。可是他生来一副太监相，攀高枝近贵人，还是让人家甩了，不就是为了几个臭铜板吗？”

她哭得更伤心，胡母心里头也落悲，便劝道：“妹子，你别难过，日子总该过下去吧。彩霞年纪又小，长着一张嘴得要吃饭啊！多少年过去了，我们都艰难挺过来了，相信有一天，大伙都能过上幸福美满的日子。”她擤了一阵鼻子，眼泪如同断了线的珠子一样，一滴一滴滑落在潮湿的地上。

“嫂子，说句不该说的话，如果不是有条尾巴，几年前早已跟别人私奔了。”

胡母眉梢一皱：“好妹子你得掂量掂量，不容你胡说，你生是胡家的人，死是胡家坟。如此折腾，日子咋能过下去。”其实，胡母心里恼了，她素来很忌讳，她十分虔神，更何况是一个妇道人家在屋里不知死活地哭哭啼啼，若是换上别人一哭一闹的，她会立刻撵走她。

胡母生性胆小，又十分怕黑，天黑以后，就不敢独自出门了。胡民依稀记得小时候的事情，他的童年生活同样那般灰色，岁月斑驳在墙上，却让他记忆犹新……

胡贤兵下葬不久，她始终忘不了当时那种恐怖场面，他的尸体是用一张破烂不堪的草席遮盖着的，他浑身发紫，双目怒视，像是带着仇恨和忏悔离开这个浮躁的世界。

当时由胡贤贵从房里将他那僵硬的尸体抱出来，他一面哭哭啼啼地喊道：“兵哥，你一路走好，三条大路选中走，中间那条大路的尽头，是你想去的地方，是极乐世界，与世无争并且无限繁华的极乐世界。”安葬数日后屋里不断有响动，仅是老鼠猖獗，夜间戮门逐食，胡母吓得坐立不安，喃喃道：“贤兵阴魂不散，还惦着媳妇和儿子。”

生活的痛苦跟人密切相关，它仿佛是一只无形巨手扼你的喉间，让你在生死之间痛苦地挣扎。一天清早，一场连绵不断的春雨一直下个不停，不像个明媚的春天，桃花在雨中静静的绽放，花色淡淡的，风吹雨打过后，花瓣洒落了一地。

是的，它像人一样，经历了多少苦难和酸楚，一天一天在风中凋零……胡母一直心里闹得慌，她说十分牵挂胡欣一家人，她得进一趟城看看她的外孙，临行时，她把箱底所有的衣物都掀出来，又试了一遍又一遍，最后，她选了一件紫红上衣穿上，打扮得像个出嫁的新娘。并喃喃道：“沾红了，该去会会他了。”胡民不明白她说的那些话。

第三十四章　人间悲剧（下）

胡民把她送出村口，一路上，胡母默默不语，他也不知道她在想些什么。

胡民回到家里，精神上却有些恍惚，心里忧闷烦躁，又道不出所以然来。后晌，一个村人跌跌绊绊跑进来胡家，他几乎上气不接下气了，胡民关切地问："怎么了？"

他的眼泪即刻淌了下来，说："胡民，大事不好了，出大乱子了。"

"快告诉我，究竟出啥事了？"胡民急迫地追问。

"那个该死的王八司机超速驾驶，车翻入杨柳沟的河里，我爷和你妈在车上。"

胡民心里咯的一声响，脆弱的心脏几乎要迸裂了，他脸色发紫，嘴里哆嗦地喊道："快，快……"还没迈出家门，突然眼前一阵发黑，他便昏了过去。

待胡民苏醒过来的时候，他看见家院里停着一具血肉模糊的尸体，母亲的脑浆沾满了她那凌乱的头发，后脑一个大洞仍在流血，地上一摊乌黑，她是掉下山崖摔死的，其余的都是溺水而死。胡民不顾一切冲上去，紧紧抱住她的尸体痛哭失声，不觉又昏了过去。

一个村民为胡民熬了一碗生姜汁替他灌下，咕噜一阵才醒过来。醒来的时候，泪水淌了一地，他抱住母亲的尸体嚎声痛哭，几乎哭得死去活来，姐姐胡欣在一旁不停地抹着泪，双眼肿得像熟透的桃子一般。一个年约十二三岁的小姑娘拂然作色地拉着胡欣的胳膊，说："欣姐，别难过。"胡欣定睛打量，站在她眼前的是胡贤贵的女儿彩霞，如此懂事的孩子啊！一般来说，这种年龄阶段的孩子应该是无忧无虑地生活着，但她的脸上已经明显表现出成人的忧郁和喜乐来，显然不像一张孩子脸。

胡贤贵年近四十才娶妻入室，他却忍心抛弃自己的妻女不管，真是件让人寒心的事情。

吊丧那天，胡欣援助五千元现金料理胡母的丧事。午时，吴如柔从县城匆匆忙忙赶到雪山村，她的出现，便立刻有一群老实巴交的村民向她挤来，眼睁睁地望着他们眼前这位绝色女子，她让他们的眼神看得浑身不舒服了，便涨红着脸钻进房间里去。按当地习俗，胡母是死丧，一定得用火净身。黄昏时分，河滩边已经垒起一堆生木块，一个伙计拎来半桶煤油泼在上面，几个中年汉子将尸体抬来了，这种原始的火化方式在这地方习以为常，并不值得惊奇。一名道士已经穿好道袍，手持宝剑开始作法，火腾起来了，越烧越旺，越来越猛，生木块在噼里啪啦爆裂着，一股股人肉味在空气中弥漫，然后胡母的尸体在慢慢地蜷曲，变焦。

一个伙计嚷道："娃儿家先避避！"一群孩子立刻远远地站在田埂上惊呼呼地眺望，胡民与胡欣哭成一团，天悲地恸。哭声给这个阴冷的黄昏增添了无限的凄冷，河滩里的潺潺流水依旧在咆哮，它永远不知道人世间的生离死别和道不尽的喧嚣，案桌上的烛光在风中扑闪，平静的河滩照着一片火光，像火烧营一样。

胡母的骨灰入殓后，吴如柔陪着胡民守了两天两夜，她看见胡民忧心满怀的样儿，悲切也油然而生了。半晌，她才如梦初醒地喃喃："不可能，永远不可能的，王歌怡仅是一面之词，更何况胡民还要娶我做他的妻子。"

一眨眼，吴如柔已经离开她的家整整三天，自从胡母入土为安，她心里烦躁不安，担忧父母在家里埋怨，甚至派人四处打探她的下落。

次日清早，吴如柔与胡民匆匆道别，她离开的时候，胡民已经说不出话来，只是默默地向她点点头，那一刻，他才真真切切体会出离开是一种痛苦。对于胡母的离世，胡民的心如同被利爪撕裂成一小块一小块般丢弃在清风中……

灵山县最近发生的重大交通事故，很快就上了新闻。吴展澈一边呷早茶，一面对林美琴说："现代人都疯了，疯得忘乎所以，他们一个个都是疯子。"

"我的主啊，那是些有血有肉的生命，为什么总有人会这样呢？"身为基督徒的林美琴不禁叫出声来。

那时，林美琴已经将如柔紧紧抱住，拍了拍她的身子说："柔，你在听我说话吗？"

吴如柔："您想告诉我什么？"

"唉， 这些年来，那个寡妇活得真不容易啊！为什么不幸总是降临在一个好人身上？实在可恶的是那个千刀万剐的司机，逞什么英雄，这下好了，一切都玩完了，却让那些无辜的生命一起随他陪葬，还有点像古代君主去世要许多奴隶陪葬一样，这是一件十分残忍的事情。"说罢，林美琴的眼泪不知不觉地涌了出来，因为在她内心深处，她觉得愧对胡母，胡母好歹是宝贝女儿的生母，没有她的给予，林美琴也不会快乐和幸福。林美琴一想到这些，她的心里就开始乱了，内心禁不住产生一种从未有过的恐惧，她把如柔抱得更紧，仿佛害怕失去什么似的。但她坚持说道："柔，胡家是个火坑，你或许不知道吧？胡民的爸当村主任时，他已是债台高筑，后来在别人的威逼下自尽。现在胡民父母双亡，没有任何依靠，成了一个孤儿，他又缺乏自食其力、独立生活的能力，日子会越过越惨。"

她的话隐隐刺痛了吴如柔的心，如同细而碎的光芒扎在她的心上，一刹那间，几乎要崩溃了，像一片废墟倒塌一样。同时，她觉得母亲的话多半来自于她积郁多年的私心，那种私心还不时隐藏着一股霸气。

“我累了，要回房休息了。”吴如柔不安地说。然后她疲乏不堪地进了房间，当她的身影快到门前消失的时候，她又停住折过来给林美琴一个诡异的微笑。

门严严地关闭了，封闭了林美琴所有的快乐和希望，同时也封闭了她那复杂的内心世界。她开始烦乱起来，心里在怦怦乱跳，难道又说错了吗？她越想越恼，思绪像决堤的洪水一样汹涌而出。房间里却一片安静，隐隐约约听到一些杂乱的声音传来，花炮声、汽笛声交织成一片。于是忍不住对女儿哀怜起来，苦命的女儿啊！一来到这繁华的世界，还来不及看上自己的父母最后一眼，他们却撒手尘埃。

第三十五章　姐妹情深

第三天一大早，一个妇女拎着一个袋子进了吴如柔家的门。妇人一脸黝黑，眼角泛起许多皱纹，脚上裹着许多泥浆，衣着朴素整洁，是一个地地道道的农村妇女，林美琴高兴地迎了出来："姐，你还好吗？"

妇人答道："还好呢？我来城里办些事，青松那娃儿也闹着要来城里瞧瞧，他还哭着撵出半公里，后来我给他几耳光，他才不敢撵来。"

"姐，青松那娃想来，你就带他来城里瞧瞧，孩子们不就是凑热闹。"林美琴埋怨说。

"妹子，你不知道，乡下人不懂规矩，没见过楼房、汽车、电影，当汽车从他们身旁驶过时，他们疑惑甲虫跑得飞快，声音细如蚊子。"她说，"乡下人，钱难赚，没啥东西出手，但家里倒是养了几只胖母鸡，接二连三产了一窝鸡蛋，算是给你补补身体。"但她一直羞羞愧愧地站着。

"姐，你坐，别站着。"

她才小心翼翼地坐下来。在她眼中，她已经将林美琴家的客厅视为"皇宫"。一个六十来岁的乡下人从未见过的稀贵珍品，在林美琴的卧室、客厅里几乎都有，摆设，一种别致的摆设，又显尽轻浮和炫耀。对于一个从未见过世面的农家妇女而言，她永远是自卑的。许久，她才焦灼不安地坐定，跟林美琴谈心事和最近所发生的特大新闻。后来谈到乡下的特产，什么桃、李、姜、蒜，以及一些鸡毛蒜皮的琐事时，她的眼睛开始发热发光，她说刚播下不久的豆冒针尖了，土里一片翠绿，四处一片生机盎然。

不到中午，她念叨着要回乡下了，她说不习惯城里出门进屋脱鞋，拖地板，还将废纸扔进垃圾箱里，这样反而把自己弄得扭扭捏捏了。林美琴说：“姐，您不是想看看如柔吗？她今天一大早就出去了。年轻人，我们也不知道到底在忙啥。”“是啊，几年没看见如柔了，我很想念她的。”

但她终于还是走了，城乡的差距，岁月的流转，隔断了她们难舍难分的亲情，它慢慢地变淡，它慢慢地在艰辛的岁月里被遗忘，遗忘得干干净净毫无任何羁绊和牵挂。

林美琴将她送到楼下：“姐，你把这点带上吧。”林美琴伸手塞给她几张百元大钞，但她死活不肯收下，并婉言说：“乡下人不懂花钱，还是自己留着吧，何况你们一家人开销大。”她远远地走了，仅留下那微驼而又单薄的背影。远远望去，像一颗枯黄的树枝在风中摇晃。几张大钞让她甩在风中，风一阵阵从林美琴的身边拂过，她感到有些阴冷，她始终不相信同胞姐妹的感情世界里却横着一道无形的壕沟。林美琴长长地叹息：“姐，你一路走好吧！我知道你性子倔。”近在天边，遥遥相望，但不知何时相见。林美琴踌躇不安上了楼，有些怅然地回到客厅里，桌上留着一篮鸡蛋，篮子里还有她年轻时绣的荷包，荷包还保留着原来的样子，这是当年送给姐姐最珍贵的礼物。记得姐姐结婚那天，林美琴流着泪说：“姐，这是我送你的嫁妆，留下做个纪念吧！”快三十年了，都快三十年了，林美琴泪流满面地站起来，她将那只荷包紧紧握在手心，任凭眼泪流淌在荷包上，但她永远不明白姐姐会将那个珍藏多年的荷包还给她。这又意味着什么？记忆是那么褪色，珍藏多年的记忆在无情的岁月中慢慢地疏远和散失，它像撒落在大地上的雪花，一片一片。

这些年来，林美琴已经习惯那种压抑的心情，但一想到姐姐和那只永不褪色的荷包，心中莫名产生一种无法平静的情绪，伤感而烦恼。人总在不断地改变，如同季节变迁一样。那只珍藏多年的荷包却刺痛她的心……

第三十六章　萧条破败的小村庄

当吴如柔回来的时候，林美琴几乎无法忍受积郁多年的心事，她很想把多年的心事告诉给她的女儿，但又想到，真相一旦迸裂，就意味着她那苦苦经营的一切将全部化作乌有，在她的脑海中全是幻觉和记忆。她依稀记得以往的事情来，那天天色昏暗，一片朝南迤逦的山坡上笼罩着一片黑压压的天色。离她家不远的店门口聚集了一群妇女，林美琴同她们友好打过招呼后，她就牵着如柔的手走了。突然一个妇女诡异地笑着叫住如柔，一手将她搂在怀里，却离谱地说："如柔，你能告诉我你姓啥吗？生母是谁？她是你的养母，但她很疼爱你，他们一家都视你为宝贝明珠，对你百般宠爱。"如柔摇摇头说："婶，妈很疼我，她是世界上最疼我的人。"

此时，站在一侧的林美琴心里难受极了，她用一种仇恨的眼光望着那位多嘴多舌的妇女，心里咒骂："好哇，你这个天杀的妇人，她还是孩子，还不懂得人世间的是是非非，恩恩怨怨，你分明是居心叵测。"

林美琴就不再理睬那个妇人，她亲切地说："柔，我们走好吗？"然后林美琴心事重重而又十分落魄地掉头走开了。事后，林美琴还为这事偷偷地啜泣一场。现在回顾起来，她又伤感又可笑。

吴如柔似乎看出母亲的心事，她忧忧地说："妈，您怎么了？您可以告诉我吗？"

林美琴笑了笑改口道："适才你姨妈来过，她凳子还没坐热便走了。"

"她老人家身体还好吗？"吴如柔关心地问。

"唉，不提也罢，她本是个苦命人，享不了福，养了三个儿子，大儿子结婚分居住，一年前去沿海打工，至今杳无音信。二儿子由于好闲，专做偷鸡摸狗之事，已经蹲进监狱里。三儿子一年前在一场疾病中死去，年仅二十二岁。"

吴如柔的表情一下子变得十分沮丧了，她痛苦地说："他得了什么病？"

"多半是肺癌吧！年纪轻轻害了这种病，这是为什么呢？难道是上天对他的惩罚吗？"

吴如柔默默地低下头，不知过了多久，她才扭转身望着火焰般的天际，一轮残阳渐渐往下沉，灰暗的天色慢慢地笼罩下来，她的心灵深处被触伤了，于是她决定启程去乡下一趟。

十三日清早，吴如柔一路颠簸来到民主村。虽然民主村荒僻、贫穷，但却村连村，寨接寨地居住着不少的少数民族居民。吴如柔沿着潮湿而光滑的青石路面一步步进了村，她看到的是一派萧条的景象，四处都是残缺不堪的泥墙，每家每户的墙上都残留着雨水淋洗过的印迹。

炊烟已经在农家的房顶上徐徐升起，汇成了一团薄薄的雾罩，如同一件轻纱覆盖在房顶上面。各家的后院都放置尿桶，里面装着满桶呛鼻的尿，微风吹起，四处弥漫着难闻的臭味。

突然迎面走来一位中年汉子，脸膛黄蜡蜡的，精神十分乏怠。吴如柔上前询问，那人哇哇一阵，然后忸怩地走了。经打听，原来那人是一位哑巴，正在为难之际，她突然看见一位妇女手里拎着一根棍子在追打一个年约十来岁的男孩，男孩哭哭啼啼地沿着青石路面上跑，当吴如柔看清妇人的脸时，妇人却痴呆住了。"这不是如柔吗？"她笑嘻嘻地说。

"姨妈，您还好吗？"吴如柔心里酸酸地问。

她回答："好呐，乡下人就是这种活法啊。"

然后她掉头对小男孩嚷道："青松，还跑啥？你看谁来了。"那个叫青松的孩子抹干泪，转身惊讶地望着眼前这位陌生人，他怯生生地站在青石路面上愣着："婆，她是城里人吗？"

"对，对，她是从城里来的。如柔，走了这么远的山路，脚一定疼吧？"

"不，不疼的，姨妈。"一刹那间，吴如柔心如刀割，眼泪涌出来了。

"孩子，你怎么哭了，难道是脚磨起水泡了，真委屈你了。你是知识分子，不比我们乡下人能吃苦，苦了你，我不心疼，但我妹子会痛心的。"

"姨妈，我没事，您放心吧。"屋里很暗，墙壁四处都让柴火熏得一片漆黑，黑如锅底。灶里的火很旺，火焰在扑闪摇晃，一股轻烟不时从灶里冒出来。她替吴如柔端来一盆热水："先泡泡脚吧，孩子，泡后会舒服些。"如柔把带来的各种糖果置在一张破旧不堪的桌上，不知为什么？她的心里十分不安。还不到午饭的时候，吴如柔提出要青松陪她去外面走走，青松欣然答应了。于是他婆叮咛他别撒野，告诉他们早些回来吃午饭。吴如柔站起身说："姨妈，附近有学校吗？"她答道："教堂倒是有一个，学校一直以来都没有。全村的人每天都跑去教堂了，上学得要到镇上去，离民主村约四十里左右。"吴如柔有些难过地说："如果有一天我能到这里当老师，那该有多好啊！我会尽我最大的力量拯救这里的孩子。"她感激地说："柔，如果你成了这里的教师，民主村的孩子会得到幸福和快乐。平常，孩子们都跑去教堂听教头念经，大人们甚至长年不干活，田里都长着杂草，四处一片荒芜。"让吴如柔难以置信的是，那里萧条得像个秋天，四处都是枯枝残叶，但教堂依旧一片喧嚣，吴如柔随青松到达教堂时，才知道是一个寺庙，初建于明末清初。寺门前贴着一副铜字楹联："胸佩龙珠山色香，襟怀碧玉水光粼。"门前立着一对石狮，双眼含珠远眺，朱漆色的大门敞开着，里面香烟袅袅升腾在庙宇上空。

让人难以置信的是庙宇扩建之时，除了一些外界人士慷慨捐助外，同时也耗尽了整个民主村的人力、财力。那里教堂永远比学校重要，信仰高于一切。

当吴如柔怀着不安的心情走进那间庙宇的时候，她看见神像前跪着几个手持香火的老妪，她们不时鞠躬下拜，神情专注。吴如柔进门时，她们也毫无察觉，吴如柔从一个篓筐中取出香火正欲点燃，突然一个道姑模样的女人笑吟吟地迎上来问道：“姑娘，你是来求神的吧？”吴如柔默默地点了点头。

“求事业还是求婚姻？天定姻缘，心诚则灵啊！”

吴如柔斜了她一眼：“不求啥，仅是好奇罢了。”

道姑眼中显然有几分愤怒，她双手合一朝吴如柔深深鞠躬：“姑娘，你在神灵面前说假话，会遭惩罚的，据我察言观色，你十成是来求婚姻的，因为你的眼神背叛了你，你最近恋爱受挫，同时遭到你的家人强烈反对，对吗？像你这样貌若天仙的绝美女子，终会为情所困，滚滚红尘中，你却爱上一个不该爱的人，与其为情所困，不如早些放弃吧。”

吴如柔一时纳闷，道姑像亲眼所见一般，于是再也忍不住问道：“请问大师方才所言是何意？”

道姑矜持地笑了：“难道一语揭穿姑娘的心事？如有失言之处，还望姑娘别怪。姑娘，我能为你看个手相吗？”

吴如柔心中极为不悦，一个陌生人平白无故地看一个年轻女子的手相，实属不妥。她安慰道：“别害怕，我绝无任何恶意。”吴如柔才打消了心头的顾虑，然后忧心忡忡伸出手掌，道姑神情专注地瞧着她那纵横交错的纹路，一会儿之后释开她的手说：“姑娘生于富贵之家，受人百般宠爱，中年之后会遭众亲离乱，孤寂自由，天涯无路，犹如牛郎织女之苦。虽然命运多舛，并无大碍，应慎惕耳。”如柔听她如此胡言乱语，因非情理，不便当众说她不是。她淡淡地笑了笑：“多谢大师指点迷津。”当她转过身来的时候，青松早已溜得无影无踪，正在担忧时，忽然青松笑着跑过来握着她的手说：“姑，那边才热闹哩，今天是礼拜天，午时还有一场戏，要不要看啊？”吴如柔并不顺着青松的话说下去，她笑着抚摩着青松的脸蛋说："你婆干吗要打你？"

青松说："我爹去沿海打工，一直不给婆捎封信，又不寄回半文钱，婆还得供我吃穿，您说婆心中能不气吗？"

她又问道："你想去城里吗？"

"想的，想得夜夜做梦，梦见自己住在城里的楼房里。可是我没上过学，不识字，进城害怕迷路。"

那一刻，吴如柔的心里开始发酸，不知该对他说些什么才好，然后改口说："青松，跟你婆说，我把你带到城里去上学。"

青松就立刻蹦跳欢呼起来："姑，您真好，人也漂亮。男朋友一定也是城里人吧？"

吴如柔没有回答他，只是望着他甜甜地笑了。

午时，吴如柔并没有去看那一场戏，她已经让这里的村民怆得格外沮丧和难过，心里有尽早回城里的念头了。

次日清晨，吴如柔启程回城里了。青松却缠着她的手紧紧不放，并要她带他去城里玩，可是，他婆死活不肯，青松又一次哭了，哭得非常难受："姑，你有空来乡下坐坐，等民主村有学校的时候，你一定要来这里当老师。"

吴如柔强装笑脸朝婆孙二人挥了挥手："一定，一定。"她渐渐地远去了，当她回过头的时候，她猛然发现姨妈站在一片黄土地上对着她微笑，她的笑如同阳光般灿烂、温暖，吴如柔的眼泪又止不住了，然后一转身朝山路走去。

第三十七章　醉翁

一天傍晚，乌云密布，紧接着下了一场大雨，风无情地吹打着街道两旁的梧桐树，四处都是一片零零落落。但引人注目的是，新穗街南端的角落里冒出一个人来。肮脏的长发早让雨水洗成一块块饼儿，整个脸部流淌着雨水，他跌跌绊绊地朝前走，那件单薄而又破烂不堪的灰色毛衣紧贴着他的背脊，然后他用右手朝背脊搔了一阵痒，冷不防从内衣中逮出一只虱子来。他把虱子放在手心观望了几眼，虱子在手掌中活蹦乱窜着，他歪着嘴角一丝冷笑，然后将虱子往嘴里一抛，一阵喃喃自语："伙计，你可以给我杯酒喝吗？要喝就喝个痛快。"

而这个时候，城里灯火辉煌，朝西的天边烘染着几缕淡淡的云彩，形状各异。雨停了，一阵冷风袭来，他不禁打了几下冷战，或许是冷的缘故，他又畏畏缩缩地穿过临着河道的五阳街，淡淡的灯光下，他看见几个手持渔网的中年汉子在船上捕鱼，船上装着一些泡沫、果屑之类的垃圾。原来，他们是负责河道的清洁工，一个中年汉子用竹竿悠悠地撑着水面，缓缓朝西驶去。四周十分安静，水面上漂着的泡沫星子在灯光下泛出一片白光，时或有几只鱼儿翻出水面透透气，一瞬间又扎入河底去了。他着实太困，干脆躺在河桥上蜷着身子睡了。

深夜，天又下起雨来，在寒气逼人的夜里也不是所有人能承受得住的，他忍不住咒骂这讨厌的鬼天气，然后拎着裤儿往一颗梧桐树下走去。刚在梧桐树下歇息，几滴大雨点滚在他身上，他咯噔了几下，又朝附近的民房望了几眼，令他十分沮丧，因为附近一带的民房里的灯光已熄灭，人们早已进入了梦香。他的身子越来越冷，他多么希望眼前有堆篝火燃起烘烘身子，但他的希望又瞬间破灭了，他只好抱着双臂畏畏缩缩在屋檐下走，正欲捡个地方蹲下来，忽然一道白灼灼的光芒朝他扫射过来，一个人对着他粗声吼道：“谁？”他默不作声地瞪了那个家伙几眼，俩人走近一瞧，鼻孔哼了几声便走了，原来是那位捕鱼归来的清洁工。他不知从哪里弄来几件破衣服，铺垫在湿湿的地上，才靠着墙壁坐下来迷迷糊糊地睡去。

刚打盹，一阵寒流又把他冻醒了。他心里想道，离五阳街不远的怡春楼或许还有人在吃夜宵，荣胜火锅城是不敢去了，因为那天杀的熊荣是个认钱不认人的家伙，他已经让熊荣三翻二次轰出来。他打定主意，然后抱着湿透的衣服朝怡春楼方向去了。他伸手摸摸腰，口袋里空空的，酒早已冷醒了，肚儿咕咕作响，他不停地咽着嘴中的唾液，他多么渴望这个时候有人施舍他一个饼充饥。

怡春楼前灯明人攒，如同白昼一般。因为那种地方多半属于有闲阶层消费的场所。没有黑夜，只有光明一片，男人们终日寻欢作乐。金钱、肉体、欲望、权势在相互撞击着，没有爱情，只有那挡不住的诱惑和快感，真的，他们都很寂寞，他们只能用金钱寻找他们失落已久的爱情。他如同一只受伤的小鸟，在无人处慢慢地舔着自己的伤口，冷眼盯着一个大款模样的青年人不时向他身边的陪酒女郎频频敬酒。那人撂下手中的酒杯后便疯狂地搂着女人的腰肢甜甜地侃着笑话，女人笑着假装推搡他，“怡哥，你真坏，还说带我去台湾，你总是推诿事务繁忙，撂不出时间来。”那位浓妆艳抹的女人用纤细的手指轻抚着他的脸，“怡，亲爱的怡，你可别再骗我，否则，让林博雯那个骚货知道了，非得跟你闹翻不可。”

“你别再提那个骚货，一提我就想呕吐，来，咱们喝酒。”

“还想不到你们男人也有不开心的时候，咱们难得聚在一起，你就别说沮丧的话好吗？”

王歌怡扑哧一笑：“看你一本正经的模样，真让人又爱又怜。”

角落处，他再也不能忍受那种无法用言语表达出来的饥饿，于是猫着身蹑手蹑脚地朝桌前靠近，王歌怡正在与身旁的女郎嬉闹、戏谑，说时迟，那时快，他一手抓住盘中让油煎得香喷喷的鱼儿刚要往嘴里塞，却让王歌怡发现了，他一脸惊讶道：“贵叔，你好吗，你怎么弄成这样儿了？”接着是一阵嘲笑。“ 一杏，你瞧瞧，他已经是个乞丐了。”

那个无限妖艳的女人用一种惊奇的眼光打量着那位狼狈不堪的男人：“他是谁呀？”

“胡贤贵。一个地地道道的家伙，他曾经跟刀疤逼死了他哥哥胡贤兵，后来刀疤蹲进了监狱，失去了依靠又搭上我。可他居心叵测，对我不忠不义，我就把他撵走了。”

胡贤贵站在那里一动不动，明亮的灯光下明显地看见他那深凹的双眼，脸上表情麻木，王歌怡惺惺作态说：“贵叔，咱们多日未见，先陪咱小饮几盅行吗？”

胡贤贵痛苦地摇摇头，王歌怡心领神会，对，一定是饿极了。于是他从餐桌上捡了几块啃得全是牙印的骨头递给他，那时，胡贤贵已是嘴角流涎，猛然间将碗抢过来，接着，怡春院一阵骚动。王歌怡高声喊道：“他是位疯子，患有精神分裂症，既会夜游又会杀人越货，大家千万要小心啊！”他这么一喊，成群的女人被吓得纷纷散去。那个叫一杏的女人噘着嘴道：“怡，像他这种人也会杀人越货？他干吗不回家，难道他跟我们一样都无家可归？”

“一杏，你别这样说好吗？怡春楼不是你的家？更何况还有我陪伴在你身边。”

“你一次又一次骗我，我真害怕自己有着林博雯那样的悲惨命运，陪你上床后又将咱甩了。”

“不，林博雯生来作践，她不懂洁身自爱，她的欲望只是占有和控制男人，我曾经让爱冲昏头脑，才自食其果。”

一杏半信半疑地靠着他的手臂默默地回味着他的话，但她的心里浑然不是滋味。

夜更深了，一杏跟王歌怡上了车。一会儿，轿车已混杂滚滚车流中，在橘黄色的灯光下，如同一条色彩艳丽的锦缎一样。此时，从怡春楼里走出一个面色憔悴不堪的女人来，她望了望渐渐驶远的轿车，牙齿咬得咯咯作响，她恨王歌怡，老鸨告诉她，王歌怡在外面吃夜宵，他这人很难伺候，何况又是县长的儿子，一个玩弄女性的家伙在这种场面自然有他的身影出现。

第三十八章　可怕的非典（上）

天一亮，林博雯收拾好行李就出门了，刚出怡春楼门口，她就遇上一个偻着腰坐在街道旁侧的台阶上的乞丐，乞丐看见一个绝美的姑娘出来，他的双眼顿时发亮，然后跌跌绊绊地朝她跑来："姑娘，你行行好，赏几个钱吧！我已经两天没吃东西了。"林博雯愤然瞥他几眼，然后掏出十元钱给他："去去去。"她便打发他走。他感激地说："姑娘要出远门吗？姑娘有所不知，近日城里闹病了，传闻几位从外地来的流浪汉带来一种可怕的瘟疫，你千万要当心啊！"

"瘟疫！是非典吗？"

"对，是非典。那种病很可怕，而且来得很凶猛。"

林博雯看见他一脸坦诚，竟有些相信他的话了。这段时间以来，难道是因为自己足不出户，这种可怕的消息还没传入她的耳朵里。同时，她也感到大街上比往日冷清了许多，空气中如同飞扬着不计其数的病毒分子。林博雯沉吟："难道是自己亦步亦趋。"

但是，他已经装成一副稳沉的模样来："姑娘，这讯息可是千真万确，如果你不相信的话，你可以四处打探一下便知道了。"于是他将钱往袋中一揣，便乐呵呵地往别处去了。他是赤着脚走的，脚杆子又脏又瘦，几乎都快成皮包骨头了。但他身上穿着一件女人的衣服，总是在一辆辆汽车面前招招手横穿过去，对于这种人，就算那些有钱人也不敢轻易生事的，他们不停地按着喇叭，喇叭在疯狂地锐叫，一阵一阵。然后嘲笑般地避开他，可是他逢人就说："闹瘟疫了，城里闹瘟疫了，这个世界将要改变了。"

其实，林博雯这次是来向胡民道别的，但他们双方中断了联络方式，只好碰碰运气了。但她还是抱着一种侥幸的心理，相信胡民一定在新穗街头出现，而且昨晚她还和他在那里的酒馆里喝过酒。

时间飞快地逝去，胡民一直不见踪影，林博雯就这么坐在酒馆里，透过玻璃望着冷寂的街道，她始终看不见胡民那熟悉的身影出现，她一次又一次地失望了。如此看来，县城不能再待下去了，她打算去乡下避一避，可是胡民一直没有来，她很伤心难过，如同一只禁锢在笼中的小鸟，失去了自由。总之，对于传言的非典，并不是想象中那般恐惧，应该保持一种良好的心态，少接触公众场合，应该平安无事。

但气候反常，时冷时热，正是非典滋生的最佳时期，谁能保证自己不受非典所侵呢？她将各扇门窗打开，保持室内畅通，天边依旧罩着朦胧的山色，如同离别时的愁绪，让人肝肠欲断。不知不觉，她陷入无穷的痛苦中去，突然门外让人叩了几下，急促地叩门声久久地在那家酒馆里飘荡着，门开了，胡民出现在她的视线里，她望着他微笑，然后欣喜万分地说："民，你终于来了，我已经在酒馆里等你两天了。"

"前天从酒馆出去后，就让他们抓起来了，让他们抓去了政府指定的医院，由于当时喝了酒，因此体温一直反常不定，待酒醒后，医生又重新替他把脉后，方才平安无事。"胡民说道。

"我们回乡下避避吧。看样子，县城是不能再待了。"

胡民镇定地说："别怕，这么一块似豆腐块的县城，难道还逃不出去吗？我回来的时候，各处交通要道都让政府封锁了，看来真的闹非典了。博雯，你要回乡下吗？"

“对呀！乡下空气清新，是躲避非典的好地方，城里四处都在闹非典，大小店面都打烊了。”

林博雯见他犹豫不决，就问：“难道你不想回乡下吗？你不想回雪山村看看你那长眠九泉的双亲吗？”

胡民痛苦地说：“我不怕什么非典，在这闹非典期间，也许我会患上可怕的非典，并且在这场灾难中痛苦地死去。”

林博雯眼泪掉下来了：“不，我不允许你这样诅咒自己。吴如柔知道你在县城吗？她不知道，那你还顾虑些什么呢？还是走吧，我们离开这个是非之地，去一个没有人能找到我们的地方好吗？再重新开始我们的生活。”

归隐山林，不问世事，那种生活是所有人无法适应的。但她不停地催促胡民尽快离开，否则就来不及了，咱们若不是走的话，如果有一天非典真的疯狂蔓延开来，我们的生命将会危在旦夕。

半晌，胡民激动地抓住她的手，双眼迷茫地望着她，像是从她的面部表情唤回什么似的，她的脸依旧娇嫩无比，月弯般的眉梢如同刀一样斜伸向太阳穴，一张嘴唇涂得一片淡红，显得十分妩媚。

她也看着胡民，开始憧憬着那虚幻的爱情，然后问他：“民，你真的爱我吗？”那时，胡民才清楚地发现她的脸上透出一股轻淡的红潮来，如同飘落在风中的花瓣一样。

“博雯，你也知道，我是一个不懂感情的人，我们彼此的心都是如此脆弱，不堪一击，甚至伤痕累累。”

“难道你不爱我吗？难道我在你心目中的地位永远没有吴如柔重要？如果有一天你跟吴如柔长相厮守，我不会快乐，会被心痛穿越，你懂吗？与其说是一种痛苦，不如说是一种无法用言语表达的伤害。”她的声音越来越大，情绪十分激动，她的面颊上已经挂满了泪珠，泪水顺着面颊往下淌。那时，胡民反而觉得充满泪花的女人是如此娇艳、可爱，如同雨后的荷花一样。

“你说话呀，难道你仅是同情我，怜悯我？我们之间根本没有爱情存在？”

他走过去紧紧握住林博雯的手，轻揉着她那洁白光滑的手掌心，然后温柔地说：“别哭，哭多了会变成丑小鸭的。”他心里很乱，也不知道该说些什么，又该放弃些什么，心中也没有任何奢求，因为奢求背后有着一种无形的压力，几乎压得他喘不过气来。

街上变得安静了，方才的呼叫声不知什么时候消失了。小巷的民宅燃着几捆稻草，火焰徐徐腾起来，案桌上的香火已经燃了大半截，案桌上残留一团香灰，风轻轻一吹，香灰就随风卷了起来，这种祭拜，他们是用来驱避非典的。愚昧的人们，难道这就是驱逐非典的最佳途径吗？街上稀疏得一片清凉，从前音响店里爽口、时尚潮流的经典乐曲早听不见了，一些豪华而非常气派的店面将门关得严严的，几乎连一只蚊子也飞不进去。专家表明，一场严重的非典，给人们带来的灾难远远胜过一场硝烟弥漫的战争。如果不是有密林般的建筑物，不明真相的人还误认为是一个萧条的集镇。

第三十九章　可怕的非典（下）

当他们从酒馆里走出来的时候，碰上一个嘴上套着雪白口罩的人，却看不清他的脸，当那人从他们身旁掠过的时候，并朝他们仓皇地扫了几眼，然后嘟嘟着："年轻人，现在非典蔓延四起，你们可要小心啊！"他的话让裹着的口罩变了调，显得凄惨、恐怖。

林博雯道："谢谢你，我们去乡下避避。"她又向他打探一些有关非典的情形。由于近段时间来，她没心情看一些有关非典的新闻报道。她认为，看了一些骇人听闻的新闻，心里反而增加一种恐惧感，甚至闹得自己惊慌失措了。

既然有这种可怕的讯息传出来，在短暂的时间里，人们就难以消除这种恐怖心理。只要自己的身体一有反常，就立刻去医院检查。

"同志，你打听有人出现身体反常吗？"

那人怔了怔说："这段时间里，人们总往医院跑，医院都挤得水泄不通了，但没听到医生反馈一些可怕的讯息。姑娘，这种病来得快，让人防不胜防，咱们得有所防备，不防一万可防万一啊！一旦折腾开了，医院也容纳不了这些人，许多人从医院里将大包小包的药拎出来，连医院的过道都挤满了来来往往的人群。作为公共场合，还是戴上口罩安全些。"

他们谢过那人后，他重新戴上口罩走了。

胡民跟林博雯回到了乡下，各村庄已经专门设立指定的医务室，医务室门口的墙上张贴着卫生部颁布的预防非典的措施和方法。一名医生朝着围观的人群瞅了几眼后，又急忙进了医务室。那天，他陪着林博雯进了村医务室，她开始不肯去的，后来胡民说在这节骨眼上，如果真的染上了非典该怎么办？因为这几天她确实心神不宁，略有些感冒的症状。医生带着一种惶惑的眼光问她：“姑娘，你……患了非典？”

“不，只是最近有些疲倦。”

“你可留意身体，不是闹着玩的呀！先量体温，瞧瞧有什么反常不！有没有其他染疫者的种种病症——感冒、头痛、目眩、出汗、没胃口、胸痛。”

“我没有其他染疫者的病症。”

“没有就好啊。”医生放心地说。

后来，医生说她稍有些感冒了，体温还正常。

当胡民随着林博雯回到她家里的时候，林父焦急不安地询问外面的情况怎样了。林博雯说：“正值非典高峰期，它的来势凶猛，我们一定要暂时留在乡下，包括我自己，要是染上非典，任何人都不敢照顾你。”

该是她吃药的时候了，胡民为她倒来一杯开水。她撕开两颗药丸，张开嘴咕咚咽下，服了药后，她觉得精神恍恍惚惚，身子一阵疲软，她对胡民说：“我先洗个澡，然后再美美上床睡一觉，你可别来吵我，她微笑着跑进她的房间。”

快一个钟点了，屋里依旧一片寂静，胡民生怕她服药后会给她带来什么不良反应。因为这段时间里，她的确很累，需要足够的休息来调节身体。昨晚，她几乎一夜没睡好，夜深人静的时候，胡民隐隐约约听到一阵开门声，她一会儿起来开灯，拉开柜子找什么，但过不了半个钟点，她又一次去厨房倒水喝，反反复复折腾后，天已破晓。

又过了半晌，屋里依然没有任何动静，胡民开始纳闷了，心里不停地嘀咕着，难道出什么事了？

他便带着恐惧的心理推开她的门，胡民几乎惊呆了，撞入他视线的是一具迷人、性感的胴体。于是她将视线迅速地移开，慌忙地用双手捂住胸部，迅速地转身背对着他说：“笨蛋，怎么进来不敲门呀？你让我多尴尬啊！”说罢，她的内心不由得怦怦起伏，但她心里又不觉涌起一阵欣喜，那一刻，她多么希望胡民忘情地搂着她的身子，然后温柔地将她抱在床上去，她背脊四周的肌肤洁白，并富有光泽，湿湿的水珠顺着她的背脊往下淌，于是胡民扑上去紧紧地抱着她不放。

“博雯，你很美，美得让我无法控制自己，我是个男人，是一个有血有情的男人，需要疯狂的爱。”

她猛烈地扭转身来用双手搂住胡民的背脊，仰起头吻他的脸，无数香吻在他的面颊上闪过，一阵接一阵，然后缠绵地说：“民，待这场灾害平息后，我们结婚吧！因为在这个世界上，只有爱情才能抚平一个人的伤痛。”

第四十章　神仙日子（一）

突然门外传来一个尖锐的叫声，林博雯穿好衣服从房里走出来，只见一个女人手里拎着一个黑色的塑料袋站在院前，林博雯微笑地说："莲子姐，是你呀，进来坐坐。"

"噢，雯妹，什么时候回来的，咋不去瞧瞧我哩？"

"姐，我前天刚从城里回来，城里还不断闹着非典。"

"是啊。听新闻说，北京、广东情况很严重啊，但不知道我家赖和过得怎么样了。他又没捎个信，还真不知是死是活哩。我就过来问问妈，赖和是否给他们捎信儿？"

林博雯惊讶地说："他一年半载没给你捎个信？"

"博雯，你有所不知，自从跟他结婚以来，没过几天清闲日子，我们就不断闹别扭，甚至升级为战争。那天，他要出远门，我又跟他拌嘴，吵得特别狠，还惊动了左邻右坊，他们出来指责赖和的不是，后来他拍拍腿就走了。闹归闹，吵归吵，自他走后，我十分想念他，可是他铁石心肠，也不捎封信回来问候一声，他爸有时恼极了，就砸东西摔碗，你说气不气人哩？"

此时，林父手里拎着一只野兔兴致勃勃地走进前院，莲子不情愿跟他打招呼，在莲子的心里，他有些憎恨他的继父，她内心多多少少对他有些偏见，但是，莲子还是极不情愿地叫了他一声"叔"，并问道："妈去哪了？"林父反问道：“你有什么事吗？”

“也没啥大事，现在全国都在闹非典，我担心赖和在外面过得不好，他一狠心去了浙江，大城市人口多，他又从未给我捎个信儿，寄过钱。”

林父一声叹息：“是啊，他也从未给我们捎封信，你妈为此事一直恼着，当初是你妈同意这桩婚事的，可他却是个忘恩负义的家伙。你也别太担忧，赖和人也不笨，个儿矮小些，做事还利索，非典总有一天会灭绝的。”林父一时来了兴致，夸夸其谈地说：“今天真巧，让我打了一只野兔，打猎果真是一种乐趣。这年头，野兔横行，啃了农家许多庄稼，前阵子在庄稼地旁设下圈套，想一网打尽，可是没套上野兔，兽夹反而压折了那个守林老者的脚，守林老者知道这方圆十里，就我喜欢干那种好事，拄着拐杖上门来问情况，并嚷着要赔偿医药费，后来赔了医药费就平安无事了。”

一个半月后，一场非典风波终于平息下来，如同一场硝烟弥漫的战争一样停止了。四处一派喜庆，人们舒舒地松了一口气，城里的大街小巷又开始喧闹起来，学校、工厂以及各部门无意间恢复了以往的工作秩序。人们都在忙碌着，孩子们在悠闲、自由地嬉笑，从这一端追逐到另一端去了。

一个风暖天蓝的傍晚，荣胜火锅城前又开始热闹起来，王歌怡和熊荣面对面坐着，熊荣坐着的时候，依旧挺着早现的将军肚，但他的脸上添了许多让皱纹隔成的赘肉。

“总算苍天有眼，一场非典风波终于平息了，否则我的火锅城只好关门大吉喽。”

“荣哥，你是在嚷穷吧？整个城里，谁不知道你是个暴发户。”

“伤疤还痛哩。”

“你还在为林博雯的事憎恨我？其实，我早跟她断绝关系了。”

熊荣回答道：“岂敢，岂敢，你可是县长的宝贝儿子。来，我们喝酒。”熊荣举杯跟王歌怡碰了一下，然后仰头一饮而尽，王歌怡却独自喝了几杯闷酒，然后失兴地回到那座豪华的住宅区。

他的住处十分豪华气派，粉白色的壁灯，V形的家具设计使室内独具风格，一张绛紫色的进口材质桌子，客厅里摆设着音像柜、书柜、古玩具柜。但桌面上堆放着一些淫秽的碟片和书籍，还有一个镀金得闪光亮的烟灰缸，烟灰缸让烟头塞得满满的，以至一些烟灰撒落在那精美的桌面上，这座豪华的主人算起来是一个十分体面的男人，并且还是个十足的“瘾君子”。

忽然一个浓妆艳抹的女人扭着腰肢从门外进来，她娇滴滴地说：“哟，怡哥，一个人躲在这里吞云吐雾，却让我独个儿闷得发慌。”

他晃晃头对她笑：“一杏，要不要尝一口，很过瘾的。”

她却开玩笑地说：“你想拖我下水？我不会游泳，我害怕被水淹死啊。”

他站起身顺势搂住她的腰，迷醉地说：“来嘛！吸一口怕啥，暂时又不会死的。”

她摆摆手拒绝了，说：“我害怕自己会在痛苦中死去，前几年进了无数次的戒毒所，那种生不如死的滋味非常难受哦。”

“一杏，你真的害怕吗？”

“不，我只要你快乐，那种东西最好不要沾上为好，怡哥。”

于是王歌怡俯下头去吻了她脸上的香粉，一纵身将她抱在床上。不料门铃急促而清脆地响了，王歌怡十分忿恼：“混蛋，偏撞在这个节骨眼上，分明是坏了我的美事。”门开了，一个单眼皮的家伙走进来，然后小心翼翼地关了门，他还来不及捡个地方坐下来，就对王歌怡说：“怡哥，云南那批货约一个钟点抵达此地。”

“好啊。”他抬腕看了看表，“冬生，你告诉大伙注意些，现在那些公安盯得很紧。”

“是的，怡哥。”何冬生果断地回答。

“好，好极了，待这次交易成功，咱们便移民美国。”

一杏吃惊地问："冬生，我们是否让公安盯上了？"

"嫂子，你别担心，一切都很正常。"

"一杏，你别疑神疑鬼的好吗？"

何冬生赔着笑脸："怡哥明见，这手棋高啊！"

于是王歌怡又朝拥在怀中的女人吻了吻："一杏，你说我的话对吗？"

第四十一章　神仙日子（二）

何冬生退出了房间，一会儿，王歌怡听到楼下启动车的声响，他知道何冬生已经驾车走了，王歌怡站起来靠近窗台，愁绪万千地望着灯火闪闪的夜景。忽然问她：“一杏，你瞧何冬生这人怎么样？”

那个女人正侧着头用手抚摩着她那迷人的秀发：“你要我判断他是否对你忠心对吗？我看他双目幽深、诡异，他心里一定潜伏着极大的野心，终有一天会对你不利。但是，你们毕竟是多年的同学、朋友关系，相处甚久，你总该对他的为人处事有所了解吧。”

“时间既可冲淡人与人之间的感情，也可改变一个人的性格，包括我们都是一样。”

“歌怡，我奉劝你一句，你别轻易相信一个对你非常亲近的男人，他似乎像躲在黑暗角落里的狗一样，随时随地都会背叛它的主人。”

王歌怡略有些扫兴地盯她一眼：“一杏，你别说了，我心里知道。”于是他伸手将镶有纵横交错条纹的暗紫色窗帘掀起一大半，右肘托住下巴，若有所思地望着雾霭般的窗外。

流星闪烁般的灯光将这座城市衬托得如此美丽，街上已经恢复了以往的生机和热闹，他的心里却难以平静了。还有半个钟点，那批货能否胜利到达此地，是不是也该去瞧瞧？

她将王歌怡送到楼下："怡哥，你小心些。"

"一杏，你先回去吧，我一定会回来的。"

王歌怡驾车走后不久，她心里一直难安，但又说不出那是一种什么样的感觉来。还不到一个钟点，王歌怡、何冬生都微笑着出现在门口，如此看来，事情进展非常顺利，她又替他们各自泡了一杯上等好茶，然后说："我为你们设宴庆祝一下好吗？"

何冬生回答道："不了，我还有一些事情还没办妥。"迫近深夜，何冬生才离开了王歌怡的住处。

自此以后，王歌怡除了跟几个亲密的朋友用餐外，就是整天搂着那个女人尽情地享受生活。

一天清早，她去了一家美容院，一直到十一点钟才回来。她的脸比往日娇嫩了许多，还描了眉，略浓的眉毛下，一双眼显得格外深情，略朝上的睫毛在一眨一眨，仿佛要说什么似的。

进门后，她放荡地耸耸肩，叉着纤细的腰问："怡哥，你瞧瞧，我今天这副模样漂亮吗？"大凡女人都如此，她们喜爱打扮，更喜欢男人们毫不隐瞒地夸耀她们，才能满足她们那种爱美的虚荣心。

王歌怡仰头吐了一连串烟圈，说："一杏，你果真是个绝美女人，你担心我不要你吗？因此才给我灌下迷魂汤、催情剂来，好让我死心塌地，甚至一生一世深爱着你。"

她扭着头望着王歌怡幸福地笑了："你总是笑话人家，我的皮肤干燥，很容易让灼热的阳光晒皱的。"她羞怯地走近柜台，对着镜子梳妆起来，梳妆毕，她站起来靠着他坐下来，但她的心头却有一种寂寞感油然而生了，对她而言，也许是环境、经历等种种因素的影响，她几乎每天都在那个时候都有那种感觉，像是一种思念，一种牵挂，一种百般无聊的情思寄托，但她永远也说不明白。

“来，咱们唱首歌吊吊嗓子好吗？”于是她独自拿起话筒装模作样地唱着邓丽君的经典名曲，王歌怡也摇头晃脑站起来了，伴着轻柔的节奏，俩人带着无限柔情翩翩起舞，真的，他们像精神失落的疯子一样，确实，他们长久没有尽兴疯过了。

从前，王歌怡总是留着时尚的头发出现在校园各种交际场合，他那出众的舞步使得一些女孩对他特别青睐。一晃几年过去了，他的舞姿依旧那般娴熟优美，仅有些气喘吁吁的感觉。自从上瘾成癖后，有时身子会盗虚汗。这个时候，她已经拖着黑色的长裙衫子，精美的质地，一流的做工，除了手上少了一条手链外，全身几乎都是翡翠耀眼的饰物。由此判定，她是一个极贪图富贵、享乐的女人，她会用不同的方式装饰自己。她摆出一副成熟雍容的样子，缓缓地牵住他的手，接着两个又摇头晃脑地唱起来。一曲完毕，她却风头正劲，还在扭着屁股跳个不停，王歌怡已经瘫软在沙发上了，用手揉着膝踝，好累啊，适才步法大乱了。待他额前冒着的虚汗收敛后，他的精神又开始懈怠起来，眼前恍恍惚惚一片，他感觉他的毒瘾又开始发作了。他便懒散地用手托在柔软的沙发上站了起来，用一种陌生的眼光打量着他的女人：“我是个瘾君子，你图啥？是男女间的享乐，还是金钱？”

她突然让这没头没尾的话愣住了：“歌怡，你如此说我，我也无话可说了，难道我们之间的感情仅是用金钱来衡量？我对你可是情深一片。”

次日清早，王歌怡对他昨天的话表示忏悔了，他又搂着她向她不断道歉。女人需要不断地安慰，更需要爱抚。她微笑地摇着王歌怡的手臂说：“既然你这样爱我，就陪我去珠宝店挑条手链好吗？”

“别急，我们还是谨慎为好。”

她摇晃身子埋怨说：“怕啥，我们又没杀人越货，做的是合法生意。”

她没有继续说下去，改口道，“那你陪我去跟朋友聚聚。”

“不了，我真的不能陪你去了，因为我的处境很危险，随时都会让警察盯上的。”

她郁闷地回到了卧室，换上一件黑色的无袖短衫，下身一条米色的迷你短裙，一双尖锥形橄榄色皮鞋，当她走出门的时候，她扭转身用一种忧伤的表情扫了王歌怡几眼，王歌怡说：“如果有事你就打我电话吧。要不要过来接你？”

“不了，我又不是孩子。”她理直气壮地回答。

时间很快逝去了，一切都是悄无声息。她一去就是好几天，在那几天时间里，王歌怡开始并不觉得寂寞难耐，后来，他觉得度日如年，突然间少一个人陪着，那是多么不习惯的事情。于是禁不住给她打电话，一连拔了几次都没接听，王歌怡有些恼了，又重新拔了一次，她在电话里说：“怡哥，过得还好吗？”

“烦透了。”

她嘲笑般地说：“你忍耐一下，我还得办些事情啊！”

“你不觉得这种做法对我是一种侮辱行为吗？”

许久，她才说：“难道你怀疑我在跟其他男人鬼混吗？”

第四十二章　神仙日子（三）

“不，别胡思乱想，我王歌怡根本不是那种小男人。一杏，你回来吧。明天，我有几位朋友从北京回来，你得陪我去跟他们聚聚。他们都是成功的生意人，也不能让他们乘兴而来，败兴而归。”

“哟，怡哥，我只是你的女人，你却让我去应酬你的朋友，将我当作花瓶看待，你那些朋友多半是一群色狼吧？”

“你给我住嘴，我不许你用任何言语诋毁我的朋友。”

“生气了对吗？我只不过跟你开个玩笑，何必如此恼怒？”她的语气渐渐平和下来，并且答应一定准时赴约，他才放心挂断了电话。王歌怡知道，那个女人的生活方式毫无规律，几乎没什么时间观念，虚荣心又强，要么看一天的淫秽碟片，要么陪朋友玩通宵麻将。

晚上八点左右，她果然如期去了荣胜火锅城，一下车，还来不及站稳脚步，她就看见王歌怡出现在闪烁的灯光下。

“一杏，我在此等候你多时了。”她循声朝他望去，只见王歌怡微笑着朝她走来，走近后，一伸手紧紧将她搂在怀里，“一杏，别离开我好吗？”

她温柔地说：“我不是回来了吗？”

接着大伙落座后，她又彬彬有礼向各位朋友自我介绍，她的举止行为贤淑、大方，众人不得不对她有了一丝敬意。她十分好客地给众位客人斟酒，对于她的出色表现，王歌怡感到非常满意，因为王歌怡跟一位朋友胜利签下华茂房地产开发有限公司的股权合同。理所当然，王歌怡不久便拥有华茂房地产开发有限公司的股权。一场酒席直喝到深夜，几位朋友方有些醉意，王歌怡派人将他们安置在山城最好的酒店住下，送走了几位朋友，才同一杏穿过一条寂静的大街。那时，他也辨不清什么方向了，她拦了好几辆出租车，司机探出头看了看满身酒气的王歌怡，摇摇头又呼啸而去。王歌怡便破口大骂："混蛋。"凉风呼呼地卷着地上的残叶，她觉得有些发冷。

在凄淡的月光下，一切都显得森然可怖，她紧紧地扶着王歌怡的手臂，身子还在不时地发抖，他们如同幽灵般穿过那条漫长的大街后，然后才拐进了他们的住处。

八月十四日晚上，何冬生惊惶失措地来到王歌怡的住处。按往常一样按了门铃后，门开了，还来不及坐下来，便气馁地说："怡哥，咱们好像让公安盯上了。"

王歌怡心中一震："上批货不是胜利抵港了吗？"

"对呀，那次交易并没发现可疑的人。"

"混蛋，让人盯上还不知道吗？"这下将王歌怡急得在客厅里团团直转，过了不多久，他才转身用一种异样的眼光打量着何冬生："冬生，难道是有人背叛了我们？也许是我们过分多疑？如果有人趁机除掉我们，从中也需要一个漫长的过程。我们不能自乱阵脚，何况警察手里并无赃物，他们只能盯着我们。"

何冬生劝道："怡哥，这事得想个万全之策，以免后患。"

"这样吧，你暂时远走他乡避一避，有什么情况我会跟你联络。但切记，少在公共场合露面，以免引起别人对你的怀疑。"王歌怡接连说了许多话，顿觉口干舌涩，精神颓废，伸着腰，接二连三地打着哈欠，接着嘱咐何冬生连夜动身离开。他不安地走后，王歌怡早已让毒瘾错乱了神经，他就对着一杏大发雷霆，她哭着跑回了房间。

过了瘾后，王歌怡歪着头咧着嘴给何冬生打电话，但电话一直没人接听。直到次日午时，王歌怡才知道何冬生昨夜离开了灵山县，去昆明跟她的姘头幽会。他气得直骂娘，阴沉着脸进了卧室，一杏见他不高兴，她脸上带着一种深不可测的笑安慰他说："怡哥，怕啥？古人云：兵来将挡，水来土掩，更何况事情还没严重到那种地步。"

王歌怡瞪了她几眼，说："你们这些女人懂啥？就知道享受。"

"哟，想宣泄是吗？何冬生去一趟昆明，闹出什么事来就由他挡着，也不能将我当作出气筒啊。"后来，她为自己的话忏悔了，心里不觉涌起凉丝丝的愧疚来，倘若真的让他动了怒，一怒之下将自己撵走，她便无家可归了。她心里知道，王歌怡拥有财富，只要自己名正言顺地成为他的妻子，什么困难就可以迎刃而解了。于是她开始策划着跟他结婚，一旦结了婚，她就拥有这些财富和继承权，想通过结婚这种途径来控制他，她才改掉前几天那副冷漠的面孔的。她走过来揉着王歌怡的双肩，说："别犯难，何冬生去昆明找他的姘头，千里之遥，出了事谁也救不了他。"

王歌怡："城门失火，殃及池鱼。我会无端受牵连，甚至给我带来一场灾难。"她却不以为然，心里满满的野心和信念。她献媚道："怡哥，你近来精神状态极差，那种东西就少沾点，免得劳神伤身。我给你捶捶背，做一次全身推拿，也许你的精神会好起来。来，你躺下吧！"

王歌怡果真疲软地躺在沙发上，的确，他已经毒瘾很重了，如同一个快奄奄一息的病人。一杏十指交叉，装成一位娴熟的女推拿师的模样，咚咚地敲在王歌怡的背脊上。但王歌怡并不知道她心里抱着觊觎之心，她是冲着金钱而来。一直以来，她心中总有无数愿望等着她去实现，这一天终于要来了，一旦拥有金钱，她便可以享受上流人物那种奢侈的生活了，她几乎一生都在追求和向往那种生活。

推拿完后，她扶着王歌怡上了床，然后去厨房的橱柜里取出新鲜的水果洗净，又切成若干份放入精致的盘碟中端放在床前。约十二时左右，方才上床睡觉，她刚躺下不久，王歌怡就醒了，她关切地问："怡哥，睡不着吗？"

他蜷着身子准备爬起来："我……我……"

"你怎么了？"明亮的灯光下，她清楚地发现，他的脸上不断地流淌着唾液，一副让人难受的样子。他的毒瘾又一次开始发作了，接着摇摇晃晃地下床去了另一间屋。

她心里暗自高兴，既然中毒已深，你就快点死吧！免得让我整天厮守着一个废人。

一会儿，王歌怡也进来了，一面嚼着水果，一面质疑地问："一杏，你也睡不着吗？"

"是啊，身子倦却睡不着。"

第四十三章　神仙日子（四）

那一夜，她失眠了。凌晨五点，天空已经敞开了一个亮口，露出一片白云来。周围一片寂静，她感觉头昏脑涨，她确实整夜没合过眼，那个该死的王歌怡如同死猪一般睡在她身旁，并发出一阵阵鼾声，她再也捺不住藏在心中的野心，小心翼翼地爬起来去找保险柜的钥匙。是的，她想从保险柜中寻求一丝希望，如此笨的女人啊！就算她轻易地取走王歌怡犯罪的资料和存款，她又能逃到哪里去呢？

近年来他耳目众多，想离开此地并不是一件易事。这时，王歌怡翻了一下身子，她吓了一跳："怡哥，你醒了吗？"

"一杏，一大清早的你在做啥？"

"适才我梦见何冬生了，梦见他满身都是血啊！那个混蛋如今在风流快活，乐不思蜀，早将我们抛在九霄云外去了。"

"你是说像何冬生那种人，用得了一时，却用不了一世对吗？如果我没说错的话，刚才你想撬开我的保险柜取走我的犯罪证据和存折，你错了，这种选择是一种错误。"

一杏吓得面如土色，抖抖瑟瑟地说："怡哥，不，不是的……请你宽恕我吧。"

王歌怡一声冷笑："如果你不是我王歌怡的女人，你就休想活着离开。你也知道，我曾经深爱着吴如柔，可她一直拒绝我对她的爱，我王歌怡并不是那种软弱无能的懦夫。”

“怡哥，我错了，我只是好奇罢了，难道你还不相信我吗？”她突然感到一阵恶心，连忙用手捂住嘴，俯下身去显得十分痛楚的样子。“怡哥，让我给你说一件事，我……我已经怀上了。”那时，她脸上的表情十分凄惨，她的眼神中充满着渴求的目光。“怡哥，我是不会骗你的，已经快三个月了。”她臊得满脸通红地说。

其实，她只是想镇住他的情绪，分散他的注意力。前些日子，她是果真怀上了，后来辗转反侧，还是私自去医院堕胎，对于这件事情，王歌怡也毫无知晓。在那段时间里，她的身子十分虚弱，脸色苍白，王歌怡总是劝她去医院检查一下，她却说：“十五岁那年害了一场大病，或许是旧病复发吧。”

此时，一杏为前次堕胎的事情懊悔了，从前，她并不打算为他生儿育女，仅图短暂的幸福和快乐，自从她心里有那种一触即发的欲望以来，她巴不得自己的肚子一天比一天隆起来，因为那是鉴证，铁一般的鉴证，一个男人就算再狠心，也不会昧着良心驱赶一个正处在妊娠期的女人啊！她如同泄了气的气球，泄得令她彻底失望了，但她一时又想不出任何良策来。

“怡哥，我怀上了你的儿子，咱们可不能苟且偷生的生活。我们应该马上去民政局办理结婚手续，免得孩子生下来受罪。”

他连忙过来安慰她：“一杏，你别胡思乱想好吗？过段日子我们去民政部门登记结婚。”

一杏埋怨说：“不，这事不能一拖再拖了，如果照这样下去，我该怎么办呀？我怎么有脸向我的家人交代？如果我的家人质问起来，我不能挺着大肚子，伸直腰向他们争辩吧？”她还未把话说完，她的眼泪就哗哗地流淌下来。

王歌怡却为难了：“办这些手续真麻烦，一时还寻不着人。”

“你是县长的儿子，如果一点小事也没有办法解决，说来有谁会相信哩？

更何况你爸早催促咱们及早将结婚手续办妥。”一杏捂着肚子倔强地说，“明天我们去找你爸。”

“像这种琐事还用得着去找他吗？”他都快烦透了。

“他现在反对我们这桩婚事？”一杏不解地问。

“他们不再参与有关年轻人个人问题的事情了。像前阵子，他托人去吴家提亲，可是最终弄得颜面扫地。”

“你是说那个倾国倾城的吴姓女人吗？”一杏嫉妒般地说。

王歌怡突然神经质地窜起身：“住嘴，别出口不逊，我不允许你如此辱没她。”

“好哇！好一个王歌怡，事情都闹到这种地步了，你心里想着的居然不是我，而是那个并不喜欢你的吴如柔。”

“一杏，你别没完没了，我喜欢她又怎样？那始终是过往云烟的事情，她恨我，恨我冷酷无情，不仁不义，你告诉我吧，我是不是那种人？在她眼中，我为她做的一切永远是错的，你知道吗？”

此刻，一杏不敢抬头看他那副冷漠的表情，任凭眼泪往下淌，在一杏的心里，那种让人抛弃的感觉并不是滋味，腿开始在不停地颤抖，该死的王歌怡已是狠了心，明知道吴如柔不爱他，却偏偏放不下，这种双重的心理矛盾对一个女人而言，是那么脆弱无力。她确实是一个虚荣心强、吝啬、贪婪的女人。于是她拭着脸庞的泪水，说：“总该替我腹中的孩子想想，毕竟是咱们的骨肉啊！”

王歌怡似乎为她的话厌烦了，张着嘴不停地打哈欠，眼泪已沁了出来，接着不停地抽烟，抽烟并不能使他的心里好受，烦恼反而增加了。王歌怡溜入房间，过了一阵子，他精神抖擞地出来了。一杏已经端着早点走进来：“该吃点东西了，气归气，总不能憋坏了肚子。”然后又转身回厨房端来一碗跟他面对面地坐着。

一杏痛苦地说："或许是我们一生中最后一道早餐了。"王歌怡惊呼呼地望过去，她脸上苍白、焦虑不安。

内心深处，王歌怡还是深深爱着这个女人。"一杏，你别离开我好吗？过几天我们去办结婚手续，然后再设宴请亲朋好友聚聚。"

她几乎不相信自己的耳朵，一切都是真的？这是真的吗？

第四十四章　城门失火，殃及池鱼（上）

十月十一日午时，何冬生离开了昆明，王歌怡更为恼火。次日清早，他用电话催促何冬生过来一趟，他却迟迟未来。王歌怡便亲自驱车去了何家。一上二楼，按响了门铃后，突然里面传来一个女人的声音。

“哪位？”女人问道。

“嫂子，是我，冬生在家吗？”

一个女人出来开了门，看见是王歌怡，她十分惊讶地说：“快，快里面坐。”但她忧郁的脸上却迟迟未活泛开来，她满脸苍白，慈眉善目，嘴唇略有点厚。

王歌怡看见她双眼红肿，就问道：“嫂子，出什么事了？”

“哦，没事的。他回来跟我闹别扭了，不把我当人待，还阴着脸孔狠狠地揍了我一顿，女儿吓得躲在角落里哭了。”

王歌怡气恼地骂道：“简直是个混蛋，喜欢打女人，真没出息。”然后气势汹汹地进了何冬生的卧室。何冬生如同狗一般蜷在床上，不断打着呼噜，王歌怡走近，用力踹了他一脚，何冬生吓了一跳，睁开疲惫的双眼，睡意全消。他连忙跟王歌怡打招呼：“怡哥，你来了。”

“哼，什么时候竟喜欢打女人了？是不是讨厌那个黄脸婆了，难道几个月的昆明之旅还嫌不够？”

“黄脸婆唠叨不断，前脚踏进门，便让她骂得狗血淋头。”

王歌怡顿顿足道：“好，那我问你，前不久香港那批货已经出了纰漏，你不知道？从前，我看你精于世事，好不容易才从熊荣手中将你挖来，谁知道你胆小如鼠，找那些饭桶替你垫背！”

何冬生蓦地从床上跳起来：“不，不可能，朱振雄不会这样做的，何况我们跟他不是初次交易，交易时出现了公安，那批货让公安查了。”何冬生吓得浑身发抖，客厅里仅剩下王、何二人，他们各怀心事，客厅里寂静得只听见墙上闹钟的转动声，何冬生已经无计可施，然后向王歌怡请求：“你给我点时间，既然朱振雄竟让公安好端端放了，其间一定有诈。”

王歌怡点燃一支烟，沉闷地吞了一口，说：“这笔账一定得算，既然他们做初一，咱们就做十五。”

十一月上旬，大雪纷纷扬扬地飘着，四处都是一片白茫茫的世界。何冬生带着几位兄弟悄然去了省城，第二天傍晚，朱振雄突然接到一个自称朋友的电话，他便忐忑不安地去了一悦大酒店。当他在酒店大堂口左顾右盼时，突然一位俄罗斯小姐迎面走过来对他微笑道：“朱老板，别来无恙啊。”

朱振雄不由惊叹她的中文来，不错，她的确能说一口流利的中文：“朱老板，这么快就把我忘了？”

“小姐，你好吗？今晚有个朋友约我，不能推托不来啊。”

她说：“近来朱老板一定很繁忙吧？”

他笑了笑：“昨天刚从香港回来，还来不及坐下来喘口气哩。”

他回忆起来了，一悦大酒店隆重剪彩的那天，大堂门口有十来个身材高俏的俄罗斯礼仪小姐，她们大多数是来中国攻读中文的留学生，久而久之，便喜欢上中国这片热土了。

朱振雄大步进入酒店后，离他最显眼的一桌，三个闪着流动秋波的俄罗斯女郎不时用纤纤玉手掩着嘴笑，她们个个风情万种，惹得客人春心荡漾，一个老板模样的年轻人搂住一个陪酒女郎狂吻，一会儿，他突然仰起头冰冷地说：“朱老板，近来可好吗？既然来了，不妨坐下来陪我喝几杯，你也瞧见了，喜欢哪个由你挑。”

朱振雄不屑地笑了：“我没你那么风流多情，咱们在此相约，不知有何事？”

“来，朱老板，咱们喝一杯。”说罢，何冬生仰头一饮而尽，“咱们不谈公事，听说朱老板要移民加拿大，家人都安置好了？唉，我跟了王歌怡这些年，他不但不信任我，还怀疑你我狼狈为奸，相互勾结，私吞了那批货。”

朱振雄朝四周望了几眼，何冬生一挥手，几个陪酒女郎便退了下去，朱振雄压低声音说：“何冬生，你这话是什么意思？”

“朱老板，既然货已经让公安查了，你也脱不了干系。现在又生龙活虎站在我的眼前，你不觉得荒唐吗？”

“哼，荒唐？那我被抓了又怎么说，多亏他们证据不足，我才好不容易保住一条性命！”

何冬生圆睁着三角眼道：“你骗人，你就这么轻易骗走了王歌怡一千万，难道就此了结吗？”

朱振雄一声冷笑：“何冬生呀何冬生，如今你是马入夹道，已经来不及了，你知道吗？”

何冬生噻地从椅子上蹿起来：“你竟敢用这种态度跟我说话，没人敢这样……”何冬生气愤地离开了一悦大酒店，朱振雄冷眼瞧着何冬生远去的背影，他的心里有种洋洋得意的神气。出了一悦大酒店，他驱车径直往南沙庄而去，因他正在筹备一项重大的决策方案。朱振雄拨通了国际长途，一会儿，电话那头传来滴滴的声音，正是他的妻子楠楠的声音，他的妻子有沉鱼落雁之容，怎能让朱振雄不想她。他说：“楠楠，你别担心，待我将这边的事情办妥后，即便回加拿大跟你团聚。”

十一月二十七日晚上，寒气凛冽而干燥，朱振雄很早就睡下了。约十一点左右，卧室里的门铃响了，一遍又一遍，他蓦地惊醒过来，忽然一个声音在叫道：“老板，是我，快开门呀。”

“深更半夜的，还有啥事？”

“老板，大事不妙了，公安将整个南沙庄层层包围了。”

朱振雄大惊失色，急忙翻身起床，门开了，只见一把雪亮的匕首已经抵住了朱振雄的腰部。

“朱老板，别动，否则，我就送你上西天。”

“何冬生，你好大的胆子，居然送上门了。”

何冬生威胁道：“朱老板，咱们好歹相识一场，并不想威胁你，我这人只图几个臭钱，给我一千万，保你平安无事。你也曾经说过，我是马入夹道，永远没有后退的余地。”

“行，行啊，只要你放下武器，有话好说嘛。”

何冬生一声冷笑：“我凭啥相信你？”话音未落，朱振雄却反手一拳狠狠朝何冬生的右眼打来，他防不胜防，只觉得他眼前金星乱闪，接着一阵钻心般的疼痛，朱振雄趁势往楼下逃去。

“娘的。”何冬生气恼地骂道。

何冬生忍住疼痛往楼下追去，朱振雄刚逃至一楼，冷不防从一楼的楼道口窜出几个圆睁怪眼的家伙来。“别动。”一柄手枪已经抵住了朱振雄的太阳穴，“否则，我真的一枪送你上西天。”突然一个家伙大大咧咧地说：“伙计，这等美差留给我，我让他尝尝生不如死的滋味。”那个大嘴唇的家伙操起刀横腰朝他劈去，朱振雄顿时倒在血泊中，血流如注。

此刻，何冬生已跑下一楼，心中不觉涌起一种罪恶感来，随手操刀疯狂朝朱振雄胸部捅了又捅，可怜的朱振雄还来不及回加拿大跟家人团聚，便去了天堂。夜一片漆黑，过不了多久，他们的身影早已溶入茫茫的夜色之中……

在几天的时间里，一切都风平浪静。

一天清早，何冬生去向王歌怡禀告："怡哥，你吩咐的事情都办妥了，朱振雄让我杀了。"

王歌怡大惊失色："谁让你将他杀了，混蛋！"

"他们已经死了，那一千万不也随他一起埋葬了？"

王歌怡气得啪的一声响，一耳光重重扇在何冬生的脸上。

"好哇！你竟敢打我？！"何冬生用手捂住脸冷冷地说。

"痛了是吗？你怎么聪明一世，糊涂一时啊？朱振雄让你杀了，你知道吗？法网恢恢，又能逃到哪里去呢？那个时候，人人自危，谁还能救你性命？"

"怡哥，现在闹成这种僵局，你得设法救救我。"

"你让我怎么救你，杀人偿命，是永远不能改变的事实。搞不好公安顺藤摸瓜，把我也扯进去。"王歌怡心事重重地说。

第四十五章　城门失火，殃及池鱼（下）

他的眼中闪着一种担忧的光芒，但他还是竭力镇定自己的情绪。于是用一种乐观的态度劝着何冬生：“你也不必惊慌失措，其间都是我全盘操纵。”

房间里烟雾弥漫，何冬生坐在沙发上一支接一支地抽烟。忽然一个女人拖着长裙从房里出来，一面用手扇着呛鼻的烟气，一面对何冬生说：“冬生，出什么乱子了？”

何冬生用手揉了揉鼻孔沮丧着脸说：“嫂子，没事的。”

王歌怡仰头扫了她几眼，意思是这种场合女人是不应该来的，更不希望女人们打探到一些不怎么乐观的事情。“一杏，你忙去吧！”他的语气显然带着几分斥责。

“你们将我吵醒了，我再也睡不着了，因此出来看看发生什么事了，可是你们把我当外人看待，也不肯告诉我究竟发生什么事情。难道有什么事是我不能知道的吗？”

“一杏，哪有什么讯息，是一件骇人的坏事，朱振雄让人杀了。”

“我的天哪，他死有余辜，他骗走咱们一千万，我看他故意做出让公安查了的假象罢，让我们知道那批货已经没了。”那时，她穿着长裙挺着大肚子站在俩人面前，何冬生暗瞪她几眼，又不便用话来激她，何况他杀了人，原本心里慌着，再加上一个正处在妊娠期的女人在替他们出谋划策，他简直烦透了。

但何冬生认为，像她这种女人，除了一味讨好王歌怡外，还是有一定的主张意识的，他不想让一个仅懂得捕捉男人心理的女人搅乱他们的思维。

她也是个善于察言观色之人，看见何冬生沮丧着脸，便朝他望过来，眉毛一蹙便笑道："冬生，今天怎么无精打采的，一趟昆明之旅尚未尽兴吗？情人不陪伴在你身旁，你觉得少了一份逸情对吗？"

何冬生苦涩地笑了笑："让嫂子见笑了。近来琐事连连，让朱振雄骗走了一千万，费尽咱们多少心血，涉多大的险啊？一场移民美国梦在瞬间破灭了。"

"怡哥，咱们不是在山城住得好端端吗？为何有移民美国的念头？"

王歌怡用一副十分怅然的表情望着她："谁不想住洋房，吃洋饭，过着那种无忧无虑的生活。"他深深地叹了口气，然后脸背对着她，她却一副踌躇不安的样子站在王歌怡的身后，从他的后颈望过去，望见他尖尖的下巴，顿时对他产生一种怜悯之心来。

"既然朱振雄已经死了，这笔账永远成了一笔空账，只要大伙没出什么乱子，咱们可以东山再起，从头再来。"

王歌怡迅速地掉过头来惊惶地望着她："一杏，人生又有几次从头再来的机会呢？我们现在正处在危机四起，祸乱不断的多事之秋。"

一杏低头怔了半晌，脸上浑然露出一种不安的神情来："难道朱振雄的死跟我们有着什么关联吗？"

"不，这是我们男人的事情，不想让你知道得更多。"

"朱振雄已经死了，不该发生的事情都已经发生了，你们一定还有什么重大事情隐瞒着我对吗？"

"是的，有件事我们一直都瞒着你，朱振雄是冬生杀死的。"

一杏慑服地尖叫起来了："我的天啊，闹出人命来了，该怎么办呢？"她不由自主地将眼光瞄向何冬生，眼中不时流露出惊恐来。"你们该想想对策吧？这个地方看样子是不能长久待下去了。”她被吓得战战兢兢地走了。在她快进门的时候，她失措地撩着快沾着地的裙子，然后说：“何冬生啊何冬生，你是怎么办事的，一个人再狠毒，也不能取他性命吧？这分明是把大伙推上绝路。”现在她已经是王歌怡的合法妻子，不再是第三者或情人关系，完全有权利干涉这种事情。此刻，她感到周围有无数双眼睛在火辣辣地盯着她，如同他们的事已经让人揭穿一般。她心里想到窝藏罪犯是要受到法律惩罚的。不让他逃吧，他会祸及众人，但何冬生对金钱肆意挥霍，她感到十分痛心。仅一趟昆明之行，给他算一笔细账，譬如：坐车、住宿、吃玩，一天下来就要几千元左右的支出，身边还有一个情人陪着。一个女人，除了高档化妆品和昂贵的饰物外，在极短的日子里，也挥霍不了那些钱，何冬生在王歌怡的身上挥霍了若干钱财，可是他让人十分失望。她还是忍不住来到客厅，因为她在房间已经清楚地听见街上传来警车撕裂般的声音了。

“你们该怎么办呀？我是清晰地听见警车声了。”

王歌怡一面将放在锡片上的粉末摊在桌面上，一面带着几丝惊惶不安的表情望着她：“一杏，别自己唬自己啊。这里距省城少说也有千里之遥，谁也料不到咱们会躲在家里。”

突然街上一阵喧闹，何冬生站起来走近窗前朝外眺望着，警车的鸣叫声撕破了这片寂静的天空，他望见一辆接一辆的警车缓缓从街心驶过，满脸淌着汗几乎狂叫了，后来才发现内衫湿了大半。一杏心里又气又好笑，她迅速地高傲地瞪他一眼，仿佛在说：“何冬生啊何冬生，曾经嘴上说尽大话，原来只不过是个无能之辈。”

此时此刻，何冬生再也不管别人对他的看法了。“怡哥，县城是无法再待了，我得暂时去外地避一避，待风波平息后我再回来。”

王歌怡说：“三十六计，走为上策。”

一杏在一旁插语道：“逃来逃去，又能逃到哪里去，还不如去自首呢。”

“自首？简直疯了，你怎么会有这种想法？”

王歌怡狠狠地朝她瞠视了一回，她感到面颊如火烧火燎的燥热。“你干吗如此凶？我仅是一个合理的建议，不予理睬也用不着发这么大的火，难道女人就什么都不懂？武则天还做了中国历史第一个女皇呢，男人们不是照样俯首称臣，一叩三拜。”她振振有词地说了一串话。

“一杏，你也别说了，现在冬生需要一些钱。”说罢，他的余光不由自主地瞄向她，意思说，你表态，给他一些钱，让他去外面避避。

何冬生似乎早已看透了王歌怡的内心，暗思忖：“好一个王歌怡，结婚没几天，就让媳妇约束了，变得如此婆婆妈妈。你能有今天，没有一帮兄弟替你卖命，哪会如此一帆风顺，现在我惹出事端来，你却事不关己，明哲保身。”

于是她的脸阴沉下来，如同一团乌云笼罩着。“冬生，你一定要到遥远的地方去，对吗？”

何冬生尴尬地赔着笑：“嫂子，我闯下了大祸，不走不行了，否则会累及众人。”

“是啊！这地方人多口杂，总有一天会让人瞧出破绽来。但我担心短时间内凑不够这些钱。”那时，她的脸上勉强挤出的笑容早已收敛起来，已经描过的眉毛皱成一团，“他吸了一年的毒，财产都快吸光了，先给你凑两万，你看如何？”但她还是抱着委婉的口吻对他说，因为她十分明智，担心触怒了正处在穷途末路的何冬生。大街上还是闹哄哄的一片，一阵阵刺耳的警车声不时在他们耳畔响起，如同一群警察朝他们扑来一样。她说：“你们千万别出去。如此推断，你已经成了全国通缉犯，先让我出去打探一下。”

王歌怡安慰道：“一杏，你真的要出去吗？”

“对，我先出去探个究竟！”她回答道。

“一杏，你千万要小心些。”一语双关的话让她心中一热。

“你尽管放心，我会留意自己身体的。”

她回房间换了一身衣服，出门时朝二人惊讶地望了几眼后，然后轻轻地将门关上。她朝前走了几步后，又忍不住透过玻璃往客厅里望去，里面一片寂静。她又用惶恐不安的眼光望着这幢豪华住宅区，如果让警察知道这里，他们怕是插翅难飞了，她才慢慢地下楼，径直往大街上去了。

第四十六章　通缉

她行至大街左侧的人行道上时，就看见几位警察在盘查过往车辆。一家商店门口，一张悬赏通告贴在墙壁上。此时，从四周围挤来了一群人，都望着画像议论纷纷，胡贤贵搔着头喃喃：“这家伙好面熟啊！”他眉头一皱，喜上心头。天哪，悬赏金额十万，还有警方保密哩。于是他挤入人群中，重新将通告看了一遍又一遍。一杏看在眼里，胡贤贵她是知道的。前些日子装聋卖傻靠行乞为生，多半是得了精神病，竟然让他躲过那场可怕的非典。一杏朝他走去，胡贤贵并没有发现她，但她相信，他也不会有如此敏锐的眼光将她一眼认出来，一杏在他的眼前停住了：“贵叔，您好吗？”

他吓了一跳，许久才醒悟过来：“姑娘……”

接着她用一种鄙薄的眼光揶揄他：“贵叔，你不认识我吗？”

胡贤贵十分难堪地笑了笑：“姑娘，恕我眼拙，果真记不起来了。”

一杏一阵冷笑：“不怪，不怪，但我认识您。”

“哟，瞧我这记性，真是老糊涂了。”他拍着大腿说。

他一脸蜡黄，内脏似乎有病，胡须毫不留情地布满整个瘦削的脸，如同一只山猴一般，左耳上方一绺头发朝上翘着，或许是长久没有梳洗的缘故，右眼角沾着一颗火柴头般的分泌物，使得她快呕吐了。

胡贤贵才压低声音说：“姑娘，你也许还不知道吧，省城又发生了一桩人命案了，传闻一位黑道大哥让人杀了，杀死在家里。”

一杏便装着好奇地问：“不就是谋财害命？这年头，不就是让钱打瞎了眼，黑道大哥身边不是有许多保镖护着吗？”

胡贤贵说：“黑吃黑，鱼吞虾。你瞧瞧，这幅画像上的家伙一脸凶相，十成也不是什么好人。”

“嘘。”她连忙示意，“不怕别人听见？如果真的让人听见了，将会惹火烧身的。”

“怕啥！悬赏通告都张贴出来了，咱们仅是以事论事罢了。姑娘，说也怪，这画像上的家伙多面熟啊，我好像在哪里遇见过。”

一杏吓唬他道：“贵叔，您真够胆大，普天之下，长相酷似的人无处不在，你如此猜疑推断，不怕招来祸事吗？”

胡贤贵反而胸有成竹地说：“对了，这个家伙我曾在县城遇上过，但又一时回忆不起来了。”

胡贤贵的话在空间范围内划出一定的区域界限来。她心里想：“像何冬生这种人，他一定看见过，只是他年岁已高，在他的脑海中处于一种模糊混乱的状态罢了。”

“贵叔，您的话是真的吗？”她问道。

他噘着嘴有些不高兴：“这种事情岂能开玩笑，悬赏通告已经四处贴出来了，我才斗胆说出来。”

“你既然知道那个可厌的家伙，赏金十万不就归了你，再则，十万块不费力气赚到手，从此可以快快乐乐安享晚年了。”

“是啊，发财的机会快来临了。”

“您敢吗？”

“姑娘，你千万别乱说，否则会惹祸上身的。”

其实，她只不过在试探他，谅他也没那份胆。

“这事得仔细琢磨琢磨，容不得半点马虎。姑娘，你去哪，我送你一程吧。”

“行啊。”她回答道，然后撩着胸前的衣服，生怕弄脏似的，她缓慢地跨上车去。

“姑娘，请坐稳。”

胡贤贵偻着背，然后朝地上吐了口痰，说：“像你这样高贵的女人能够认识你，真是我一生中的荣幸。”她却哄他说，她家住在雪山村的两岔沟，沟里疏疏散散住了十来户人家。后来，随爸调动工作去到西安，她们一家人就搬到西安去了，在西安一住就是十来年，爸退休不久便得病死了，于是她随着母亲回到离别多年的灵山县，出嫁时是母亲替她筹的嫁妆。

胡贤贵说：“你妈还好吗？”

她答道：“身体不如以往了，她毕竟上了年纪，人总有老去的那一天。”

车轮在人行道上缓缓朝前驶着，年少的顽童不时在过道上奔跑，胡贤贵冲着他们大声斥责，孩子们转过身向他扮着鬼脸，欢笑着跑开了。胡贤贵咕咕哝哝好一阵，然后扭头对她说：“姑娘，你几时结婚的，瞧你一身打扮，丈夫一定是个有钱人，并且非常疼爱你。”

“唉，贵叔，我是一个苦命人，一辈子也修不来那种福分，嫁个丈夫偏偏是个文弱寒酸的书生，吃了上顿缺下顿，日子真难熬啊！”

半会儿，街上的警车声不知不觉地消失了，但她发现街上角落处的墙壁上和电杆上都贴着悬赏通告，街上的人议论纷纷。她心中乱成了一团，就再没有心思与他逗乐了，然后掏出几元钱塞给他。胡贤贵直笑得眉毛皱成一团：“姑娘也真够直爽。”她装作没听见，再也不理睬他往前走了。当她拐进花园时，看见园中的花儿在争艳地绽放着，有紫红的、蓝的、橄榄绿的、橘黄的……让她眼花缭乱了。

芳香飘溢在空气中，并招引来无数只翩翩起舞的蝴蝶和蜜蜂，她在花园中站了许久，又朝胡贤贵那边望过去，发现他将三轮车停在路边的一棵大树下，在摇摇晃晃地打瞌睡，她才放心朝B幢楼走去。

她在门前停住了，因为她出门的时候，那扇高档的防盗门已经让她锁上，她从身上掏出钥匙打开防盗门，又用另一把钥匙打开里层那道门，仍然不放心地往门外瞅了几眼，然后才走进屋上了二楼。门又是锁着的，这样并不使她惊讶，因为刚才街上喧嚣极了，让人产生一种恐惧心理，他们一定是趁她出门的时候把门反锁上了。她按了几下门铃，房内依然静谧无声，她费了许多周折才进去。桌上一片狼藉，烟灰缸中装满了揉灭的烟头，房里弥漫着一股浓烈的烟草味，她捂着胸干咳几声，走过去把离她最近的那扇窗打开，一米阳光立马就倾泻在一张红木桌上，桌上泛着一片红光。一会儿，他们忧郁着脸一前一后进来，何冬生说："嫂子，外面情况怎么样了？"

"这下好了，杀了人出了名，四处都在悬赏通缉你，说来真有些不可思议，就连胡贤贵也想从你身上捞油水，下半辈子过上幸福的日子哩。"

"一杏，谁有这个胆量！"王歌怡说。

立刻，一杏的眼中闪着一种不乐观的光来："你们居然不相信？冬生的身价非比寻常，直线飙升，十万。"

王歌怡气得用手直捶桌子，直震得桌上的咖啡流淌在桌面上。何冬生骂道："谁敢损了我一根毫毛，老子就剁了他。"

"你别夸下海口，'重赏之下必有勇夫'，就连胡贤贵也想在你身上发一笔横财，做一场如幻似梦的发财梦，终会让许多人着迷。"

"既然胡贤贵知道咱们底细，加上他财迷心窍，不如将他……"

"怕他将我们的事供出来？"王歌怡吃惊地说。

"他上了年纪，又害了精神病，根本不认识冬生了。但他一片混乱状态中说起画像上的人曾在哪里遇上过，又没有十成的把握了，就让他费心思去想吧，他一定是穷疯了，一个行将就木的人也会考虑得如此周全？咱们先别惊扰他，否则闹个此地无银三百两，等于不打自招。”

何冬生不安地走近那扇虚掩着的窗户，朝下俯视着一幢幢密林般的建筑群，流动的人群尽收眼底，自己已经成了一名杀人犯，从此便开始过着逃亡的生活。这种生活会一直延续到什么时候呢？他长叹了一声，不由自主地将肘臂无力地靠在窗台上。

“冬生，你还是去自首吧！”一杏不安地说。

何冬生一声不吭地折过身来吃惊地望着他们，然后痛苦地咬着嘴唇。“你不是让我去送死吗？我还年轻，还有许多理想还未实现，但着实让人痛心的是我叔供我大学毕业，还没有报答他的养育之恩哩。”说罢，何冬生的眼泪已经淌下来了，“真的，这种生不如死的日子怎么过下去，难道只有死亡才是唯一的解脱吗？如果有一天我死了，你们得给我叔捎封信。”

“冬生，你别说沮丧话，现在不是活得像以往一样，你别这样悲观消极好吗？”

第四十七章　畸形爱恋

一个礼拜天，吴如柔神通广大地打探到胡民的住处。她敲门走进来的时候，他正欲穿衣打算出门。

“你今天有约会是吗？”吴如柔问道。

胡民笑了笑说：“我正好要去找你。”

“不是吧？我看你表里不一，哪是找我，你认为我好懵是吗？就知道你去找那个姓林的，她是天上掉下来的林妹妹。”

“不信？你这不是在煞我吗？”

“在她眼中，你算得上是小白脸一个，那姓林的就喜欢小白脸。”

“扯淡。”胡民简单说了一句，“你坐啊！”

“你一定心虚了，我的话都说到你心坎上去了。”

胡民回答道：“我刚洗过澡，换了一身衣服，不梳妆梳妆，人家嫌我生活邋遢。”

“谁嫌你？那姓林的高兴还来不及呢。”吴如柔从容地耸耸肩，“咦，这地方还有女人残留的香水、衣服、化妆品、高级餐纸，应该是姓林的住处吧？难怪如此隐蔽。”

胡民让她的话怔住了，不解说：“你今天怎么了？嫉妒林博雯是吗？这房子是我刚租下的，还不到一个月，前几天林博雯来过一次，她还没有待上五分钟就离开了。”

“你知道她最近在干什么吗？”

“不知道，我真的不知道林博雯最近在忙些什么。”

那时，胡民身上穿着一件红色短褂，胸脯四周还挂着水珠，略低头，水珠顺着胸脯往下淌，他从一条红色尼龙线上取下晾好的毛巾，毛巾还有些湿。当他仰起头来的时候，他突然发现吴如柔在对着他微笑，也许是他手臂上的肌肉强健地鼓起，略显健康的肤色在深深地吸引着她。胡民认为，作为一个男人，应该是体格强健，才会有迷人的魅力，仅这一点，吴如柔不知不觉喜欢上他了。

她却坦白地说：“问你一句话，你还爱我吗？”

胡民一时竟让她那毫不忌讳的话怔住了，许久他才慢慢地向她走近：“如柔，我不知该如何回答你的问题。”

她又说：“前不久，非典四处蔓延的时候，你去了哪里了？你知道吗？我每天都在为你提心吊胆地生活着，并不停地替你祈祷和祝福，希望你能够在这场灾难中坚强地活下来。”

“谢谢你。”胡民感激地说。

那段日子里，胡民跟林博雯去了乡下。

“你一定爱上林博雯了？既然别人能分享你，分享你的快乐和痛苦，难道我就不能分享你的快乐和痛苦吗？她一个青楼女子，除了肉欲和贪婪外，还懂什么洁身自爱。她仅会做男女之间的交易，你们之间根本没有爱情存在。”

“不，林博雯有着不幸的过去，是她曾经误入歧途，现在痛改前非了。”

“重新做人，那是一件十分不容易的事情。”

“我很自卑，在你面前我会自卑，你知道吗？”

“自卑？你为什么会产生这种强烈的自卑心理？”

“一个男人如果在女人面前自卑，那是一件最悲痛的事情，当然不会有爱情产生。难道你爱林博雯就不自卑吗？难道只有在一位妓女身上才能找回你的快乐？林博雯放浪形骸，她根本不值得你去爱。即使你一半给予了林博雯，另一半不容置疑是属于我的。”

“对不起，如柔，我已经疯狂地爱上她了。”

吴如柔气得暴跳起来：“原来你是个见异思迁的男人，你曾经对我许下的诺言全忘了吗？”

“不，不，因为我们的路越走越远了，在路的终点跟我相聚的不是你，而是林博雯。”

此刻，吴如柔的眼角已是潮湿一片，她怜悯地望着胡民说：“不论如何，我会将你那停留在林博雯身上的爱转移到我的身上。”

“我不敢爱你，因为你是吴展澈的女儿，你明白吗？”

“爱情不存在贵贱之分，你完全是在为自己寻找挣脱的理由。但我永远不能原谅林博雯横刀夺爱，我可以原谅你，我可以原谅你对爱情的背叛，因为我爱你，所以宽容你的一切。那个姓林的去哪了？”

“她去乡下看她的姐姐，方莲子去年死了丈夫，现在打算撇下孩子离开赖家。她是去当说客。”

“如此看来，她不但容貌漂亮，还长着一张伶牙俐嘴，难怪你会神魂颠倒地迷上她。”接着她一阵冷笑，“像她那种女人，总有讨人欢心的伎俩，否则，她又怎能成为怡春楼的名妓呢？”

“你干吗总是用一种异样的眼光鄙视一个人，林博雯曾经多次自杀未遂，都是我将她从死神手中拯救过来，她现在才重新开始新的生活。”

胡民这么一说，吴如柔十分不高兴。她开始讨厌有关林博雯的事情，心中一股醋意油然而生。喃喃道：“只怪我对她太仁慈，才让她乘虚而入。她是个八面玲珑的人，竟能让曾经憎恨她的男人心甘情愿地拜倒在她的石榴裙下，如今还野心勃勃地自己当老板，还真有些不简单。”

胡民没有说任何话，只是默默地走近桌前，收拾桌上乱糟糟的稿纸，袖珍汉语词典以及几本古典名著。她笑了笑，说：“你想学曹雪芹吗？大师始终是大师，但他呕血一生还是没将《红楼梦》写完，的确也是一种遗憾。人生仅能做好一件事，倘若写稿不能养活自己，真是一件最痛苦的事情。”

吴如柔的话如同一盆冷水泼在胡民的头上，他的心凉了。但他的脸上勉强露出几丝微笑，说：“人们干吗总是瞻前顾后，多半是一种农民意识。”胡民心中有一股强烈的欲望一直在鞭挞他，让他毫无退路。

“你在贬我，说我是农民，没有你这种思想觉悟对吗？你志向不小，想当一名让人敬仰的‘作家’。”

下午四时左右，一直还不见林博雯回来，在那段时间里，胡民时或站起来往窗外看，也没留意观察什么，他的心里却恍恍惚惚一片。

“林博雯经营的是什么生意？”

胡民回答：“她最近在忙皮鞋专卖店一事，平常都在外面找店面。有次她妈给她打电话，说方莲子要改嫁他乡，她妈劝方莲子先将孩子养大再从长计议。她说在赖家无法再待下去了，林母一时劝阻不了莲子，就让林博雯再去劝劝她。”

“一个女人，年纪轻轻就死了丈夫，谁愿意独守空房做一辈子的寡妇啊，漫长的岁月得靠一个男人撑着。”

天色确实不早了，望过去的天边笼罩着几团黑云，黑夜开始降临了，门外依旧没有任何脚步声。

第四十八章　告诫

一天，周冰荡来到胡民的住处。一进门，就看见他在桌前写稿。胡民连忙招呼他坐，周冰荡朝屋里打量了一会儿，然后问胡民：“就你一个人吗？这里环境不算好，不如搬过去住我家三楼吧。三楼一直闲置着，里面空荡荡的，只是近来老鼠猖獗，竟大胆地在床上搭巢筑窝了。”

“不了，我不好意思打扰你们。”胡民回答道。

“我们都是一家人，你何必这般客气呢？就搬过去吧！”周冰荡说，“听说你最近跟姓林的交往很密切对吗？像她那种女人是会揉男人的腰，剔男人骨头的贱坯子，你千万别跟她胡搅。”

“不，她并不是像众人所说的那种坏女人，她有情有义。”

“哟，想必你是喜欢她了，一个女人能光着屁股做妓女，对谁不是打情骂俏？”

“荡哥，我不得不承认自己喜欢她，因为她已经改过自新，重新开始了她的生活和追求。人一旦开始了新的生活，他们会彻底忘掉过去的痛苦和不幸，如果我们都用一种敛容的眼光望着她的一举一动，她不但不能从痛苦中挣脱出来，反而会增加她的痛苦。”

“胡民，这都是你姐姐的意思，我得原原本本将她的话说出来。她说娶一个不干净的女人为妻的话，会给胡氏祖宗抹黑，胡家代代忠农，虽然没出一个显赫的人物，但他们从未做过有辱祖先之事。”

正在谈话之际，忽然一阵敲门声使得谈话中断了，门开了，胡欣牵着伦伦的手堵在门口，伦伦歪着脑袋不自在地将手指吮在嘴里，脸上依旧透出往日的顽皮来，一双大眼睛在浓而长的睫毛下流闪着，胡欣轻轻推掇他：“快叫舅舅，不认识舅舅了？胆小鬼，快叫舅舅呀！”然后抬头对胡民说：“适才闹得慌，缠着要来看你。”

胡民心中一热，欣然道：“伦伦，过来让我瞧瞧。”他果真跑过来紧紧地将胡民抱住。

“舅舅，我想你。你为啥总是避着我们哩？你说……”

小伦伦熟悉环境后，开始去乱翻胡民的书籍，被周冰荡制止了。他又开始玩起泡沫游戏来，也不知他从哪里弄来一根管子，衔在嘴中吹泡沫，顿时泡沫横飞，顷刻间又破灭了。孩子们都有着纯真的本性，大人没有任何理由阻止他们这种天性。

胡欣在房中来回踱了一圈后，开口便说：“这房间收拾布置不错嘛！”她又走近窗户撩起那张绿色竹叶的窗帘往下俯视，房屋临水，深蓝色的水色在微风中一漾一漾，另有一番风情。

“林博雯呢？”胡欣问道。

“她都快成女强人了，独撑一面开了一家皮鞋专卖店。”周冰荡半讥半笑地答着。周冰荡就这种人，嘴里藏不住话的直性子，做事也风风火火的，天性一副训斥人的口吻，简直让人受不了。

“林博雯在新穗街开了一家皮鞋专卖店，前几天有事回乡下去了。”胡民答道。

胡欣说：“城里的大街小巷谁不认识她哩？她是女人的牺牲品。如果这个社会将从妓看作一种正当职业的话，那么整个民族会蒙上一层阴影，社会将会一片混乱。胡民，如果你真的对她动情的话，我得劝劝你，那种女人是不能娶回家的，一个女人让别人窃窃私语，在别人的白眼下生活是一种不幸。你趁她将精力放在事业上的时候，就离她而去，这样双方都不会痛苦。如果你们的感情走到难分难舍的地步，任其一方撇下，都会难以割舍，你该想想！”

三日后，林博雯从乡下恹恹地回来了。她好像害了一场大病似的，一进门，她便冲着胡民说：“民，我的病又犯了。”

胡民惊愕了：“你犯啥病了？”

她支支吾吾地说：“仅是旧病复发而已。”

“博雯，你能告诉我得什么病吗？”

她怔了许久，然后羞愧地说：“女人常见的病——妇科病。”

“别担心，有病就投医，人食五谷，谁能保证自己一生无病痛。”

后晌时分，胡民带着林博雯去了县人民医院，经医生诊断，确认为女人的常见病——妇科病。

从医院回来后，林博雯显得十分不安，旧病复发使她难堪，她想起当年给她开药方的医生夸下海口说：“药到病除。”可最后还是弄个治标不治本，一个还未结婚的女人，患上这种疑难杂症，是丢尽颜面的事情。她一躲进房间里就不肯出来，胡民叫了几次门，她还是不肯开门，待他走后，她又小心翼翼地将门闩拴严。她倒了一杯水将药服下，然后去卫生间沐浴更衣。她那富有光泽的肌肤尽情地让温水滋润着，她觉得浑身暖融融的，医生嘱咐她，患上这种病整个身子应保持洁净，谨防细菌感染。她按医生的嘱咐去做了，可是像这种羞于向男人启齿的事情，她却对胡民说了，这也是对爱着她的男人一种难以诉说的打击，更是一种耻辱。洗完澡后，她上床美美地睡了一觉，直到肚儿咕咕作响方才醒来。

她索性躺在床上回忆起以往的事情来，想起当年那些该死的嫖客气喘吁吁地酣睡在她身旁的情景来，她心有余悸。整整一个晚上，胡民一直陪在她身边，关切地询问她的身体状况，她说：“不碍事，现在好多了。”胡民看见她的脸上没有一丝忧伤，双眼永远充满着善意，才打消心中的团团疑惑。

第四十九章　穿过红地毯的新娘

又是一个艳阳天，温暖的阳光照耀着大地，红似血的云彩忽快忽慢地朝西移去，一会儿，那些红似血的云彩却变成一片深蓝。

那天，王家宾客满座，一派喜气洋洋的气氛。因为那个怀孕近一年的女人缠着王歌怡名正言顺地将她娶过去。自从何冬生出事后，王就打发他流落他乡去了，人命关天的大事，能避则避，既然何冬生杀了人，迟早会被抓，倒不如让他隐姓埋名，苟且偷生地生活下来。何冬生走后，他们心里才平静下来，于是积极筹办他们的婚事。

黄昏时分，一辆辆五颜六色的轿车将王家围得水泄不通，王少成笑容满面地跟各位来宾招呼着，并一一握手相迎。王家门前由无数色彩鲜艳的气球悬挂起来，围成弧状的鲜红气球终于迎来了新娘，新娘由几个打扮十分漂亮的姑娘搀扶下了车，众星捧月般的款款而来。新娘头发高盘，全身裹着红艳艳的婚纱，下身宽大而呈伞状在清风中徐徐摇曳，她神情喜悦而激动，但又不时流露出几分羞怯，宽大的婚纱让人瞧不出她已经是个身孕近一年的女人。她撩着快沾在地上的婚纱好不容易穿过拥挤的过道，此刻，王歌怡已是西装革履，胸前佩着一朵红花，他春风得意地牵着新娘的手穿过由鲜红气球编成的大门。紧接着一阵鞭炮响起来了，烟花满天，场面喜庆十足。

一群孩子前拥后挤，待新郎、新娘进入大门后，孩子们便开始抢夺那些似花环的气球，气球的摩擦声、破裂声响成一片，一场酒席一直喝到深夜，客人们才陆续离去。王歌怡送走了客人，回到房中，一杏羞怯怯地坐在床前，满怀深情地望着王歌怡，他突然端杯仰望着她，然后说："一杏，咱们喝杯交杯酒吧。从今天起，我就是你的丈夫，不管往后的日子如何，我都有责任呵护你，关心你，但愿我们白头偕老，比翼双飞。我们就这样一生一世在一起好吗？"一杏陶醉地点了点头，然后对着他深情地微笑。

第二天清早，王歌怡要随同一杏回娘家。按当地习俗，大凡出嫁的女子第二天清早都要回娘家一趟，但不能留宿在娘家，否则，会不吉利的。一杏在房中精心打扮一番，梳妆桌上摆着艾丝珀沐浴古龙水，房间里有一种柔和清新、朦胧的感觉，但她更喜欢艾丝珀纯正自然的芳香，收拾完后，在伴娘的陪同下，她才优雅地进入王歌怡的轿车。王歌怡对她的宠爱，是因为那个女人右脚板有一颗似黄豆大的黑痔，为此，王歌怡专程请来一名盲人占卜先生给她占卜吉凶。先生说："吉兆，她是个旺夫之相，中年后必定显贵。"传闻当年袁世凯之母的两只脚板各有一颗黑痣，因为这两颗痔，后来袁世凯才顺利当上了皇帝。所以一杏便成了王歌怡的宠儿。

她家住在一个小集镇上，轿车在沙石路上颠簸着，扬了一路的尘土。快驶入集镇的时候，才有几公里刚修不久的水泥路，路面上流淌着似煤渣的污水，道旁站着一群群赤着脚，衣服破烂不堪的孩子。他们的表情都是木木的，一张张黑瘦的脸，从他们的脸上看不出一丝灵气来。

车刚驶到她家门口的时候，一停下来，一群群孩子如同洪水般涌了上来，一个个伸出沾满污泥的脏手，乞求道："爷，赏几个钱吧！"王歌怡惊呆了，他问道："怎么会这样？"

一杏不慌不忙地说："这是沟里的孩子，沟里穷，大人们只好让孩子们出来乞讨。"

"像这种情形有多久了？"王歌怡问道。

“在我的记忆中，像这样的孩子有许多年了，从我懂事那天起，集镇上满街都是这样的孩子，一年复一年的。怡哥，今天是咱们大喜日子，你就赏他们几个钱吧。”

王歌怡点了点头：“来，接着，拿去买些东西吃吧。”孩子得了钱，谢过他们，然后各自散去。

王歌怡扭转身望着她，只见一杏脸上挂着一行泪珠。

“一杏，你怎么哭了？”

她吞吞吐吐地说：“到家了，我们进去吧，我妈还在屋里等着我们哩。”一杏朝远处去的孩子望了几眼，然后随着众人进了家门。

午饭时分，一杏娘一直在忙碌着，她一边忙着和面，一边忙着为女儿筹备一些带回婆家的东西，现在女儿攀上高枝变成凤凰，身份地位随之改变了。

下午五时左右，他们打算起身离开了，一杏娘眼窝浅，她躲在屋里呜呜地哭，并揩了一衣袖的泪水。他爸吵吵嚷嚷一阵：“你哭啥？女娃注定是外乡人，你惦她就去看她。”她妈哭着说：“不习惯，咱从小到大一直很疼她。”

后来，是由她爸送他们上路的，他一直站在门口叮咛她：“既然成了王家的媳妇，应该懂得孝顺父母，疼爱丈夫，免得人家看扁了你。”

车启动的时候，她妈又追出门来：“闺女，你把这些东西捎带回去吧！”一杏透过车窗，她看见母亲跌跌绊绊的样儿，她的心中十分难过。袋子里是一袋大而圆润的糍粑，当王歌怡夫妇二人向他们挥手告别时，一杏娘一直追出好远。

第五十章　遗毒（上）

自从胡家破落后，胡贤贵下落不明，他的妻子跟一个外地来的棉花匠私奔了，自今杳无音信。从此，十岁的彩霞便辍学在家跟叔伯过日子。过不了多久，婶子待她不好，甚至有时虐待、毒打她，她身上到处都是青一块，紫一块的伤，夏天，伤口化脓，痛得她满地打滚，她的婶子依旧对她不理不睬，于是让人打发她到乡下的外婆家去。

胡欣听到这个消息后，就跟周冰荡商量，他也坦诚答应将她接过来，并把她送入县一小读书。

过不了多久，胡彩霞又独自跑回了她的外婆家。他们又将她接回来念书，彩霞死活不肯回来。在那段日子里，彩霞除了帮老太太做一些简单的家务外，其余的时间就是跟孩子们玩氽氽、捉迷藏等。久而久之，她慢慢地变野了，满嘴脏话。有一次，她在吃饭时脱下臭袜扔在桌面上，老太太恼火了，顺手捡一根棍子抽她，彩霞跳骂着用十分粗野的脏话回敬她，并挑衅地对老太太翻白眼，吐唾沫，老太太直气得口吃："你……你这个没教养的东西。你父母把我气得半死，难道你还要将我气死不成吗？要不，你去将父母找回来。"胡彩霞抿着嘴嬉笑："我不去，要我去找我爸，您得给我买一件衣服。"老太太气得直跺脚，伸手给她一耳光，她抚着脸噘着嘴大声哭了，哭得如此伤心，老太太顿然生悲了，她也呜呜地抽啜起来："娃，谁叫你爸不争气，才让你们受尽苦头，我都快让泥土盖在头上了，还能养你一辈子吗？"老太太老泪纵横了。胡彩霞却赌气站起来抹着泪说："婆，咱不上学，人家都唤我大姑娘，班上那群小毛童欺负我，用木棒戳我这……"胡彩霞伸出手指指她的胸脯。"真的吗？""嗯。"她点点头说。

老太太骂道："没娘教没娘养的东西，是谁，你告诉我。"老太太心肠软下来了，然后又说："明天你去学校，那群小毛童再敢欺负你，你跟老师说，看那帮小毛童怕不怕。只要你肯念书，我就给你买衣服好不？"胡彩霞掂着双脚跳了起来。

从此，胡彩霞的坏习惯改了许多，老太太的脸上逐渐活泛开来，总认为一个闺女改掉坏恶习比一个男孩子要快，逢人直夸耀外孙女懂事了。老太太希望她多上几年学，多识些字，将来好替她做些写信、算账的活。

学校离村庄约五里路，一条羊肠小径，离学校不足五里，小径荆棘丛生，不料前几日下了一场大雨，山间的蘑菇似雨后的竹笋破土而出，密密地潜藏在树丛中、松土间，胡彩霞便让几个野惯了的小毛孩哄去树丛中寻蘑菇。小毛孩趁她不注意，便一拥而上笑嘻嘻地围住她："彩霞，陪咱们玩玩游戏。"

她惶惑地问："啥游戏？"

"这……这……让大伙瞧瞧。"

她慌忙得直摇头："使不得，真的使不得，如果让外婆知道了，非打折我的腿不可。"一个年龄稍大的男孩子冲过来野蛮地准备解她的裤腰，而这个时候，一个猎人模样的汉子大声吼道："你们在干啥？有没有看到一只野猪从这里窜过？你们这群小兔崽子敢耍野，再敢动，老大毙了你们。你，还有你，都是哪家的？父母是谁？你们知道在干些什么吗？不去学校而跑来密林中欺负梅郭老太的外孙女，如果让她知道啦，非扒下你们的皮不可。"几个小毛孩子慌了起来，然后一哄而散。

老太太知道此事后，先在门角落里准备些刷条，逼着胡彩霞跪在她的面前，接着用刷条一根接一根地抽，胡彩霞却一声不吭，也不哭，抽一次，她的身子颤抖了一下。后来，老太太反而扔掉手中的刷条嚎声痛哭。胡彩霞的心软了，她忍痛将老太太搀扶到房里去。

原来，那个猎人果真将此事告诉了郭老太太，胡彩霞才挨了一顿皮肉之苦，但她并没有嫉恨那位猎人，反而十分感激他。从此以后，胡彩霞每天穿梭于那条S形的小道上，放学后还替外婆煮饭，扫地。

和煦的阳光洒在大地上，胡贤贵醉昏昏地躺在三轮车上打盹，他的睡态十分难看。自从悬赏通告贴出来后，他的心中便充满了发财的欲望，一旦发现那个可疑的家伙，他就会立刻跟警方联络。他依稀记得，凶犯曾与他有过一面之缘。但一时想不起来是谁，叫啥名字，家住何处。

待他醒来时，已时近黄昏，他将三轮车停在阳光网吧门口，等了许久也没什么客人，于是干脆伸直腿在车上继续打盹。不知过了多久，朦胧间听到有人呐喊，他吓得睡意全消。一溜烟钻入一条小胡同里，接着又钻进几个皮肤黝黑的三轮车夫来，胡贤贵忙问：“伙计，外面情况怎么样？”那人揩了揩脸上的汗滴，说：“外面很糟，到处是城管，看来，要把我们全部撵跑了。”

一个面似瓜皮的家伙道：“咱们自食其力，凭什么撵咱们？”

“嗨，你们有所不知，山城在争创全国文明城市，全部三轮车都不准上街哩。”

胡贤贵说：“那满街的妓女，他们怎么不去管管、查查，揪出几个妓女、嫖客让我瞧瞧，那才叫创建文明城市呢。”

街上的喧嚣声消失了，胡贤贵仍不放心，他跑出胡同望着清冷的大街，偶尔看见几辆三轮车在人群中一闪便不见了，胡贤贵怅然而归。

冷冷清清的出租房里，一片阴暗潮湿，简陋不堪，并且不时地散发出一股呛人的尿味。内墙壁残缺不堪，房子的主人不久前迁入了新居，因此旧房里堆置着一些残砖之类的东西。一到夜晚，床下的蝈蝈在鸣叫，砖里的蜈蚣在爬行，横梁上的老鼠趴在上面往下瞅，一眼接一眼地瞅着胡贤贵。胡贤贵也盯着老鼠看，他觉得自己和它们差不了多少。

第五十一章　遗毒（中）

记得刚搬进来的时候，房东看见他面如锅底，双目无神，对他十分冷淡地说：“病好了吗？床倒是没有。用一些残砖垒起来吧。”房东找来几块锈斑斑的破木块，啪的一声扔在地上，一声不吭地出门去了。房东是一位头发卷曲的胖女人，四十开外，一副公鸭嗓，整天一副无精打采的模样，对人态度有些冷淡。

胡贤贵吃罢饭后，孤灯下不觉涌起一阵寂寞来，的确，他长久没有发泄心中的欲望了，心中痒得难受，于是把口袋里的硬币一枚枚掏出来搭在桌面上，又一枚枚地点清放入口袋里，这也是他每次收工后该做的第一件事情。他换了一身干净的衣服，急匆匆地出门去了。

夜深人静了，不远处偶尔传来一阵汽车碾过地面的声音，环城东路的对歌声和街舞已经悄然停止了，听歌的人群也陆续离开，只剩下几个中年妇女站在昏暗的灯光下在四外张望着，她们的装束打扮像是不务正业的妓女。的确，她们是从遥远的地方来这里歇脚的妓女，多半徐娘半老，有的由于家庭经济，有的失去了丈夫，有的则属于那种原本放荡的女人。

深夜一点左右，胡贤贵才回到住处，他觉得身子轻松了许多，四处一片静谧，他却睡不着了，眼前闪着刚才那个女人紧紧地搂住他颈脖的情景。那一夜，胡贤贵梦见他的妻子双眼深眍，一见到胡贤贵就痛哭失声了，妻子对他乞求："贤贵，救救咱们的女儿吧！"说罢，冷不防中怀中抽出一把锋利无比的剪刀，凶猛地朝胡贤贵的心窝捅来，接着一声惨叫，胡贤贵惊醒了。

窗前开始发白，外面传来几声狗叫，胡贤贵出门探个究竟，狗见突然间窜出一个人来，便汪汪地朝他扑来，胡贤贵一跺脚骂道："该死的，真是瞎了眼。"狗受惊后，嘴里嗡嗡地夹着尾巴走了，他撒了一泡尿后，才钻进房间里重新睡下。

一天，胡彩霞回到外婆家那颗槐树下，她躲在槐树后往里瞧，房门虚掩着，门前几只母鸡唱着歌谣悠悠闲闲地晃着，再往井台那边望过去，外婆伛偻着身子消融在夕阳的余晖中。

老太太喃喃道："丫头，说去去就回来，一转眼去了两天，依旧不见人影。"老太太吃力地将桶绳往上提，不时又腾出手来往下攥住桶绳。井很深，足约三米，有时遇上旱灾，井里的水干涸得瞧见底，村民们喝水便成了一大难题，只好拎着桶儿去离村庄尚有一里的山地去提。

老太太费了好大的劲才将半桶水攥上井台，停下来喘口气，然后木讷地望着四周。

自家槐树下，一个老者牵着一头水牛沿着青石路面走来，牛儿埋头温驯地跟在老者身后。她嚷道："您大伯给我评评理，那丫头好不了几天又不听话了。"

老者皱了皱眉答着："这丫头，年纪还小别怪她。"

"都快让她气死了，也不知是咱上辈子做错了什么，今世要受这般折磨来。"然后喃喃咕咕拎着半桶水走了。

老太太将水倒进缸里，越想越恼，又朝房间扫了几眼，门让胡彩霞拴着，便高声嚷着："开门！你躲在房间干啥？"

一会儿，门开了，胡彩霞默默不语地走出门来。"跪下！"胡彩霞一骨碌跪在老太太的面前，眼中流露出怜悯的光芒来，老太太正欲抽打她，忽然屋外跑来一个妇女，劝道：“嫂子，你干吗打一个小女孩？”老太太止住了，于是收敛刚才的一脸怒色。

妇女接着说：“听外婆的话，别跪了，千万别这样跪着哩。”原来妇女刚才牵牛去溪边汲水，回来路过门口，听到老太太又在骂她，就进来探个究竟。

胡彩霞咬着嘴唇站起来，忍不住抽啜几声。

“嫂子，彩霞她爸还没疯，前几日有人在灵山县城看见她，不妨让人去找他回来，要他将彩霞接回去。”

老太太道：“真的吗？我的女婿还没有死？可是女儿狠心撇下他们父女俩走了，走得不见人影。她也够心狠，也不跟我捎封信哩！”

妇人说：“我得走了，牛儿还拴在外面。”她大步走出门，来到槐树下，走近将绳子往前一扯，牛儿便蹿起来，妇人定睛一瞧，一缕缕鲜血从它的鼻孔里流出来，淌在青石地面上。此时，老太太从房里走出来，胸前围着一张青色围巾，来到猪厩旁，又慢慢地爬上猪厩，从上面扔下一捆稻草，才偻着背脊下来，她把稻草捡起往猪厩里扔，里面一阵欢腾，几只猪儿如获至宝似地用锋利无比的牙齿将稻草嚼碎，重新垒了一个属于它们的新窝。

老太太唠叨道：“咱养的猪儿都变老鼠了。”

“嫂子，给它们多喂些饲料，让它们吃饱喝足，一切都平安无事了。”

第五十二章　遗毒（下）

太阳已经斜斜地下了山坡，枯燥的声音从四处汇成一个整体，各种各样的响声在村前、村后响成一片，密密集集地连缀起来，组成了这片土地上那种枯燥而淳朴的生活。

胡彩霞从屋里端了一盆水走了出来，轻声说：“洗把脸吧，饭菜都凉了。”老太太蹲下身擦把脸，吃罢饭，她搬来一根凳子坐在一旁吁气，突然问：“丫头，想你爸不？”

“想的，我想的夜夜都做梦。”

“你妈临走时对你说些什么？”

“她说：‘彩霞，你得听话，我去把你爸找回来。’她在我的额头上亲了几口后，然后匆匆地出门了。开始，还认为她去寻我爸哩，后来才知道，在隔壁的棉匠也溜了，连工钱也不要，谁也料不到平常斯斯文文的棉匠会拐走她。”说罢，胡彩霞便呜呜地哭着跑进了房间。

日子依旧周而复始地循环着，一切都变得忙忙碌碌。天一亮，老太太再也睡不着了，她爬下床，擦把脸，抹出几颗眼屎来。

一会儿，她只发觉双眼梗痛，像眼硌着沙一样。她十分蹊跷，觉得真是遇上鬼了，莫非昨晚睡觉时，让老鼠尿着了？这也不可能啊，因为昨晚她几乎没合过眼，老鼠不时地从板壁上溜过，叽叽吱吱的一阵锐叫，反反复复折腾，她就这样一直熬到天亮。

老太太缓慢地从缸里舀来一盆清水，掬起一撮清水往眼睛里浸。

“丫头，快起来给婆瞧瞧，我的眼睛怕是不行了。”

胡彩霞急匆匆地跑出来，扑哧扑哧地吹了几口。

“瞧见不。”老太太问。

“没有，只是眼珠上布满了一缕缕的丝。”

老太太一脸沮丧：“丫头，看来老天要惩罚我了。”

“婆，您别这么说，老毛病，过几天便没事了。”胡彩霞拧干毛巾，轻轻地替外婆搽着眼角。

可怕的事情终于来了，一切厄运悄悄地降临在一位没有任何依靠的老太太身上。她突然发现眼前一片模糊，同时发觉天旋地转，这个世界在她眼前无力地摇晃了。突然间，她发觉眼前的世界变成了一片黑暗。

从此，她的世界是一片冷寂，黑暗，光明成了她一生中难以实现的梦。

对于此事，整个村里议论纷纷，一些不明事理的村民说，曾经干多了过河拆桥之事，儿子才一个接一个的死去。白发人送黑发人哩！现在又瞎了双眼，以后的日子更悲惨了。但大多数村民对她深表同情，他们手里拎着好吃的东西登门探望，问明病历。老太太努力睁大双眼却依然黑暗一片，如同睡了一场永远没有天明的觉。一个妇人：“嫂子，前天还能穿针引线，可是今天就……”妇人哭了。

老太太哽咽道：“天呐！这分明是老天不长眼，还说养子送终，反而将他们兄弟几个都送走了。现在闹得家道破落，无依无靠。每月朔望之日，这样求神拜佛，不就是替咱们祈祷平安，可是观音还是不显灵。”

一个妇人插话道：“既然菩萨不长眼，不妨去城里寻个眼医瞧瞧，天无明日的日子怎能过下去呐？”

老太太肘臂靠在椅子上想站起来，妇人连忙说：“嫂子，你坐，想要什么吗？”

“给我杯水喝，口渴得厉害。”

妇人倒了一杯水递给她，她咕噜将一杯水喝下，双手抖抖瑟瑟将茶杯往上撂。妇人接过她手中的茶杯，然后掉转头对站在一旁的彩霞说：“丫头，往后可要勤快点，别让外婆怄气。”“嗯。”彩霞低头答着。后来，妇人跟老太太一阵耳语：“彩霞那丫头，既然她爸不管她，你就别替她瞎操心了。现在双目失明，缺乏自食其力的能力，一日三餐的生活将会失去保障，干脆让她辍学在家帮忙做做家务。我们那年代，学堂门不知道啥样，不也度过这些年月。家里多一个帮手，趁着还能服侍你几年，女孩家一落成大姑娘，懂得收拾打扮，她还嫌你龌龊哩！一到谈婚论嫁之年，一个大姑娘哪还顾得上这般老骨头来。”

老太太不解地说：“一个学期的学费全缴上了，岂不是白交了。”

妇人说：“不会白交，可以找老师退掉。先让彩霞去退，如果学校不同意彩霞辍学，我就陪着你去学校一哭二闹，看他们退不。”

不久，胡彩霞果真辍学在家，清早起床端水，便开始做家务，午后去田间锄草。日子一晃即逝，由于繁重的体力劳动，她开始正常发育了。但是一天下来，她觉得身子似散架一样难受，同时也觉得这种生活开始单调乏味了。

在寂静的夜晚，胡彩霞想她的父母，又想起了胡民，难道胡家从此就这样人丁不旺吗？想来想去，她再也睡不着了。

自从外婆失明后，便终日瘫在床上，床前置着臭气熏天的尿桶，桶里装满了尿。有时彩霞在地里劳动，老太太独自拄着拐杖下床方便，天长日久，她学会了用耳朵判断事物。一个人失去了视觉，有些事情只能凭耳朵和心了。因此她已经熟悉彩霞的脚步声，彩霞每次从地里回来，第一件事情就是把桶里的尿倒了，然后将尿桶放在门外的角落，免得让尿臊味破坏房间里的空气。

一天中午，下了一场大雨，胡彩霞让雨水淋成了落汤鸡，她裹着一身泥浆跑回家。一进门，还来不及脱下那身湿衣服，就听到房内传来一阵呼叫声，她推门跑进去，她看见外婆跌倒在地上，地面流淌着尿水，拐杖已经摔出一米左右，一双皱得似树皮的双手在地上摸着拐杖，但一切都是徒劳。那一刹那，胡彩霞泪流满面，她急忙将外婆搀扶起来："婆，摔着没？"

"丫头，你回来了，方才我爬起来找水喝，不料响了个炸雷，一不小心撞翻尿桶，就跌倒在地上了。"

"婆，下次有什么事情唤我一声。"她扶着老太太坐下，又给她找来一身干净的衣服换上。老太太坐在床上独自骂起来，骂别人，接着又骂自己前世作孽，今世才变牛马来偿还。末了就哭了，痛哭几个儿子撇下她不管，远远地离开了这个世界。胡彩霞心头落悲，站在一旁默默地抹着眼泪，外面的雨还未停，屋檐下还连着一条条的线。

第五十三章　圆梦

这里的冬天来得太早，它带着严寒的劲风悄然来到人流中，四处呈现一片凄冷的景象。

雪山村小学的教室里却书声琅琅，一阵阵悦耳的读书声在冷寂而空旷的教室里久久飘荡着。

二楼右侧的一间办公室的门略开着，窗台上的一扇窗户让寒风刮得吱吱作响，里面有几个年纪稍大的教师围着火炉坐着。灼红的火焰在跳动，红灼灼一片。虽然屋里的空气畅通，但房间里依旧散发出一股股让人窒息的木炭气息。一个满脸胡须，头发银白的教师正在批改学生的作业，不时地揉搓着双手罩在火炉上方，一个戴着深度眼镜的女教师有些不解地问："校长，听说今年雪山小学要招聘几名民办教师吧？"

"是啊！咱地方交通闭塞，一些年轻教师又不肯前来，师资力量缺乏哩。"女教师提议："校长，您认为咱村子里的胡民如何？"

校长说："他是个文化人，就怕他不肯来。"

"没关系，我会给他作一番思想工作，这件事情就交给我去办吧！"她胸有成竹地说。

校长笑了笑说："胡民那孩子聪明懂事，只可惜不走运。"

一天清早，女教师费了许多周折打探到姐姐胡欣的住处，并向胡欣道明来意。胡欣十分高兴地说：“咦，这是一件天大的喜事。教师是一项神圣的职业，伟大而自豪，我也会劝劝他的。”

半个小时后，胡欣带着她找到了胡民的住处，他几乎惊叫起来了：“姨，您还好吗？”

她苦涩地笑了笑：“好啊！只是近来让一些琐事困惑着。”

胡民急忙搬来两张凳子让姨和姐姐坐下，一坐下，姨便开门见山对他说：“胡民，有些事情找你谈谈。经学校研究决定，学校想聘你为一名民办教师，你同意吗？”

她的话让胡民欣喜万分，但他的心里头也有些纷乱，也不知道说什么才好。

“你放心，仅是暂时的，待明年可以参加考试，如果考试合格，就可以成为一名国家正式在编教师。”

胡欣看见他一副犹豫不决的样子，便劝道：“弟弟，这是千载难逢的好机会，千万不要错过，教师这一神圣职业多少人向往和追求，你一定要去试试呀，否则会遗憾终身。”

胡民欣然答应了她们，并盛情挽留姨和姐姐胡欣坐下来吃饭。胡欣却说：“姨工作繁忙，已经有很长时间没来城里了，我们一起吃顿饭。”姨说还有一些事情等着她办，先去教育局办妥一些事情再说，然后俩人急匆匆地出门去了。

她们刚走不久，胡民去了菜市场买了一些熟食和几条新鲜的鱼，拎着去了姐姐家。

进门时，姐姐正忙碌着，她胸前围着一条蓝色的围巾，样子十分优雅。那时，他才发现姐姐长得也十分漂亮，她称得上是一位十分贤淑的女人。

“姐，姨呢？”

她一面招呼胡民坐，一面答着："姨去县教育局办些事情，不久便回来。"

"她会回来吗？"

"应该会来……因为姨刚买的皮鞋还放在这里呢。你还买这些熟食干啥？多浪费钱，家里的饭菜都准备好了，只是等着姨回来哩。"

不多久，姨回来了，但她的脸色有些难堪和忧伤。

胡民问道："姨，事情都办妥了？"

许久，她才说一切都办妥了，也没啥大事，只是来找找人，可是没找着，他躲着不肯见我。

"找谁？局长啊？他不就是您的学生吗？"

"是的，人家的身份地位不同了，哪还记得我们这些平民百姓。"

"如此说来，那个忘恩负义的家伙一定升官发财了，多半也不是什么好角色。"

吃罢了午饭，姨说撂不开身，一定要立马赶回学校去，胡民和姐姐盛情挽留她逗留一日，她还是慌慌张张地走了。

第三天中午，天阴沉沉的，还洒着细雨，胡民撑着一把雨伞出现在雪山小学门口，后来他找到了校长办公室，校长笑容满面地迎出来，连忙招呼着："小胡，你来了，请坐。"校长把他让在房里，又给他倒了杯茶。

校长算是一个健谈的人，资历深厚，在教育战线上默默奉献了二十来个春秋，他给胡民谈当前的形势和有关毕业生就业的具体情况。

后来他说："你考虑清楚了？"

胡民笑着说："多谢校长抬爱，胡民无才，只怕辜负校长一番美意。"

校长称赞道："好，好啊，以后好好干，前途光明一片哩！看来，雪山村的孩子有福了。这十年来，雪山小学几乎留不住一个人才，更是留不住一位年轻教师，剩下几个年迈的老骨头在这条战线上起早贪黑地干，可是每年在全县所有小学排行榜中都是倒数。”

校长的一番话并不虚假，雪山村原本的条件就不好，一些教师自身的素质也不高，更谈不上什么教学经验，他们除了惯用一些守旧、落后的教学方法来约束学生的行为外，对工作也很不负责。

由于农家的孩子比较粗野、顽劣，他们永远不知道外面的世界是那么广阔无垠，闭塞给人们造成精神上的麻木，村民们大多也没什么文化，这一点连胡民自己也深有体会，洪家滩的来狗就是最典型的例子。

第五十四章　无花果

洪老爹在世时，曾让来狗断断续续地上了五年学。几年下来，来狗还是不能写自己的名字，不会认钱，更不会算账。洪老爹去世那年，来狗家门前那棵杨梅树上的杨梅挂满枝头，远远望去乌澄澄一片，让人馋得直流口水。

来狗娘说："来狗爹在世时，开的是无花果，风一吹，地上落了一片。现在却挂满枝头，或许是有喜事临门了。"这一征兆让来狗娘心里乐滋滋的，于是唤来狗爬上树摘下一大筐，来狗娘开始尝了几碗，后来连豆腐也咬不动了。来狗闭着眼睛尝了十来颗，就独自蹲在一旁吐酸水，如同害一场大病似的。

摘好一筐后，来狗娘唤来狗挑到街上去卖，来狗好不容易才寻了一个摊位，刚撂下不久，便来了一个妇人，先捡了十来颗往嘴里塞，然后才问道："多少一斤？"

来狗傻了一下，低头不作声。

"一块钱一斤卖不？"妇人带着商量的口吻说。

"太便宜，五毛五一斤才卖，少一分不卖！"来狗说。

这一惊天动地的讯息在街上不胫而走了，来狗的摊前突然间便围挤了许多人，不到半个小时，来狗的杨梅全部卖完了，来狗心里乐滋滋的，又从街上步行赶回了洪家滩。

来狗娘惊奇地问："这么早就回来了？还不到晌午呢，卖多少钱一斤？"

来狗得意地说：“人家给我一块钱一斤，可是我要五毛五一斤才卖。”

来狗娘气得暴跳如雷，破口大骂：“脓包，你这脓包。”来狗还不知道母亲为什么骂他，他一脸无辜地站在一旁默不作声。

事后，这一消息传遍了整个雪山村，成了村民们茶余饭后的热门话题。众人纷纷说洪老爹一世英名，可惜子孙不肖。

胡民对此事也颇有感触，绝大多数村民一致认为，反正今生今世生于农家，长于农家，始终离不开与田地打交道的命运，娃们早不如替父母省点心，以图过一个安稳的日子，这种愚昧的做法反而使家长高兴，直夸娃能替咱分忧了。

在胡民的生命中，有时候生活会让他产生无限激情，也让他非常感动。一直以来，胡民向往着教师这项神圣的职业，因为它给予他生命的力量。接任教师的第一天，胡民很早就起床了，当他到达雪山小学的时候，教室里空寂无人。一个小时后，孩子们陆续来了，他再次踏入教室的那一瞬间，心中不觉涌起一股难以压抑的激情来，他回忆起童年时代的一幕幕往事……胡民的童年是在这片热土上度过的，虽然有时灰暗，但它永远不会褪色，永远留在他的生命里。

当胡民给雪山村的孩子上第一节课的时候，他操着一口纯正、流利的普通话，却让孩子们哄堂大笑了。整个教室里顿然沸腾起来，如同蒸沸的水一般。孩子们惊讶的目光纷纷投向他，那一刻，他心中不觉涌起无限激情，于是他在黑板上写了一行刚劲有力的大字：“同学们，努力吧，我们的前途一片光明，祖国需要我们。”下午放学的时候，胡民再次回到久别的家中，自从他的母亲去世后，家里从此冷寂下来了，屋里都空置着，也不再有什么人居住了。他的叔伯们听说胡民回到雪山小学当了一名让人敬仰的教师，他们都非常高兴，并热情邀请胡民到他们家吃饭。

胡民踏进自家的庭院，庭院里静悄悄的，地上落满了残叶，显得十分的凄凉，庭院里很久没人居住，少了人的气息，地上布满了青苔，一不小心就会摔倒在地上，他突然发现几只老鼠在庭院里相互追逐嬉戏，也许它们是在追逐自己的幸福和快乐吧。

那一刻，胡民发觉有股寒潮向他袭来，他的眼泪情不自禁地涌出来了。

打开锁，胡民便进屋去收拾东西，还没收拾好行李，二叔的儿子便跑进来唤他："民哥，爸要你去我家吃饭，饭菜都备好了。"一会儿，他的堂弟要帮他收拾行李，胡民拒绝了他的一番美意，然后随他去到二叔家。

饭桌上，二叔端来自酿的上等米酒给胡民斟了一碗，又给他自己斟了一碗。二叔说，咱们都盼你回来，这是你的家，你一定要回来看看，自你走后，彩霞她妈让那个牲畜骗走了，一晃有几个月了，也没任何音讯，随后彩霞搬去了她的外婆家，听说老太太最近双眼也瞎了，多半是哭瞎的。

"二叔，贵叔还没疯，他还活着哩。"

他一提起胡贤贵，二叔就恼透了："你别提到他，我们喝酒，他不是人，他丢尽了姓胡的脸面。"

接着二叔端起碗往嘴里倒，撂下碗说："下次让我遇上那个畜生，我非打折他的腿不可，权当没这个兄弟。"

胡民始终不明白二叔为什么对胡贤贵的误会如此深，甚至断了兄弟之间的情谊。

二叔一碗接一碗往嘴里倒酒，过不了多久，二叔的脸上泛着一片红光，他略有些醉了，还不断打着饱嗝，婶子劝他少喝点，喝多了会伤身体的。二叔瞪着透红的双眼说："今天多喝些也不碍事。"

婶子对着胡民笑了笑说："你二叔是个直肠子，有啥说啥。你不要跟他计较。"婶子还不停地给他劝菜，她说："难得回来的，虽然父母不在人世了，还有这些叔伯兄弟，你别这么陌生嘛。"婶子的话让胡民心头莫名的发酸，他的眼泪几乎快涌了出来。

胡民启程的时候，二叔执意要为他拎箱子，婶子从家里拿出半袋干鱼送给他，她说："天色还早，我们就不送你了。"她吆吆嚷嚷唤来他的堂弟，要他帮胡民拎箱子陪去学校。他笑嘻嘻地陪胡民上路了，俩人到了马路边上，前面驶来一辆车，他们拦下，一路颠簸到达雪山小学。

入夜，他的堂弟很早就睡下了，还不断打鼾和磨牙，胡民让他折腾得睡不好觉，于是起床披衣出门在走廊上闲逛。夜空旷，漆黑如墨，寂静一片，那一刻，胡民的心让寂静的黑夜撞击得支离破碎。那时，整个村庄回归了平静。远处，一束束灯光从一户户农家的窗里射出来，洒在空旷而冷寂的田野上，淡黄一片。

他在狭长的过道上独自彷徨，对于这个荒僻的村庄，胡民并不陌生，因为这里流淌着他的血脉，成了他生命中的起点，也曾为它沦落而消极，因为它带给他无穷无尽的忧伤。

第五十五章　文化情结（上）

那里的山川、河流，乃至长期遗留下来的传统习俗，胡民都十分熟悉。

他沉思了许久，一直以来，他的心中有着无数难解之结，如同一团乱麻。同时，胡民心里也非常矛盾，甚至将贵叔的所作所为与个人的思想文化水平存在着极其密切的关联，是文明，还是愚昧。文化，一种受思想束缚的文化，但我们不能随意贬渎传统文化，也许很多人不知道，村庄里充满着狂野。粗俗的气息，没有任何文化底蕴，包括一群肆无忌惮的孩子。时值严冬时节，寒冷的夜使胡民无法入睡，他的心里头涌现了一串串沉重的问号。如果要彻底改变贫穷落后的面貌，必须从教育抓起，社会的发展始终离不开教育。

天未亮，他的堂弟将胡民吵醒了，他起床穿好衣服就嚷着叫胡民送他回家，把他送出路口，他突然笑嘻嘻对胡民说："民哥，现在你成了一位教师，以后我上学迟到，你千万别罚我哩。"胡民笑了，他也笑了。

八时左右，秦校长来了，他找到了胡民，胡民这才真切地看清校长的脸。他五十出头，一张瘦脸，岁月的风霜毫不留情地将他的头发染成一片银白，显得十分蓬松稀薄。他在这里打拼了二十来个春秋，是个没有多少学历，但有资历的"将军"，他理所当然可以担任校长这个头衔。秦校长晋升也不忘本，仍旧保持着农民特色，破旧的教学楼还是保存原来风格，如同一个纪念馆一样。

在胡民任教期间，有时，二楼教室里的孩子不谙世事，课间十分钟便双腿使劲蹦跳，直害得一楼的孩子蒙着双眼叫苦不迭，泥沙硌着孩子的眼，为此，秦校长恼怒异常。

查明原因后，他严审了一个十分顽皮的孩子，孩子哭着从校长办公室出来，一边擦眼泪，一边低声咒骂着。胡民带着一种准备受审的心情与秦校长面对面坐着。

“校长，找我有什么事吗？”他满怀狐疑地说。

“小胡，难道你还蒙在鼓里？你们班里那群娃崽简直乱得不成体统哩！你作为一名班主任，应该担负起责任。”

秦校长说话时的表情非常严肃，目光灼灼。

“是的，是我的责任，我一定竭力抓好我班的纪律问题，杜绝学生们那些不好的行为。”

说罢，秦校长的脸上才爬上几缕笑容来：“小胡，这就对了，再过些日子，上级拨款下来给我们改建学校，到时候，孩子们就可以享福了。”他又说道：“雪山村再穷，也不能穷教育，再苦也不能苦了孩子，落后就得挨打。”

不出几日，秦校长刚从县里开会回来便召集学校所有的教职工商议改建学校之事，这的确是一件惊天动地的喜事。或许是秦校长有意考验胡民的工作能力，给他这个血气方刚的年轻小子施展能力的机会，筹资建校一事分成两组：一组由胡民负责管水泥，钢筋材料的调配，另一组由秦校长负责学校的大小事务。第一组由胡民担任组长，其余由秦校长全方面管理。

对于此事，胡民不便推诿，只好硬着头皮接下来，但他的心里却产生一种从未有过的压力，一切都分工落实，趁着放学之际，胡民陪着施工员去十里之外购砖。砖主是一个黑瘦的中年汉子，匆匆洗过手，脸上还黑着一团，他不断给他们发烟，胡民道明来意后，砖主拉着他的手说：“小伙子，你尽管放心，咱的货好得没法说。方圆百里，起居造房，都是来这里运。你们瞧瞧砖的成色，硬度就不一般，更何况是修建学校，修建学校是为咱子孙后代积福，这就更不能昧着良心偷工减料了。”

他们仔细看过后，都认为这砖符合施工规格，于是催促砖窑老板加快出窑进度，预期在一个月内完成。

第二天，县技术监督局用一辆大货车运来大批的钢材以及水泥，胡民从当地请来十几名身强力壮的硬汉将材料卸下，并核实入库。

修建学校所需的各种材料陆续备完，至于在修建途中所欠的材料暂且未备，避免工人在修建过程中铺张浪费。

修建学校是一件大事，不能疏忽大意，但在施工过程中，也遇上了一些难题。由于雪山小学坐落在一个小山坡上，通往学校的路面让车轮扎了无数个坑，在秦校长和众位教职工的努力下，施工进行得非常胜利。胡民又组织学生趁着放学之际，撂出一些时间托砖搬运。同时又积极发动群众，有钱出钱，有力出力。当地群众积极响应，一些群众又向学校捐了大量的财物，令广大师生感激不尽。

两个月后，工程已竣工完毕，并由上级有关部门检查验收合格。从此，雪山村有了一座属于自己的学校，鞭炮声一串串地响起来了，与阵阵欢笑声汇合成一片。洋式雄伟的建筑群在这座小村庄里显得特别光彩夺目，高耸挺拔。

色彩鲜艳的五星红旗徐徐摇曳，一切是那么庄严和肃穆，秦校长悠闲地吸着烟，淡淡的烟气从那嘴里吐出来，然后笑着对胡民说：“小胡，现在可以留住人了，何愁娶不上媳妇哩？”大伙哈哈地笑了。

秦校长笑着给大伙讲故事。

几年前，一个师范毕业生分配在雪山小学，一开始，他对这里环境不习惯，心灰意冷了，由于交通闭塞，难免让人产生寂寞，不出半年，他四处托人拉关系往城里调，结果，几位年轻教师也担心在这山旮旯娶不上媳妇，也接二连三地溜了。

秦校长玩笑地说：“小胡，你千万别学他们啊。”

胡民回答：“校长，没人能撵走我哩。”大伙一阵哄堂大笑，他也笑了。

“现在住上洋房，一定要在洋房里美美地睡上三天三夜哩。”秦校长脸上溢着笑说，“从此穷山沟里的孩子也能好好上学读书了，咱们得感谢党，感谢政府。”

两天后，秦校长果真搬进了学校，他的老伴用一床洗涤得十分干净的紫红床单裹着一床棉被，他的孙子驮着一袋书，笑容满面地走进他的住处，秦校长撂下肩上的椅子，又从他的孙子手中接过那袋书，然后高兴地说：“乖孙子，爷从此住上洋房，图新鲜，得陪爷睡个安稳觉。”秦校长兴奋地搂着他的孙子，在他的左右脸颊上亲了几口。

“爷，您的烟味呛人哩。”

秦校长笑着松开他的手：“爷疼你。”

他的老伴说：“别宠坏孩子，去去去……”

胡民刚搬入新居的第二天，林博雯便风尘仆仆地赶到雪山小学，她一上楼，几乎跟他撞了个满怀。

“胡老师，你不认识我吗？”林博雯红着脸说。

“博雯，你怎么来了？”胡民十分惊讶地问道。

“哇！想不到你当起一名让人敬仰的教师来了。”

胡民一本正经地说：“你在嘲笑我对吗？教书育人，难道也是一种错误的选择？”

“对，我觉得这是一个错误的选择，对于一个有志向的青年，一辈子待在这片贫瘠的土地上虚度自己的青春年华，难道不是在消耗自己的生命吗？胡民，你辞去这份工作吧，跟我回到县城去，让我们一起创造我们的事业好吗？待我们攒了钱，咱们就结婚，要不，我们现在就回县城完婚。”

“不，你不知道，我刚通过考试取得教师资格，岂能轻易放弃这次机会。”

林博雯劝道："你别固执好吗？我不敢蔑视教师，但一个月仅那点微薄的收入，那点收入对一个成年人而言少得可怜啊！咱们总得生存吧？"林博雯的眼中闪烁着一缕阴沉沉的光芒。她又劝道："一直以来，你为什么总是避开我，知道吗？我是多么爱你，距离的阻隔让我痛苦、惶恐，我害怕突然间失去你，失去我对你的一片感情。更害怕你悄无声息地从我身边溜走。"

"对不起，我真的不能回去，因为我已经离不开雪山小学了。学校初建，总该为乡亲们着想。"

"看来，我的任何语言也不能改变你的初衷和愿望。"林博雯的脸色越来越窘迫，她的眼中随即流露出一种无法用言语表达的情绪。

胡民却一时为难了，说："希望你理解我，因为我不想让秦校长失望，做人总该言而有信，失信他人就等于不忠不义。"

林博雯猛地掉转头瞪着胡民："好一个不忠不义，你失信于我，难道这是对我有情有义吗？"

"博雯，请你相信我对你的承诺，即便跟你回到城里去，我也不能平静地生活下来。"

"你是想成为一名作家对吗？"

胡民的心里有一种复杂的情绪在翻涌。

第五十六章　文化情结（下）

“你还不明白，雪山村太贫瘠，它永远不能实现你那远大的理想和抱负，如果你想实现建立在一堆散沙之上的作家梦，我只能用痴人说梦这个成语来表达我对你的失望。雪山村从未出个响当当的人物，况且这片薄瘠的土地根本不是孕育作家的土壤。”

突然，楼下传来一阵吵闹声，是孩子们来了。胡民说：“你坐坐，我也该上课了。”他一面收拾好桌上的备课录，一面向林博雯招呼着。正要出门，忽然一个细皮嫩肉的小姑娘从门缝羞怯地探进个头来，胆怯地说：“胡老师，我向您请一天假好吗？爷扭伤了腿，下不了床。”

“你爸哩？”

小姑娘红着脸说：“他……他瘫在床上有许多年了。”

胡民忧心地问：“你爸得了什么病？”

“许多年前，我爸去山崖上采药，一不小心摔入谷底，昏迷了两天两夜才醒来，后来是一位猎人救了他的性命，可他却成了植物人。”

胡民开始同情她了，并安慰道：“小妹妹，你一定要坚强啊！”

林博雯默默地走近抚摸着她的刘海，一时哽咽得说不出话来，小姑娘的脸上又开始红了，红灿灿一片。

许久，小姑娘才抬起头轻声地说：“爷要我辍学在家跟牛屁股哩。”那时，胡民已经发现林博雯动情地搂着她："小妹妹，学一定得上啊，你回去跟你爷说，一定要让你上学念书。"

此时，胡民扭头惊呼呼地望着林博雯："你都看见了，她还是个孩子，是个苦命的孩子哩。谁来拯救他们，谁来拯救这片土地上的父老乡亲。只有掌握文化知识，才能让他们彻底摆脱贫穷。贫富跟文化相依相存，不可分割。导致雪山村贫穷的因素一是闭塞自守，愚昧无知，长期经受贫穷的煎熬，思想、精神上变得麻木不仁；二是气候条件影响，常年受沙尘暴的袭击，整个庄稼几乎全被摧毁。"

林博雯这才彻底明白胡民的心迹，她对胡民说："既然你的心意已决，就留下来帮帮这些孩子吧！可是千万别误人子弟。"

礼拜六那天，林博雯一大早又从县城赶回雪山小学，胡民正在桌前看书，于是她亲自替他做饭。外面已是阳光灿烂，天空澄碧，一缕阳光斜斜地铺在走廊的过道上，胡民正准备写些东西，林博雯突然说："秦校长来了，看他那样子一定有什么事情哩。"林博雯上前跟他打过招呼，秦校长笑容满面地说："林小姐，好久不见，现越长越漂亮了。"

林博雯脸上即刻红成一片："真让校长见笑了，我也刚来，屁股还没坐热哩。"

秦校长调侃道："你嫌矮了，怎么坐得热，夏天怕热，冬天怕冷，日子该怎么过啊。前几天遇上你爸，他非常想你，有空一定要去探望他老人家一下，人一上了年纪，就图个儿女孝顺，合家团圆。"

"校长，多谢你的关心，我一定会回去看望他们的。"

"对了，胡老师在家吗？"校长问道。

"在，他正在房里写东西，他一时心血来潮，在构思什么小说呢。"

"小说？"秦校长惊讶地问。

然后又醒悟似的改口："还真想不到胡老师才华横溢，年轻人应该有理想，有抱负，想成为一个自由撰稿人。”

林博雯摇了摇头，她一脸无奈地说：“我不知道，这得瞧个人的才华和机遇了，像我一个干粗活的粗人，还真羡慕你们这些文化人。”

秦校长又笑了：“林小姐，你说得倒是有板有眼，不过，年轻人啥事都得去拼搏，闹不准有天弄出什么名堂来，那才皆大欢喜呢。”

胡民听见说话声，就从房间里走了出来，他微笑地对秦校长说：“校长，您别听她满嘴胡言，她掺泥带水地夸大其词。”

秦校长一只手在胡民肩上拍了拍：“小胡，果真有这种事情吗？”

胡民连忙打岔道：“校长，里面坐，我给您泡茶去。”

“哟，你又啥时候学会品茶来？”

“今天有空闲，我为您沏杯好茶让您品尝一番如何？”胡民笑了笑，从一个圆筒铁盒里取出适量的上等精品茶叶。

屋里淡雅洁净，窗帘高挂，秦校长一进门便看见床上一床被子叠成豆腐块，软茸茸的紫色被褥，纯白色的枕套，枕套上面盖着一张涤纶枕巾，一切都显得典雅别致。刚抹过不久的墙壁上挂着几幅嵌着镀金边的自勉联，全都是告诫、求实、上进之类的名言佳句。

秦校长：“小伙子，这倒像个家的感觉。不知道你们啥时候结婚，我还等着喝你们的喜酒。”说罢，他又将眼睛挪向坐在床沿上低头含笑的林博雯，似乎在暗示她，胡民是一位值得信赖并且可以托付终身的男人。

“校长，您还不知道这个书呆子，他不会做饭、洗衣，更不会哄女人开心，谁跟他结婚会活活闷死。”

秦校长禁不住笑了。

胡民深情地说：“今生今世我一定要娶你为妻呢？”

林博雯撒娇似的摇晃着身子：“你做梦咧。”

秦校长搭腔道：“你一定要抓紧喽，千万别让她展翅飞了。”

茶又添上了，秦校长话直，直奔主题。他说：“小胡，有一件事找你商量一下，就是有关胡贤贵的女儿胡彩霞辍学之事。来来回回十里山路，反反复复折腾，我的双脚都磨出血泡了，费尽口舌，还是说服不了她外婆。上级对于未成年人拒绝接受义务教育之事甚是紧迫，未成年人中途辍学，就意味着未响应党的号召。社会的发展一定要扫盲除害，一个文盲就如同一堆发臭的垃圾一样，我们都有必要将它焚毁掉。”

“校长，我曾经也劝过胡彩霞，由于各方面的因素影响，还是没有唤醒她的思想觉悟”。

“如此看来，这件事情还是交给你去办理。总之，你毕竟是她的哥哥，你一定要好好劝劝她。人一上了年纪，思想缜密了，做起事来反而缩手缩脚。”

胡民紧握住秦校长的双手说：“您尽管放心，不论如何，我一定竭力将胡彩霞劝回来。但我认为，政府一贯提倡再穷也不能穷教育，再苦不能苦孩子，现在有些孩子中途辍学在家，政府也得有个保障他们继续读书的措施啊，我们这一个一个劝也不是办法啊。”

他的话刚说完，秦校长的脸上便笼罩着一层乌云：“小胡，政府有政府的难处，这个只能先靠咱们自己先多做些工作了。”

秦校长离开的时候，夜幕悄悄地撒下来了，天色渐渐暗了，树枝上的雀鸟唧唧地叫着，它们已到了归巢夜宿的时候，一片蛙声从田野里传来，起起落落，断断续续，正在演奏着一曲绝美而凄冷的乐章。偶尔从公路上驶来车，车上载着一些人，颠颠地从学校门前驶过，车上坐着几个打扮得花花绿绿的姑娘，她们脸上流淌着青春的微笑，同时，也散发着青春的骚动。

林博雯站在台阶上高声叫着，快来看，车上准是彩霞妹子。胡民信以为真，果真撂下笔从房中走出来，朝着黄沙滚滚的路上张望，“博雯，彩霞是不会来的。”他说。

她却得意地笑了笑：“书呆子，整天闷在屋子里，一定会活活憋出病来的，你瞧瞧，外面天碧水静，月光洒在水面上像铺着一层薄纱一样，如果能在清风中举步闲散，那才是一番难得的享受啊！”

胡民却说：“明天我一定要去找彩霞，一个姑娘家从小受尽苦难，长大怎么抬起头来做人啊？”

次日清早，胡民便匆匆上路了，林博雯一直把他送出很远，一转眼，他的身影已融入群峰起伏的公路中。当胡民到达胡彩霞的外婆家时，已是日当正午。他费了许多周折才打探到老太太家的住处。

第五十七章　童年

胡民上前轻轻敲门询问：“有人在家吗？”

屋里一片安静，不知过了多久，才听见一个苍老的声音答道：“谁呀？进来吧。”他小心地推开门走了进去，在一间狭小的内屋里，胡民看见一个满脸憔悴的老太太坐着一张椅子上，屋里凌乱不堪，一片潮湿的地上吐着许多让人作呕的痰，他轻声问道：“婆，您好吗？”

“你是……”

“我是胡民，彩霞妹妹的堂兄。”

“哦，你捡个地方坐吧！彩霞刚才去井边提水了一直还没回来。”老太太缓缓地俯下头，双手抖抖瑟瑟地朝地上摸着什么，然后说：“孩子，你从雪山村来吗？”

“是啊！”

“你看见彩霞他爹爸不？”

“回婆的话，我长久没看见贵叔了。”

老太太沉重地吁了口气：“孩子，雪山村出现有人吃人的事情，你知道吗？”

“天哪，吃人肉？那简直就是狼啊！婆，我还未听到这些恐怖的传言哩。哪有活生生的人去吃人肉，也真够残忍的。”

“你还不相信，这世间有如此怪事，我看这个世界将会有一场风波掀起。”

胡民回答道：“现在这日子哪还有啥风波掀起哩？”

他默默地捡个地方坐下来，一抬脚，一不小心踩在令人作呕的痰丝上。

“婆，那些事情传闻已久吗？”胡民觉得老太太的脑子有点不大清醒。

“约有十来天，是彩霞回雪山村知道的。”突然老太太有些紧张地说：“孩子，你快替我去井边瞧瞧彩霞那丫头好吗？唉，这孩子命苦，从小就没人疼爱，以后日子怎么过哩。”

胡民站起身来深深地向老太太鞠了一躬：“婆，这是我胡家破败，前世作恶多端，才遭来如此报应，我作为胡彩霞的亲人，有责任抚养她，因此我要将她接回雪山村去。”

老太太说：“孩子，没必要了，彩霞一直与我相依为命，她已经习惯这里的环境。农家生活，人勤劳些也可以凑合过日子，彩霞书念得少，不懂礼节，往后会遭人说缺乏教养。”

“婆，您尽管放心，我这次专程来接她回去上学，一起将您老人家接过去，婆，您看行吗？”

她哆哆嗦嗦一阵子，结结巴巴说：“不，不了，我一个失去生活自理能力的老太太，饮食起居都不方便，会给你带来麻烦的。”

“婆，您千万别这般说，我一定会照顾好你们，让您安度晚年。”

这时，半虚掩的房门让人踢了一脚，彩霞提着一桶水进来，看到胡民，她顿时敛住脸上的笑容，腼腆地低下头。

“妹妹，抬起头来吧。”

她猛然仰头朝胡民打量着：“民哥，是你呀？听说你住在城里，还找了一位城里姑娘对吗？”

“彩霞，我现在是雪山村的一名教师，你爸也快回来了。”

“民哥，准是我爸让你来接我回去的。”胡彩霞兴高采烈地说。

“嗯！我这次来是专程接你回去念书的。”

胡彩霞上身穿着一件紫色的外褂，柔美的发质遮住半边脸庞，略卷曲的睫毛随着眼珠在闪动着，但从她朦胧的眼神中透出一种惶恐和不安来。

“民哥，我想我爸了，他为什么不肯来接我呢？”

胡民一时无言可对了，只得说：“彩霞，你听民哥的话好吗？”

“不，我不想回学校念书了。因为我年龄比那些同学大，还陪着他们坐在同一间教室念书多寒碜！更何况外婆离不开人照顾。”

“听民哥的话，你一定得跟我回去，你正处在受教育的阶段，又怎能轻易放弃这种机会呢？”

她哇的一声痛哭起来了，接着抹着亮莹莹的泪花说：“民哥，我也想像其他孩子一样高高兴兴地背着书包去学校念书，可是外婆该怎么办？仅做饭、担水、洗衣之类的杂活，我就忙得够呛了，哪有时间念书啊？”

最后，胡民终于说服了老太太和彩霞。他先嘱咐彩霞在家收拾好东西，过两天便将她们接回雪山村去。

当胡民回到雪山小学的时候，林博雯已经悄然离开了。桌上仅留下一张字迹娟秀的便条，上面写着：“胡民，当你看见便条的时候，我已经踏上了自己该走的路了，但我始终不明白，你们这些男人每天究竟在忙碌些什么。我隐隐约约觉得自己抓不住爱情的影子，心中难免有些不安，等你安顿好彩霞后，我再来探望你们。”一刹那间，胡民心里莫名涌起一种失落，那种失落多半是因林博雯而起。

忽然楼下一阵吵闹，胡民走出门来张望，位于操场右侧的花园里有一群孩子在奔跑，笑声不断。校园里已是花艳蜂绕，绿树成荫，俨然像一个无限明媚的春天。

还不到第三天，胡民便租了一辆车将老太太和彩霞接回了雪山村，他每天除了在学校上课外，还要照顾好老太太的起居生活，晚上在灯下悉心指导彩霞的功课。

但世事难料，好景难长。自从老太太来到雪山村后，或许水土不适，不出一个月便染上了恶疾卧在床上，胡民花了许多钱为她医治，但一直没有痊愈，从此他们的生活渐渐陷入困境中。对于一个乡村学校的民办教师而言，薪水极低，几乎很难维持家里的生计，胡民通过反反复复的思考，于是辞掉了雪山小学那份工作，独自来到距县城最近的黑山庄。

第五十八章　胜者为王（上）

黑山庄北邻川，南邻湘，抗日战争时曾是日军据点，新中国成立初期，土匪猖獗，凶残的匪头又在这里筑了城堡，闹得民不聊生，后来被解放军消灭。现在黑山庄已是人流熙攘，热闹非凡。

一家门前喜气洋洋，那家主人名叫颜天，他很富有。那天正值他五十大寿，亲朋好友邀约而至。据说吝啬的颜天从前靠贩假钞起家，狡诈的他一直躲过了法律的制裁，现在腰包鼓了，他见好就收，顺利洗白。

傍晚，颜天满面春风地给众位宾客频频敬酒，一个客人突然说："颜哥，现你可算是富甲一方了啊，不知往后有何打算？"颜天嘿嘿一笑，他的眼中流闪着一种受人献谄敬仰的满足感来："各位，喝酒，尽管开怀畅饮，今天淡菜几碟，薄酒几盅，实属怠慢，还望众位原谅！"

不知是谁插话："颜哥，听说你前阵子从乡下雇来几名工人。"他举杯答道："是啊！乡下人见识浅，蠢似猪，这年头，要稳家多难啊！"

年轻时的颜天家贫如洗，出了娘胎脸上就黑了一层，人们笑称他在非洲苦役了八年。他长得人高马大，一米八左右的个头，一双斗鸡眼，高鼻梁，不知谁说过，眼睛是心灵的窗口，能够判断一个人性子的好坏。他爸是一所中学英语教师，但还不到颜天长大成人便去世了。从此，一家三口靠他妈那点微薄的抚恤金过日子，当他十五岁那年，颜天就辍学踏入了社会。人一旦踏入社会，就得严酷地接受社会这个大熔炉的提炼，他不是真金，一经熔炼则变成一摊污水，心和脸一样黑，黑得搅人不安，黑得能清楚地折射出社会的阴暗面来。

那年夏天，微风撩面，农田里黄金般的油菜花四处散发出浓烈的芳香。颜天让他母亲骂了一顿后赌气上街去了。

他刚出门口，就看见从邮电所里走出一个洁白如玉的姑娘来，他跑上去冲着她吼道："嗨，姑娘，咱们交个朋友好吗？"姑娘狠狠地瞪他一眼，然后骂道："流氓。"接着避瘟神一样地跑开了。颜天见姑娘骂他，心里便产生一种愤恨的心理，他悻悻地溜入一条小巷中，小巷里有几个留着长发、身穿黑色喇叭裤的青年在赌胆识，忽然一个正在搔头的小孩瞧见他，轻声说："颜天来了。"咳，管他什么颜天，黑天，谁有胆量一丝不挂在这条街上绕一趟，那才叫英雄。天哪，这种断子绝孙的馊主意不知是谁策划的，胆怯的小伙便悄然地溜开了，站在一旁搔头的那位小孩冷不防从头上揪出一只虱子来，生怕别人瞧见，他悄悄地沿着河堤回家。河堤里的水清澈透底，忽大忽小地照着他那单薄的身影，他只想尽快赶回家让母亲给他剃光头，然后再痛痛快快洗个澡，躺在床上美美地睡上一觉。

原来，那时候社会治安不好，黑山庄拉帮结伙，自面两派，一派南街，另一派西门。也不知为什么，前不久两派中间发生间隙冲突，领头那个家伙心头便生一计，想置颜天于死地。

人一旦疏忽了法律，必须遭到法律的惩罚，在别人眼中，颜天乃一介粗人，力大骁勇，势不可挡。忽然颜天攥紧拳头，敲鼓似的朝自己的胸脯拍了拍，以示勇气和决心。

他趾高气扬地吼道："谁敢跟我赌，这算什么？我颜天不仅黑出名，就算剁个人喂狗我也敢。"这番狠话是有意说给西门那帮家伙听的。西门领头的家伙眯着眼，说："咱们适才是闹着玩，既然你信以为真，小弟只好恭敬不如从命。"颜天缓缓地抽了口气，表示对他们凛然不惧。

“既然是天哥，咱下注三百块，绕一圈后能若无其事地归来，三百块就归你，如若中途违规，便取消一切赌注。”

颜天击掌称好，他解开纽扣，露出强健的肌肉来，又脱掉裤子，露出令人作呕的屁股，当他的喇叭裤快脱至膝盖的时候，他便开始犹豫恐惧了，顿时脸上一片通红。颜天长这么大，还是初次在众目睽睽之下出丑，那年他才十九岁，身体各器官已发育成熟。

正处在左右为难之际，突然人群中哗然大笑，这下颜天心里更怯了，他耳根发烫，面颊涌出一股股热汗来，接着一阵谩骂声在他耳畔不时响起：“流氓，你这个无耻的流氓……”

那一刻，颜天便想到母亲和妹妹，西门那个领头的家伙见他退缩了，得意地笑道：“天哥，怕了？还算什么英雄哩？”

颜天破口骂道：“孬种，你等着瞧吧。”一口痰吐在那人的头上，然后迅速穿好裤子落荒而逃，这一爆炸性丑闻即刻轰动方圆二十里。

一个小时后，颜天让公安人员带走了，被拘留了半个月。在拘留期间，颜天有意殴打工作人员，过不了多久，他被判刑送去了远方。

第五十九章　胜者为王（下）

日子一晃过了五个年头，颜天被释放出狱回到离别多年的故乡——黑山庄。

他的妹妹已远嫁他乡，但是，多年的监狱生活并没有改变世人对他的偏见和非议，他们的骨子里仍然透出的是一种不屑的眼光。

颜天留着囚头出现在黑山庄，有的眼熟，但一时想不起名字了；有的陌生，多半是一群刚长大的孩子。颜天羞愧了，当年那刻骨铭心的一幕幕在他眼前无情地摇晃，四处弥散着煤和木柴焚烧的气味，他想起母亲，母亲和妹妹一定在门前等他归来。

果不然，颜母早已将进门的门窗敞开着，满脸憔悴地站在门口，颜天唤了一声妈，眼泪如同决堤的江水汹涌而出，颜母抹着眼泪示意颜天从窗口翻越进去，这是乡俗，任何犯人不能破坏，甚至不能逾越的世俗观念。

大凡蹲过监狱之人，出狱后都这样，然后再洗个澡，否则，就是破坏俗规。

母亲和妹妹在屋里迎接他，颜天换了一身衣服，妹妹忙着做饭菜给他接风洗尘，站在灶前的孩子抱住她的大腿撒娇。她威严地说："快叫舅舅，他是舅舅哩！"

"哥，这些年来，咱们一直盼你回来，总算盼回来了。"她说话的声音十分发颤，后来忍不住抱着孩子痛哭起来了。

“妹，你别哭，我不是回来了？这五个年头都这样熬过了。”

她哽咽道：“我不哭，仅是一时伤心难受。你知道吗？这些年来，你是怎样度过的，我和妈又是怎样度过的。她的双眼都快哭瞎了。”

“妹，都是我害了你们，才让妈和你受尽歧视和耻辱。”

“你脸上的疤痕是怎么回事？”她问道。

“上山劳动时摔着的，我在里面是一名管工，算是一个管事的，谁不服从命令我有权揍他哩。”

颜母在一旁说：“总算给你盼回来了，夜夜难眠，做梦也想你回来，饭菜都备好了，咱们吃饭吧。”

也许命中注定富甲一方将成为他一生中的宿命。

颜天在受人歧视、揶揄的环境中逐渐成熟起来，迫于生计，他不容许自己对金钱恣意挥霍，他更加坚信发家致富的欲望并不是他嘴中的谵语。同时，他相信自己能在黑山庄拥有一片遮阴的大树和土地，这一天他真的实现了。

颜天一觉醒来，窗外一片金黄，他透过宽厚的门窗朝四楼平台上张望，几件湿衣服晾在露天的阳台中央，左侧靠墙壁的地上垒了许多残砖，原来是他聘来的保姆在为他晾衣服。

每天傍晚，颜天总是让妻子陪着看黑山庄的灯火，灯火在黑夜中闪烁着光亮，像迷路人的火把，从这一端连缀到另一端去。他也偶尔去车间瞧瞧，因为是经营皮鞋的，过不了多久又回到自己的办公室策划经营方案。

清早，颜天一般起床很早，他会独自一人沿着马路跑步，八点左右，该是吃早餐的时候，他让雇来的保姆为他们夫妇准备稀饭、咸菜、鸡蛋之类的早餐，以及一碟油亮亮的花生籽。

那天，胡民刚进院子，守在院子阴暗潮湿角落的一条狗突然对着他吠叫起来，胡民心里有些不高兴，然后唤来那个胖嘟嘟的保姆。那个女人约二十来岁，一双阴深大眼，眉毛稀而淡，鼻梁上长着一颗很显眼的黑痣，略向外翘的嘴唇，她那模样已经呈现出一个泼妇了，一双圆锥状紧绷绷的大腿，两瓣似南瓜状的屁股显出她有极强的性欲，狗喘息着对她一阵嚷叫，她心中烦躁异常，破口大骂：“该死的牲畜，瞎眼了。”于是将大碗拌着肉汤汁往狗厩里一倒，然后扭着两瓣瓜皮往二楼去了。

近年来，颜天认为她是一个最具有诚意也最能挑弄男人性欲的女人。

当胡民从一楼办公室出来的时候，她差点跟他撞了个满怀，胡民十分难堪对着她笑了笑，她一时臊得满脸通红。

胡民搭讪道：“姑娘，有人想你喀！”其实，私下别人都唤她妇人，但胡民尊重她。她并不恼恨，反问：“谁呀？”他却答不上了，便支支吾吾地说：“隔壁那个王二哩？”“隔壁住的是两个女人呀！你在哄我。”女人一到谈婚论嫁，她们心里就乐滋滋的，如果她们让爱情抛弃的话，那是一件十分让人隐忧的事情。

“是你吗？”她不遮不拦地对着他质问。胡民红着脸笑了。

那牲畜全身棕黄色，趴在地上约一米长的身躯，一双黄眼珠溜溜直转，粉红色的舌头不断地舔着满嘴唾液，双目灼灼有光，但又不时地从它嘴里发出凄凄悲悲的叫声，具有野性的动物十分需要自由。牲畜拼命地往前挣着拴在颈上的铁链，狗厩里臭味难闻，保姆总是唠叨不断，并粗鲁地说：“牲畜拉下的屎尿比人屎还臭。”每天清早打扫狗厩时，她嘴里唠唠叨叨，脸上更是难堪极了。

胡民对那对牲畜的习性了如指掌，他将它牵出来洗过澡，按照颜天的叮咛，再将牲畜的尾巴洗干净，找来梳子，把浸湿的毛梳干，然后将它牵回颜天晒太阳的院子里。

狗成了颜天的宠物，也延续他们一家人的快乐。

这时，颜天在院子里嚷了起来，胡民一面将牲畜牵到院子里，一面唯唯诺诺地应着，但又忍不住嘀咕起来：“鸡吠升天了。”

第二天清早，天一亮胡民便起床了，当他出院子的时候，他看见保姆披头散发出现在他的眼前，她的脸上还残留着睡意，她是一个不刻意修饰的女人，一经丑陋面孔映衬，她的模样变得像魔鬼般狰狞。漂亮女人则不同了，她们会摆出各种造型尽显出她们的妩媚和娇艳。由此判断，那个保姆多半是一个常让男人抛弃的胖女人，她的脸上爬上几丝疲倦和懈怠，也许缺乏爱情的滋润，她的爱情才慢慢地衰老。

第六十章　恩师如许

星期六那天傍晚，一轮月牙很早挂在树梢上了，树叶一片清辉，风清月白，田野里弥漫着似面纱的薄雾，密密集集一片，胡民匆忙赶回了雪山村。

一进门，老太太正拄着拐杖慢慢地沿着墙壁走出来，“婆，您要去哪？”胡民惊讶地问。

“孩子，你回来了，饭还没吃吧？”老太太停下来对着房里的彩霞嚷道：“丫头，快出来给哥哥弄些菜哩。”

“来啦！”胡彩霞在房间里答着。

“别了，我已经在工厂里吃了，我想念你们，因此回来看看。”

“婆，您的病好了吗？”胡民关切地问。

老太太笑得满脸全是皱纹，说：“那药也真灵验，就是药味有些苦涩，丫头给我熬药服下后，泻果真止了，一天下来没方便几次。”

“那就对了，我还认为是跑江湖卖的狗皮膏药。”

此时，胡彩霞从房间里跑出来：“哥，饭吃了没？我正在房里写作业，还有两个星期要考试了，因此得抓紧时间复习功课。”

“妹妹，你一定要用功啊。不管往后的日子怎样，我们一定供你上完大学。”

胡彩霞低头沉默许久，最后才愧疚地说：“哥，我不会让你失望的。”

胡民这次回来，要亲自去拜访秦校长一下。

当胡民敲响秦校长家的门时，他依旧笑容可掬地迎了出来：“小胡，是你呀！”

“校长，近来一切都好吗？”胡民愧疚地说。

“好，好啊，吃得饱睡得香。”

“你瞧，咱老伴刚从山里回来，晚饭还没吃，快，快屋里坐。”

坐下后，胡民惭愧地说：“校长，此次前来专程是给校长赔罪的，希望校长原谅。胡民不才，辜负校长的一片期望。”他又将带来的几瓶白酒和水果放在桌上。

“哟，小胡，这不是在煞我这张老脸吗？自你离开学校后，孩子们一直牵挂着你，都盼望你再次回到雪山小学啊。”

胡民回答道：“多谢你们一番心意。前阵子婆染上了恶疾，久治不愈，我也是迫于无奈，因此忍痛割爱离开了学校。”

“小胡，你的苦衷我知道，你考虑过没有，老太太毕竟年近古稀，难免身体状况差，如果照顾不周，闹出什么病痛来，你该怎么办呀？”

“校长，如今我是个孤儿，深深地感受到失去亲人的痛苦。老太太一个孤寡老人，即使政府给她安置在敬老院里，她的晚年生活也不会快乐和幸福。人一步入晚年，更需要幸福安康的生活。”

“胡民，你肩上的担子的确不轻啊，我一定要将此事向上级反映反映，让政府将老太太接到敬老院去，以减轻你肩上的重担。自从你离开学校后，学校乱成一团，教导主任贪赌，将保险柜里的五千块公费输光了。上级查账，他才东拉西扯将钱凑齐补上，这良心何存啊！一个穷乡僻壤的乡村小学里也养着一条蛀虫，如此折腾下去，整个学校会让他毁了。”

这时候，秦校长老伴端了几盘菜进来了，秦校长拧开一瓶青瓷罐往碗里斟满两碗酒，不停地劝着胡民一定要喝下。他又告诉胡民说：“这是自家酿的红酒，窖藏在地下有两年时间了。味道醇厚，平常不轻易示人。”他的老伴又拿来半斤冰糖，用勺子将碗里结块的冰糖捣碎，然后往酒里倒，秦校长端起大碗酒往嘴里灌，咕咚一声响，他已喝下了一大半。胡民却坐在那里发愣了，也不知道自己心里在想什么？他仿佛让什么东西抽光了心里所有的希望。

“胡民，难道你看不起我们吗？”秦校长仓皇地说。

“来，咱们干杯。”胡民端起碗酒跟他碰杯，然后一饮而尽，但他觉得嘴里尝梅子一般的味道，秦校长却畅怀大笑了，他的笑永远充满了无限善意和豪爽。

那晚，酒一直断断续续地喝着，胡民也记不清喝下多少碗了，只记得喝光一碗后，还来不及回过神来又让秦校长斟上了。

半夜，秦校长不断开始说话了，醉就醉吧，醉了就躺下，一觉醒来，什么烦恼事情都忘掉了。他们彼此都说着胡话，当他们刨光了一大锅腊肉时，校长老伴又忙着给他们切下一块约二斤重的腊肉放在锅里，一边吃着，一边不停地聊着话。

秦校长说话的声音十分敞亮了，他的老伴在一旁嘀咕着：“醉酒了是不！声音小些别像吵架一样，胡民听着的。”

确实，胡民一直都在听着他说话，后来头脑发晕，眼前模糊一片了。秦校长却像一个庄稼汉子一样嘴里流涎，嘴角牵了一条条的线，一直坐在旁边的老伴替他找来一块湿毛巾，并给他揩掉唾液，他呼吁着气，最后对胡民谈到有关他小女儿的事情。他的老伴在旁边哽咽着，胡民怜悯地望过去，发现她的脸上挂着一行亮莹莹的泪花。有关他们女儿的事情胡民也略知一二。

六年前，他的小女儿让一个能言善辩的男人骗去了北方，在那祸不单行的日子里，秦校长的儿子接着染病突然死去，仅留下他的儿媳和孙子。前年，秦校长专程到北方探望他的女儿，费了许多周折才在一家农舍的小屋里看见了他的女儿，瘫卧在床上的女儿一看见父亲突然到来，心中一酸，已经泣不成声了。

原来，手段残忍的丈夫担心她离家逃走，趁着酒醉时将她脚上的大脉挑断，以免后患。秦校长当场快昏过去了，一拳头狠狠地朝他的女婿脸上打过去，那个家伙不躲也不避，却一骨碌跪在秦校长面前请求他宽恕，秦校长一怒之下，一脚将那个卑鄙的家伙踢翻在地上。

他们的小女儿从小温柔懂事，使得二老时常在众人面前提起她，秦校长说这辈子最愧疚的事情就是对不起他的小女儿，他一边哭，一边抹着泪，哭得像个孩子似的。

那时，胡民心中也开始发酸了，眼泪快涌出来了，于是站起身径直往门外走。“胡民，你要去哪？”胡民回答道：“酒喝多了，先出去方便一下。”他摇摇晃晃出至门口，抹了一把眼泪，但他不明白，那晚他是为别人流泪还是为自己流泪，胡民也一时说不清楚，只是发觉头胀得厉害，像灌铅一样沉重。

当胡民再次走进来的时候，秦校长还趴在桌上呜呜地哭。校长：“你为什么不去派出所报案？”他仰起头，灯光下，胡民清楚地发现他的脸上摁着一道道痕迹。

“案是报了，但又能怎么样呢，孩子的未来彻底没了啊。”

胡民认为，埋葬他女儿幸福的就是秦校长本人，如果他对此事加以重视，她的处境就不会这样凄惨。秦校长为人谨慎、胆怯，也许是年纪偏大的原因。那个晚上，胡民不知道是如何踏进家门的，他只是觉得像做了一场噩梦一样。

第六十一章　相依为命

在前段日子里，彩霞总说屋里闹鬼，夜间看见胡母了，又加上老鼠横行，胡民便托人买了一条黑狗。胡民对于狗十分亲近，它成了他的宠物，在它的生命里延续着胡民对它的感情。

有一天胡民回到家，一进门，冷不防桌下蹿出那条黑狗来，它不是一般的土狗，或许有着特殊的嗅觉功能。那时，它亲热地摇着尾巴探路似的来到他的脚前，不由得他往里走，它就伸出两瓣似梅花的前爪抓住胡民的裤脚，对他十分亲昵。黑狗比颜家那条小半个身子，也没有那般高贵，但胡民喜欢它对主人的忠实，并颇具灵性。胡民在它的跟前蹲下来，用一双宽厚的手掌抚着它的脑袋，牲畜用粉红色的舌头亲昵地吮舔着他的手指，心里怪痒痒的，又不觉涌起一种无法用言语表达的舒畅和恬静来。

记得胡母在世时，麻雀、老鼠横行，家里的稻谷晒干后，她便一担担地挑入后院的后仓里，洒上些农药后，然后把后仓锁上。但不出半个月，老鼠还是啮门而入，嚼了满地谷壳。胡母一怒之下，亲自上门买回来一只猫，其实她并不喜欢猫，因为她十分迷信，她会说："猫来穷，狗来富，咱们家也够穷透心了，还养着一只猫干吗？"

一个人的贫穷和富贵跟它们是毫无联系的。为了免除家里人的心里隐忧，胡家还是养了一只猫，胡母总是忌讳不吉利，并不怎么喜欢它，打算待它产下猫崽后就送给镇上的姑姑。但胡民终于得出了验证，酷热的夏季里自然天晴日朗，他们一家人都躲在屋里乘凉。午时，天空中出现几块似球的云彩，一团一团地往前涌，太阳晒在上房的瓦砾上，猫似一块褪色的破布软绵绵地伸长四肢，双目紧闭，一副闲逸的模样，时不时又睁开眼敏感地朝四周瞪了瞪，突然一只尖嘴的硕鼠从上房溜过，它也毫无知晓。有一次家里来了客人，几只老鼠在横梁上叽叽地吵闹着，弄了一些干草和灰尘掉在碗里，胡民十分尴尬，胡母也红着脸低下头嘟囔好一阵子，她说："猫溜到哪里去了？"胡民回答："它不会捉老鼠，平常躲在院子里晒太阳。"待客人走后，胡母带着一根棍子四处寻找，一会儿，她又面色难堪地回来了。

过了几天，母亲亲自买回来一条狗。由狗来替代"侍卫"的职位，有狗的存在，一阵阵吠叫声将白天、黑夜的寂静撕得支离破碎。它这里闻闻、那里嗅嗅，老鼠也开始本分起来，潜藏在黑暗的角落里不敢出来。最后，家里少有了响动，他们一家人的心里也平静了。从此，胡民跟胡母一样，渐渐地喜欢上狗。但令人痛心的是，野性十足的狗儿在一次偶然的机会遇上它的恋人，动物跟人一样，也有着冲动的爱情，它们的爱情永远是那般粗暴和狂热。在一片草地上，它跟它的恋人有过几次幽会。它们见面时相互舔舔嘴、摇摇尾巴，以示亲热。接着在那片葱绿的草地上相互追逐嬉戏，随后跟着它的恋人相依为命地走了。

它抛弃他们一家人，仅仅是为了追逐它的幸福和快乐，为了它那期待已久的爱情。

一个礼拜后，它还是没有回来，在那段难熬的日子里，胡民几乎茶饭不思，彻夜难眠。一天清早，它终于回来了，看上去病恹恹的，憔悴得不成样子了，它蜷着头卧在他家门前，浑身裹着朝露的湿气，泛黄的眼中已经噙着热泪。胡民知道，它为了若即若离的爱情一定伤痕累累了。如果仅是皮外伤，凭它用嘴舔舔，不出数日，也便不治而愈。

小时候，胡民喜欢跟着同龄的孩子在野地里玩耍，也不知道怎么染上了恶疮，也是让狗蜷着舌头舔好他手上和脚上的恶疮。胡母总是说：“那胜过良药啊。”

它看见胡民出来了，头趴在地上哼哼唧唧地嘶叫，似在诉苦，胡民一切都明白了，它一定是让远方的恋人抛弃了，因此才回到他们身边来，它不能留住它那短暂的爱情，却为了爱情弄得遍体鳞伤，危在旦夕。他们并不责怪它，因为它也需要爱情来充实自己的生活。胡母心疼极了，就把它装进一个篮子里去镇上找兽医，经兽医明确诊断，牲畜已经染上“性病”。原来它那相依为命、情有独钟的恋人是个“妓女”，一直在欺骗它的感情。

后来发现从它排尿的地方流出鼻涕般的脓来，它染上“性病”造成狗鞭溃烂，已经到了无法挽救的地步。胡民一阵惋惜，但心里又不觉涌起一阵埋怨来，它是为了它的爱情几乎赔上了性命，实在有些不值啊。

一个礼拜天，他从城里回来，胡母告诉他，牲畜是在他离家的次日清早死的，死在那片青草地上，样子很惨，它的恋人也来了，一直在那片青草地上声嘶力竭地锐叫着，还用嘴舔它那乱糟糟的毛，差不多两个小时才眷恋地离去。胡母在后坡上挖了一个坑，将它的尸体埋了，相信它的灵魂一定飘向远方去寻找属于它的爱情。最后胡母一前一后又养了两条，但不出半载，它们便悄然死去。从此，她便不再饲养狗，胡民对狗的兴趣也渐渐地淡忘了。

第六十二章　自由天堂

对于有些事情，胡民遭到亲人的非论。周冰荡接二连三给他打来电话，说他太傻，一个尚未成家的男人，无故家中添丁，以后的日子该怎么办哩？直接面临的两大难题：一是老太太的百年丧事，另则是胡彩霞上学以至以后结婚，一切都得由他这个单身哥哥张罗了。

自从老太太来到雪山村后，或许是水土不服，不是拉痢疾就是一整天叫着头昏，又不停地要彩霞给她捶背，“难道你嫌不够麻烦吗？”

“荡哥，这事我也不能袖手旁观哩。”

末了，胡欣接过电话说了几句话，她说怕她家族往后找胡民麻烦，胡欣对他劝道：“这样吧，你把老太太安置在敬老院里，敬老院住的都是一些无所依靠的老人，老人们在一起就不会孤独寂寞。”

对于这件事情，前不久他们村干部已经向胡民道明情况，如遇上什么困难，可以向上级反映，政府可以将她安置在敬老院，但他一直没有答应下来。

胡欣说：“弟弟，你就听我一句好吗？你究竟图她们什么？如果贵叔有一天回来了，还认为你图他几分薄田，更何况老太太年近古稀，双眼失明，大小便失禁，你不嫌脏、嫌臭，隔壁王嫂也有她的事情要做，她会照顾得如此周全吗？说句晦气话，泥沙已经快盖到老太太的头顶上了，也没有多少光景了。”

胡民反驳道：“正因为如此，我才想让她安享晚年。有时候幸福是一种难得的享受。有些人一生在追逐幸福，他们反而不幸福和快乐，最终为幸福所累。幸福不能建立在金钱的基础上，否则，就会失衡。”

他的姐姐很恼怒，啪的一声撂下了电话。

在那段时间里，胡民心情十分烦躁起来，每次回到雪山村后，看见婆的身体日渐好起来了，那种烦躁才慢慢地消失。

又是一个礼拜天，胡民有些事情耽搁不能回家，便住在厂里。天未亮却让人吵醒了，周围都是鸟鸣人欢，住在他隔壁的是一对夫妇，她的孩子起床很早，赤着白嫩的脚在走廊上乱窜，妇人在门前不停地嚷叫，胡民觉得心里非常烦躁，嘴上又不便说些什么。

那个妇人他很了解，她几乎每天都会挨她丈夫的骂，受够丈夫气后，她总是哭哭啼啼地骂着她的女儿。在胡民的印象中，她确实有些可怜。他们结婚很早，前后生了三个女娃，她的丈夫为这些事情非常恼怒，会时常打骂她，她却一声不吭也不哭，都怪自己命运不济，祈盼生下一个男孩，最终却无法如愿以偿。

他们夫妇来到颜家有两年了，十成是在外面躲避计划生育的。他们的想法是等添了一个白白胖胖的儿子再回家去。那时，政府要抓要罚随便，反正有了传宗接代的香火。

她的丈夫也是个毛头小伙，年纪约比她长几岁，手上残留着许多刀疤，疤痕很大。她是一个缺乏见地的女人，她认为“嫁鸡随鸡，嫁狗随狗”，就算是一堆屎，自己也默认了，有时掉眼泪埋怨自己命运悲惨，难怪她的丈夫会经常奚落她。

那天中午，妇人像往常一样把孩子的尿布和她的胸罩洗毕挂在院子左侧。胡民坐在阳光下沉思着一些问题，她那种守旧的思想深深地吸引着他，便记者似的问她，她对胡民的提问没有丝毫反感，她告诉他，她的丈夫一直祈望她生个男孩来解开他们一家人心中的疙瘩。

真的，旧的世俗观念一直沿袭在他们身上，“养儿防老，多子多福”，这种观念在他们心目中变得根深蒂固了。

“妹子，你们抱着不达目的决不罢休的思想？”

她面上一热，有些羞怯地将头扭过去：“兄弟，你有所不知，我的丈夫是个粗人，除了蛮横、粗暴外就再也没有几句悦耳动人的话了。”

“他虐待你？”

“没有。”她坦率地回答。

接着她的女儿在房间哭了起来，她便飞快地跑入了房间，一会儿，她抱着她的女儿面带笑容地走了出来。她笑着问胡民：“你这人真好，一定有女朋友吧？”

胡民苦涩地摇头笑了笑，“没有！”

“如果你不嫌弃的话我替你介绍一个川妹子如何？十九岁呐。她的家境不好，去年她爸死了，家里剩下她母亲和一个年纪尚小的弟弟，前不久撇下他们姐弟俩去沿海打工，没了音信。”

“十九岁。”胡民若有所思地说。

“是啊，她上高中时成绩可好了，后来家里困难就不念书了。你今年多大了？”

胡民坦白说：“虚度光阴二十五年了，但我担忧她瞧不上咱，她青春年少，我不能毁了她的青春。”

“不，她是我的一个表妹。她非常相信我，如果你真的愿意，我替你牵这条红线，红线牵鸳鸯嘛！”

当饭烧得略有香味的时候，她的丈夫回来了，她把心中的喜讯娓娓道给她的丈夫听，他不气不恼说：“你看着办吧！结婚不是个小事。再则，也得瞧俩人是否有默契！”她打算让表妹过来让他们相互认识一下。事情看起来颇为顺利，但胡民始终无法实现自己的心愿，那个四川妹子也从未在黑山庄出现过。

一个月后，妇人告诉胡民，她的表妹一直没有过上幸福日子，在几个月前不幸得重病死了。当她患上绝症时，她才接到他们的电话，但她一直未曾跟他们谈及此事，却推托说，她一生很想见到表姐信中所说的那位年轻哥哥，并嘱咐表姐将胡民的照片寄给她，等安顿好弟弟便来黑山庄。

后来胡民捎了一张照片给那位妇人，可是妇人邮寄时却写错了通讯地址，一经折腾，信又退回了原址。她才醒悟过来，缺乏文化会给她带来各种困惑，她又重新将信寄回四川，信经过长途跋涉，当信送到她家里时，她却服下大量的毒药，恍惚中看见胡民寄给她的照片。那时，她心中燃起一种复活的欲望，祈望能够从遥远的川北来到黑山庄见上胡民一面。

可怜的川妹却不敌毒性攻心，当她的弟弟进门唤她的时候，她已经死去多时了，但她的手还紧紧攥着那张无声的照片。

噩耗传来，胡民为一个素未谋面的姑娘痛哭了一场，如果不出任何差错的话，也许她不会有这种悲惨的命运。

人在困难和不幸的时候，最需要别人的鼓励和支持。

胡民好像做了一场浑浑噩噩的梦，那种梦境几乎抽光了他心里所有的力量，一切变得那么苍白无力。

夜空下，乱石间的蛐蛐在唧唧地悲鸣，树梢上的夜鸟在哀啼，像在为那位遥远的姑娘送行。是的，她一定早日升向天堂去追逐她的幸福和快乐。风从西方一阵阵地吹过，散乱而凄厉。胡民点燃了阴纸，又从怀中掏出一封寄往天堂的信，信上写满了哀悼的文字。火星在黑夜中闪耀，一股股浓烟徐徐升向夜空中，他仿佛看见那位姑娘的身影在半空中凝固了，她美丽而善良。正在微笑地读着胡民给她的安慰信，一直到火星熄灭，整个天空融为一体。胡民突然看见一股浓烟朝北飘然而去，他的心里总有一种说不出的痛楚，许久，他才疲乏地站起来离开了乱石岗。

第二天清早，妇人告诉胡民说：“昨晚乱石岗上闹鬼，燃着一堆鬼火，燃了约半个时辰之久。”

“那不是鬼火，是一位‘法师’在摆膳迎接孤鬼游魂，让它们早日登极乐世界。”

第六十三章　梦断春城

初夏，天气逐渐转热，近几天来，气温急骤上升，大地上像燃着一团火。

春城依旧美丽如画，天空一片苍蓝。一辆快车缓缓驶入昆明站，此时，一个长发男子摘下墨镜，将墨镜挂在胸前的一枚纽扣上，然后掀开窗户瞧着这座热烈、繁华的大都市。

广场上人流如潮，成群的车辆似一条长龙将整个广场包围着，几乎连一只苍蝇也飞不进去。

车停住了，那人收拾好行李，又重新将墨镜戴上，才不慌不忙下了车。刚出至广场门口，一辆出租车已朝他驶来了，他拦下车后司机探出个头来高兴地说："先生，请上车吧！"

何冬生随手关死了车门，表情冰冷地说："送我去滇池吧！"

"好啊！"司机不时扭过头用一种异样的眼光打量着他。

"怕我抢劫吗？"

司机吓了一跳，然后镇镇神说："先生，你千万别误会，你生病了是吗？"

的确，何冬生的牙痛又犯了，他咬紧嘴唇脸上露出一种酸楚的表情来，他回答道："我牙痛得厉害，前面有口腔医院吗？"

"前面是有一家医院。"司机回答道。

一会儿，车在医院门口刹住了。“先生，这是一家最近的口腔医院。”那时何冬生已经疼痛得失去说话的力气，付过钱趔趄地下了车。

刚进入牙科室，一位年轻漂亮的护士便迎上来：“先生，你要看牙科？”

“医生，我的牙痛得厉害，我这人天生的病灾就是牙痛，屡治屡犯，也真够折腾人的。”

“你先挂号好吗？然后医生给你诊断。”护士礼貌地说。

“不，先送我进急救室吧！我请求你了。”

“先生不像是昆明人，说话的音调稍有差别。”

“对，我来自A城。”

“哦。”护士又朝何冬生的脸仔细看了看。

“我也该去挂号了。”何冬生让护士看得很不舒服，于是赶忙借故走了。他的心中十分不安，他始终不明白人们的神经还是如此敏感，难道真让人盯上梢了，他这样胡乱猜疑着，何冬生发觉这里的人们都在疑神疑鬼的。不，不可能的，这只是一种错觉，一种迷惑人的错觉而已。

挂完号后，何冬生双手托住下巴，不安地进了病房，给他诊断的医生是个胖子，戴着一副深度眼镜，医生说：“先生，你患了严重的牙周炎，像这种病状有多久了？”

他脱口而出说：“八年了。”

“哟，你为什么不及早治疗哩？你患的牙周炎非常严重，已经造成牙腔局部糜烂。你曾经还患过其他的病吗？”

“没有，我有时仅是厌食，力乏，一整天只想睡觉。”

“医学证明，牙疼是一种凶兆。或许你患有其他疾病，从你这种病状来看，先给你打吊瓶辅助治疗。”

何冬生敏感地摸着红肿异常的面颊愣了愣，他脸上的表情顿然僵硬起来。

医生给他注射镇痛剂后，一会儿，他不知不觉地昏睡过去。

忽然大街上传来警车的呼啸声， 一会儿，几辆警车在人工医院门前停住了，几名公安人员迅速下车，直奔牙科。原来昆明警方已经接到了协查通报，并转发给各企事业单位，所以何冬生在医院一露面，警方就已经得到了消息。于是，何冬生在昏睡中就束手就擒了。

在审讯室里，何冬生似一团烂泥瘫在地上，许久，他才抬起头痛苦地说："你们杀死我吧，我不想活下去了……"他那一双怜悯苦楚的双眼闪着一种无奈的恐惧，古训："人之将死，其言也善。"现在何冬生已成了一只铩羽之鸟，头耷在他的胸脯上，像在悔恨。的确，他是在悔恨。

一现身昆明就被抓，他自知在劫难逃，那僵硬的脸上滚过一股燥热，薄薄的嘴唇开始不断抽搐，哆哆嗦嗦地说："我说，我全都说，是我干的，朱振雄是我杀的，但真正的幕后指使者是王歌怡，他才是真正的凶手……"

第六十四章　最后的挣扎

自从何冬生独自去了昆明，王歌怡心里有一种不祥之兆，仿佛一场灾难即将来临。一天，一个家伙慌慌张张来到他的住处，上气不接下气地说："怡哥，大事不好了，何冬生在昆明被抓了。"那个家伙继续战战兢兢地说："怡哥，何冬生是个催命星，此人不除，必遭焚火烧身，如果从前让我除掉他，一切都会高枕无忧。"

王歌怡气得破口大骂："出去，都给我滚出去。"那个家伙悻悻退出门去。

这一天终于来了，什么凶杀、敲诈、走私贩毒核心人物，三罪合一，性命难保。

突然门让人推开了，旋着的门划了一道大弧度的扇形来，一杏慌慌张张地跑进来，"怡，咱们得想想办法，这该怎么办啊？老天啊，您得设法救救我的怡哥。"

"一杏，你别这样好吗？天无绝人之路，就算何冬生把我供出来，空口无凭，他们又奈我何？"

一杏埋怨道："我早说过，何冬生仅是一条狗，可是你偏不相信。这下好了，现在城门失火，殃及池鱼，难道也要我们一起陷进去吗？"接着一杏低着头呜呜地哭着跑出门去。

一会儿，王歌怡的母亲脸色难堪地走进来，朝自己的儿子扫了几眼，便气汹汹地质问：“一杏怎么哭了，你是不是嫌她？”

王歌怡一脸苍白，望着自己的母亲，心里有些失措起来：“妈，何冬生已经出事了，他一出事会祸及我们的性命。”说罢，王歌怡扑通一声跪在地上，“你们救救我吧，要爸想办法救救我。”

“歌怡，起来，快点起来。你告诉我，你们究竟闯下什么大祸了。好哇，原来你们背着我干些杀人越货的勾当，难怪你平常很阔气，你蒙骗我们这些年，难道还不够吗？”她气急败坏地给他一耳光，“你爸差点被处分，这一切都是因为你。天哪，这可怎么办呢？”

过不了几天，王歌怡被几名全副武装的公安带走了，将他关押在看守所里。一杏急得似热锅上的蚂蚁，便急急忙忙去找她的公公婆婆，一见到他们，一杏的眼泪像断了线的珠子一样哗哗淌下来，哭着说道：“爸，你们想想办法救救歌怡吧，他可是你们唯一的儿子。从这种形势来看，他真的是难逃法网了。”

“一杏，你别哭，你先回去，这件事情我早知道，我们比你还急。”王歌怡的母亲在一旁插话道：“黄坤是你朋友，更何况当年施恩于他，受滴水之恩，必涌泉相报。”

“是啊，他的性命是我救的，但这个篓子捅得太大，人家估计是不会帮我们的了。”

“我的天啊，快大祸临头了，你作为灵山县县长，他们竟敢在你的眼皮底下抓走你的儿子。从这一点判断，可以意识到事情的严重，难道你要让他们给歌怡定了罪，才去救他吗？虽然他罪不可赦，但始终是王家唯一的血脉。”

“你别唠唠叨叨好吗？总该给我些时间想想办法呀！”说罢，王少成下楼去了。

知子莫若父，王少成比谁都清楚儿子的品性，犯的事绝对不会小，况且这次他儿子出了事，自己这么多年干的那些勾当恐怕也是盖不住了。一想到这里，王少成感觉头皮发麻，浑身像被什么东西掏空了一样。不过他毕竟深耕官场多年，有很多可以利用的资源和关系，不到最后一刻，他是不会轻易服输的。

当路过花园丛中的时候，王少成看见几个孩子在那里玩耍，他们在相互猜谜语，谜底诙谐、滑稽。王少成突然感到一丝悲凉，多么无邪的孩子啊，他不禁想起了自己的往日时光，但那些都已经回不去了。

突然他的司机上前道："县长，我们启程吧！"

"你先在车上等一会儿，我随后便来。"

当他回到客厅的时候，王少成看见他的妻子双手靠在台阶上，用力往上面捶着，仿佛要捶碎什么似的，泪水轻轻地滑在台阶的大理石上。她害怕王少成看见，掏出一张手绢抹把泪，一转身进了客厅。王少成本想说些告别的话，但没说出口，他握了握拳，然后快步走出门去。

省长黄坤当年和他是铁兄弟，这些年来，随着黄坤平步青云，两人之间的来往也越来越少了，王少成也自感在层次上已被拉开了，但他此时还是希望以前建立的深厚友谊，能挽救正处在危机之中的自己及家庭。

三天后，王少成从省城返回。他连回家的力气也没有了，一个人瘫坐在办公室的沙发上。事情比他想得更糟，黄坤根本就没有给他见面的机会，另外他从其他渠道得到消息，市级纪检部门已经对他开始进行调查，只是具体到了哪一步还不清楚，但从省城里一些朋友对他冷淡甚至唯恐避之不及的态度来看，他知道自己这次不仅救不了儿子，连自己也逃不过了。王少成勉强抬起头，无力地看着办公室里的一切，似乎这里浓缩了他一生的精华，只是很快就要与之告别了。

不久，小小的县城轰动了，因为县长王少成被批捕了。

第六十五章　宿命（上）

胡民回到黑山庄。触目惊心的一幕发生了，颜家火光冲天，一片火海。颜天从火堆里窜出来，一脸黑乎乎，头发烧焦了大半，他一面扑打着身上的火星，一面大喊："毁了，一切都毁了，火警呢？"一个声音惊颤颤地说："还没赶到，火势一下就上来了，让人防不胜防。"

原来，是那个喷漆工缺乏职业道德，在车间抽烟引燃了。当消防队从灵山县城赶到黑山庄的时候，火势已经凶猛地舔着四楼的门窗，惊慌失措的人群四处找水灭火，那场大火足足燃了两个小时之久。待大火熄灭，已经成了一堆废墟，值得庆幸的是没有伤亡事故发生，因为员工都居住在颜天刚建不久的新居里，在起火的前几天刚搬完，那时颜天嫌人多太吵，影响他正常休息时间。

新居真是新居，玻璃还没安装上的时候，街上的行人能清楚地观察到室内的一切，刚抹过的墙还未干，屋里一片潮湿。

胡民刚搬入新居的第一天，冷得像打摆子似的，一觉醒来时，他的被子已经沾满了一层白灰。几个四川人更是气恼，就用脚狠狠地往墙壁上踢，墙上留下无数的脚印，颜天气恼得直骂娘，指着墙上的脚印道："三十九码，这是四十一码，那边还是四十一码。"颜天扬言让他抓住要将脚剁掉，现在，他已经瘫软在地上一言不发了，一口接一口地吁着气。

过不了几天，那个四川女人首先向颜天提出回家乡的请求。颜天气得暴跳如雷，破口大骂："全给我滚吧！"妇人吓得直往门外溜，一出门正好碰上胡民，她便问他往后有何打算！胡民笑了笑说还是先回雪山村看婆和妹妹。午后，厂里的员工陆续走光了，喧闹的屋子里一下子冷清下来，胡民不断地安慰着颜天，天灾人祸，谁也不能改变严酷的现实。颜天没有回答，他突然一阵傻笑，并且傻笑不止。

真的，一个人创业不易，是经不住这种打击的，胡民只是想告诉他，这只是人生一次小小的挫折而已。

日子像一条条紧扣的铁链，一旦有缺口，生活便会掀起一层涟漪。

何冬生被关押后，自知自己犯了重罪，会被处以极刑，不想拖累别人，便在狱中和老婆离了婚。胡民后来也去看过几次何冬生，何冬生很后悔，他托胡民有空能多照顾他的前妻和孩子，胡民答应了，一有时间就会去看看。

这天，胡民又去了何冬生前妻的住处，她骑着自行车去自来水营业厅交毕水费回来。胡民一进门，她惊愕道："胡民，你怎么又来了？"显然她对胡民的到来不是很欢迎。

"你和孩子最近都好吗？"胡民关切地问。

她没有回答他的话，而是一言不发地忙着收拾桌上的盘碟，收拾完后，她说既然来了，随便捡个地方坐坐吧，以后没什么事情，请不要再来打搅我好吗？

胡民急迫地问："为什么？何冬生以前待你不好，难道你不嫌苦吗？"

"苦瓜藤上的苦瓜，难道还怕苦么？人言可畏，我害怕别人私下非议。"接着她撩了一阵头发在胡民的对面坐下来。

"你和孩子往后有什么打算？"

她摇摇头说："顺其自然吧！谁也不能预料到以后的日子会怎么样？"

"你不觉得是何冬生害了你，并毁了你的幸福生活吗？"

她长叹了一声，然后说："他已经毁了，什么话都会变得那么苍白无力，他一生作恶多端，这是苍天对他的惩罚。”

她接着告诉胡民，她从小没有家，漂泊惯了，过了几年安逸富贵的日子，可是这段日子仅能维系这么久，树高万丈，落叶归根，从此还得四处漂泊，如同河心的一叶孤舟，飘到什么时候才会遇上避风的港湾呢？

“相信过不了多久，你会遇上一个爱你的人，他会成为你一生中的依靠和寄托。”她笑了，笑的似春天的花朵一样明媚。

外面突然飘起懒洋洋的雨点，风也开始刮起来了，窗前电光闪闪，房里一片明亮，大雨快来了。

“也是该回去了，有空我还会来看望你们的。”

“雨都下起来了，你还要走吗？你瞧瞧，乌云遮顶，将会下一场倾盆大雨。”接着楼下一阵破碎的喇叭声响了起来，一阵接一阵，那响声有着撕裂般的绝望，她敏感地站起来，说：“我的女儿回来了。”接着楼下有人在叫着：“妈，我回来了。”那声音十分尖嫩。她便跑下楼去，一会儿，胡民听到她关切地询问：“没淋着吧？我的孩子。”母女俩上楼后，小女孩用一种陌生的眼光打量着胡民。

“孩子，快叫叔叔吧！”她催促道。

于是胡民对着孩子笑了笑，也许是微笑给了她一种快乐和满足，她也咯咯地笑着叫他一声叔，她的笑如同火焰般的红莲一样可爱，颊前还现着一对不深不浅的酒窝。雨不知不觉地停下来了，胡民起身告辞的时候，她们母女一直将他送出很远。

第六十六章　宿命（中）

回到雪山村，胡民那悬在半空中的心才算安稳。第二天午时，天又下了一场大雨，足足下了两个时辰之久。

雨停后，天空中呈现出一块块似黑烟的云朵朝西奔去，道路上躺着一条湿淋淋的黑狗，它缺了一只腿，一定也是让人抛弃在河里。动物和人一样，都有着自己的生命。就算狗鼻子再灵，在河里永远派不上用场，后来胡民才知道是几个孩子在浅水滩边捕鱼时将那条小狗打捞上来，扔在道路中央。狗张着嘴在地上挣扎着，几个孩子用木棍戳它，它的嘴张得大大的，口腔里发出嗡嗡的呻吟声，像在乞求。一个留着刘海的孩子更是残忍，竟捡来一块石头往它嘴里塞，石头堵塞住它的嘴，它奋力挣扎着，裹着一身泥，嘴中发出微弱的呻吟声。“你们放了它，它都快要死了。”胡民命令道。

孩子们嘻嘻笑着望了他几眼，脸上依旧露出一股顽皮劲来。但他们的眼中掠过几缕对他的惶恐，然后一溜烟散了。胡民将那条狗轻轻地放在一片葱绿的草地上，任它自生自灭。

当他再次走进姐姐家时，姐姐胡欣正坐在门前搓衣，狭窄的门道让她堵了大半，她的脸上少了往日的热情。她把胡民让进屋里，胡欣气恼地说：“你嫌家丁不旺吗？如今又添了一口丁，还答应照顾何冬生的女人，还带着一个孩子，加起来足足五口，可组成一个美满幸福的家庭。”在别人的眼中，他们永远不会接纳一个年近古稀的老太太以及让亲人抛弃的胡彩霞。照他们的说法：与其帮助她们，倒不如让她们锻炼自己的意志。寄人篱下，仰人鼻息那种滋味何尝不是一种折磨。正因为这些事情，一些不明事理的村民逐渐冷落了胡民，现在，连他的姐姐也对他冷淡起来了。

胡民走进周冰荡的书房里拿了一本书，书是余秋雨先生著的《文化苦旅》。走出了书房后，一位汉子光着膀子走进来，他的奶头很大，似羊奶一般。奶头周围还长着几撮卷曲的绒毛，他浑身长着许多红疙瘩，也许是痒得难受，他不时扭手朝背脊上搔了几把，背脊上即刻现出五个血红的手指印。

周冰荡玩笑地问："痒不？"那位汉子朝地上吐了一口痰，说："废话！晚上痒得真要命，这几天身子很垮，晚上还让胖媳妇缠着。"大伙齐声笑了起来。

冰荡说："谁叫你不忌房事，你那胖媳妇真不是人，她会将你活活折磨死的。"

"冰荡，你媳妇和你小舅子在这里，可别胡说八道。"

胡民不屑地朝那人瞪了几眼，心里嘟囔道："一介粗夫，有失风雅。"

忽然一个女人在门外嚷着，那个汉子打雷似的答道："来啊，你别像鬼叫似的。"汉子咳了一口痰吐在地上便跑出门去。

那人走后，胡欣唠叨了一阵子："死胖子，也不捡地方乱吐，真是烦人啊！"她铲来一些灰将痰盖上，又找来扫帚将痰扫入垃圾桶里。三人又重新坐下来，沉默一阵子，姐姐胡欣的表情一脸平静，可是胡民内心却波澜起伏了。

"姐，你们想告诉我什么吗？"

她回答道："究竟是什么原因让你待我们如此冷漠，我们得罪了你是吗？"

"你们别逼我，我的心都快碎了。"

周冰荡说："你为何冬生女人的事烦恼对吗？何冬生是咎由自取，自灭生路，可是他的家人和孩子永远是无辜的。但我们不该将一切罪恶强加在一个女人的身上，应该让她重新开始新的生活。"

胡欣恼怒了："你的意思是让胡民娶她？那吴如柔，林博雯会同意吗？三个女人一台戏，演绎得真是完美绝伦，无懈可击。只怪吴如柔命运不济，生不逢时，生长于富贵之家，百般受人宠爱，又受过高等教育的大学生偏夹在柔情薄命女之间忍受着痛苦的煎熬。怜悯不同于爱情，谁也没有资格玷污爱情的圣洁。你对三个女人仅抱有挚念之心吗？难道没有任何爱情因素拌于其间？在吴如柔、林博雯的身上始终有着你那永不褪色的回忆……"她停了一下，接着说："胡民，我们也不管你最终爱谁，但希望你彻底醒悟过来，因为一个人的爱情投放在几个人的身上是要付出惨重代价的，甚至耗尽所有的青春年华。"

"谢谢你们对我的告诫，我一定铭记在心，我也该走了。"

周冰荡目送他出门后，然后烦躁不安地坐在床沿上喃喃道："放弃自己的梦想等于放弃所有的生活。"

胡欣在一旁插话说："他只会享受生活，还乐得称心去租了一间房子，多半是打算跟他的女人同居。"

不久，经人介绍，胡民在新穗街南端租下一间房子，房东是一位四十开外的妇人。她穿着一件黑色的短褂，整个身子却肥胖得快淌油了，颈脖上长满了许多烂痣，邋遢得像一头母猪一般。她结巴地说："你……你几人呀？"他微笑说就他一个，她似乎不相信胡民的话，惊呼呼地问："媳妇哩？""光棍一条，何来媳妇？"妇人张开血盆般的嘴笑了："找咧，一定找咧。"她玩笑般地说："爱情是一个幸福的宝盒，在开启的瞬间里，所有的幸福和希望撒向的不是我，而是你。"胡民摇了摇头，想不到她的话还如此深奥，多半是个文化人。

“你先让我看看房子好吗？”

“对，总该看看房子是否满意！”她摇摇晃晃地在前面走，胡民紧跟在她的身后，仿佛怕她甩掉似的。她走路的时候，整个身上的肉在无情的颤抖，有些让人心惊肉跳，两肋的肥肉让那件黑色短褂绷紧成几块，她不慎一抬手，露出一撮令人讨厌的腋毛来，胡民几乎快恶心得呕吐了。

第六十七章　宿命（下）

她的旧居临河建着，他们穿过一座小桥，妇人用手指着一栋平房的第三间，说：“那间里面宽敞舒适，夏能避暑，冬能御寒，曾经有两个姑娘一住便是两年。”她推开门，里面放置着两张单人床，房间里隐约残留着一股女人的香水味，左侧的墙壁上还挂着一件乳白色的胸罩，地上拖得非常干净，几乎一尘不染。妇人说上个月一个姑娘为情所困，她便离开了这座让她伤心的城市。

胡民站在床前朝四周望了望，心情变得有些灰暗起来，但他发现墙壁角落处隐约有蚊子在嘶叫。蚊子或许闻到了人腥味，忽起忽落地朝他们斜飞俯冲扑来，忽然听到妇人啪的一声响，一巴掌拍打在自己的肘臂上。胡民发现她的肘臂上立即染着一摊血迹，并且肿了一个疙瘩来。心里忍不住一阵发笑，说：“蚊子忒多环境不好。”“一个大男人还恐惧蚊子不成吗？”她然后吐了一口唾沫揉了揉那团红疙瘩，接着说：“你小子艳福不浅啊！隔壁住着的是两个姑娘，可是你不能破坏这里的规矩。”胡民疑惑了，问道：“啥规矩？”她又结巴了：“不……不说了。”

次日午时，温煦的阳光洒落在房顶上，房顶上散发出一缕缕耀眼的白光，胡民发现临河的第一间是一家发廊，发廊里面的沙发上坐着一个清纯可人，染着一头金黄色头发的漂亮姑娘。她正靠在沙发上悠闲地打着盹，很难想象，这个深巷里竟还躲着如此绝美的姑娘来，或许是她出道不久，技不如人，因此不敢轻易示人。还有一种原因是家中富足，并不依靠这种职业维持生计才躲在深巷中打发日子。

那天晚上，胡民却梦见自己跟画家在草原上奔跑，那时，他的腿已不再是一只假肢，而他的身高比原来高出八厘米左右，开始他们都很开心，后来感觉到有一条蛇缠在胡民的腿上，害怕得拼命地想挣脱，但蛇始终缠着我不放，画家一时也慌了神，他跑过来用力拖住蛇的尾巴，蛇却突然一转身朝他手背咬了一口，胡民哭了，画家倒在草原上半睁眼望着他，说："胡民，你别哭好吗？你能背我回家吗？我想我的妻子了。"胡民背上画家就疯狂地朝前跑，突然摔了一跤，便醒了……醒来时，他坐在床上想了很久，是不是画家出事了？

天亮了后，胡民按画家原来的地址寻去，忽然一个偻着背的男人出来问："你找谁呀？"胡民说找住在这间屋里的那位画家。

"哦，他们在一个月前就搬走了，听他的妻子说，他打算去西安举办一次画展。"

"为什么不去北京、上海，而选择去西安呢？"

那人摇了摇头说："不知道，我们这些粗人也不懂得欣赏他的画，听别人说他的画确实是一件艺术品。他们临走的时候，画家是由他的妻子背着上车的，他的身子有些虚弱，脸色苍白，像是病了。"

他这么一说，胡民的鼻子开始发酸了，然后出了那间充满凄悲氛围的小屋，在回来的路上，他不停地替远去西安的画家默默祈祷，祝愿他画展成功。

回到出租房里，胡民内心十分不安，并且开始感到有一种寂寞朝他袭来，寂寞得有些绝望。

忽然门外有人喊道："卖汤圆，卖汤圆哟。"胡民开门出来张望，一个贩夫蹬着一辆车过来了，他断断续续地敲着手中的竹筒道："小伙子，买汤圆吗？"胡民说："师傅，给我来一碗吧。""好咧。"灯光下，他看见小贩一脸黝黑从车架上扯下一块毛巾擦拭了一下手。

“小伙子还不睡觉吗？”

胡民向他微笑说：“一时睡不着。”

“打赌，玩女人？”小贩笑着说。

他为小贩的话感到悲哀，然后摇头沉默不语。他干脆利落地盛了一碗递给胡民，接过钱便掉头往别的地方去了。

黑夜淹没了整个大地，四处一片黑暗，在这种夜晚里总是让人恐惧得绝望，一会儿，梆梆的竹筒声隐隐约约从远处传来，烦躁的响声撕破了黑夜的寂静。那时，胡民的脑海中突然闪着一幕幕可怕的情景来，恍惚中，胡民看见母亲立在空中呼喊着他的名字，一阵接一阵，后来更加恐怖异常，他跪在地上泪流满面。

接着住在隔壁的姑娘开始骚乱不安起来，跑过来问他怎么了？是不是病了？要不要看医生？胡民摇头谢绝了她们的一番好意。

过了几天，他的姐姐胡欣来看他，胡民心里乐滋滋地将他的长篇小说底稿呈给她看，她不但不给他精神上的鼓励，反而给他浇了一头冷水，几乎从头凉到了脚。

“你死了这条心吧，一个普通人要想成为一名作家是由各种因素促成的。人家张爱玲一出道就达到语言成熟的境界，我们这些凡夫俗子能做到吗？出版社那些尊贵的编辑桌上的稿件堆积如山，新人难出头啊！难道不是在枉费心思？熬更守夜，挑灯夜战换来了什么呢？”

胡民有些生气，他说对于这条路，他已经做好了心理准备，人各有志，不论以后大成大败，都会问心无愧。如果有一天一位尊贵的编辑慧眼识才，他将会感激他一辈子，否则，他就发誓一辈子不再爱博大精深的文字，为了它，他熬过了无数不眠之夜，为了它，他几乎赔上了青春，没有家，没有恋人守候在身边，那种滋味又有多少人尝试过？

胡欣说：“胡民，究竟是什么东西让你值得为文学献身呢？”

“人性。小说并非仅供别人消遣和娱乐，最重要的是解决生活中种种矛盾问题。这是一位名家致友人的一句话。”

“既然你热爱文学，任何人也无法从你身上扑灭这场燃烧的火焰，你作为我的弟弟，我却永远也无法理解你的内心世界，还真有些惭愧。”

“在这个世上，没有任何事情比得上我对文学的热爱。你是我唯一的亲人，为什么不明白我的心扉呢？”她说，“我是怕你痴迷文学会毁了你的青春，甚至耗尽你的生命。”

第六十八章　一轮满月

太阳照在烟雾弥漫的湖面上，湖两旁已是草木青翠，垂柳绿荫，柳枝似一条条密匝匝的细线披散在湖面上，在晨风中此起彼伏着，它带着清凉、柔和的气息不断向四周渗透。突然田畦间窜出一只花肚儿的青蛙，敏捷地往岸上一跃，然后后腿用力往后一蹬，一个猛子扎入金光闪闪的湖中不见了。

六月十九日，位于灵山县南端的永灵庙前热闹非凡，庙门前的两端立着一对石狮，石狮的颈脖处各自系着一块红布，红布的颜色历经岁月沧桑日渐褪尽，门前一副四字联："倚山灵威，傍源显赫。"此时，一个漂亮的女孩拘束地倚靠着石狮，在她面前不远处半蹲着一个手持相机的中年人，像是女孩的父亲。中年男人戏谑道："孩子，脸上活泛点，别眨眼睛哩。"女孩用手撩了一下额前的头发，说："爸，慢点，还没准备好！""自然点，别一副愁眉不展的样子。"忽然咔嚓一声响，留下她那永恒的回忆……

门前左端的墙壁上贴着一幅猛虎出谷图，右端是一幅蛟龙戏水，组成龙腾虎跃之势。庙前立着四根涂染成朱漆色的顶梁大柱，里面香火盘绕，一排排香烛在案桌上闪闪发亮。

庙里闹哄哄的一片，胡民也赶去凑凑热闹听听戏词，戏班子是民间戏剧团演员，是由镇委会应邀而来。庙堂挤满了人，大半是年逾半百的老人和小孩。

第一场戏是"薛丁山三请樊梨花"，台上擦粉抹脂的花旦手里持着一柄剑又舞又唱，唱薛丁山狠心气走樊梨花，而樊梨花为了他弑父杀兄的种种经历，还不到戏完，台下一阵击掌欢呼了，但胡民发现几个头发银白的老太太从衣袋里掏出手绢不停地抹着眼泪。唱曲完毕后，又上去几名花旦表演最耐看的绝活叠罗汉，最下端是由一个身强力壮的汉子顶着，接着是一个脸蛋俊俏的小伙敏捷地往上轻轻一跃，轻似缥纱，便立在汉子的肩上，马上又跃上几个，他们都悬在空中，若无其事地表演各种危险动作，台下顿时人群沸腾，掌声经久不息。胡民却感到心里特别烦躁，特别是台上那些脸嘴搽涂得似妖怪的花旦，扭着腰身叽叽哇哇地唱着戏词，着实让人心烦。

那个晚上，胡民不断地做噩梦，梦见自己让一个家伙反缚着双手，为了自卫，他肘臂一用劲，反缚着的绳子便挣断了，他冲上前去给那个家伙狠狠的一击，如同一把榔头敲在那人的手上，那个家伙的手仿佛患了软骨症，竟慢慢地吊垂在胸前，胡民急了，想挪开步逃跑，一时却寸步难移。

他又挣扎爬起来再跑，跑上一座山坡，山坡突然陡峭似壁，进退无路，仿佛一伸手就摸到天了。胡民叹息道："难道天要亡我吗？"于是心一横，纵身往下跳动，却跳至永灵庙里的台阶上了，一名花旦用刀指着胡民骂道："畜生，哪里走？拿命来吧。"接着一刀捅进他的心窝了，溅起花旦一脸的血，胡民被惊醒了。

窗外正下着大雨，爆炸似的雷声仿佛将天空撕裂成几半，雨点顺着没有关闭的门窗流淌在窗台上。

门前的河水湍急，怒吼般地冲洗着河道两侧的一切，垂在岸边的柳枝塌了一大片，但胡民住处的水不知什么时候停了。

原来，一夜秋雨，已经将河堤边上的水管堵塞了，他发现奶牛场的长工在河堤修水管，那个家伙满嘴黄牙，像一个粪坑一样。他老远看见胡民，喊道："兄弟，过来帮帮忙好吗？"他便颠颠地跑过去跟他一起搬石头。

风停雨住了，太阳羞怯地探出个头来，大地一片金黄，河岸两旁的野花吐着纯朴的芳香，胡民看见胖乎乎的房东坐在台阶上打盹，头摇摇晃晃的，后来一名妇女过来唤醒她，她打了一阵哈欠，才漫不经心地进屋里去。几分钟后，她端一盆水出来哗地泼在过道，把他吓了一跳。

“没泼着吧？”房东问，“咳，小伙子，刚才有位小姑娘找你，十二三岁左右，圆脸蛋，头上扎着一对小辫，穿着朴素，应该是乡下来的。”

“她对您说了些什么吗？”胡民问道。

“那个小姑娘说话轻声细语，倒听不出任何谱儿，像只蚊虫在耳畔嗡嗡地叫着。”

“难道是彩霞吗？”一个小姑娘单枪匹马来灵山县城，一定是家中发生什么事了。胡民记得离开家的时候，他将积蓄都放在老太太那里，老太太大病初愈，难道又……

胡民火速赶到雪山村的家中，胡彩霞跑出来开门，笑着对他说：“哥，你回来了。”胡民看见她一脸灿烂的笑容才知道家中并未发生任何事情，一颗悬着的心才算安稳下来。胡民问道：“婆还好吗？”

“就是经常起夜，有时折腾的我睡不好觉。有一天夜里，外面风吹得很猛，树木被刮得沙沙作响，外婆的房间里置着尿桶，整个房间里都弥漫着呛人的尿味，外婆唤我将尿桶提去倒了，然后放在弄堂的角落里，我刚睡不多久，她跌跌绊绊地摸起来，朦胧中听到外婆嚷道：丫头，尿桶呢？你放在哪里了？你知道婆瞎眼，我瞎你也瞎吗？我被惊醒了，外婆独自摸到弄堂，不小心撞在墙壁上，皱巴巴的前额鼓起一个红疙瘩，一直到现在还没有消去。”

胡民听彩霞这么一说，他心里的怒火窜将起来：“你这个死丫头，你是怎么照顾外婆的？”胡民准备扬手扇彩霞一耳光，在那一瞬间里，他的心又顿时软下来了。“王嫂呢？”胡民问道。

“王嫂那人生来图干净，嫌婆又脏又臭，一进婆的房间闭着嘴和鼻不敢呼吸，起床时替婆穿好衣服，洗把脸就溜了。”一番话后，胡彩霞仿佛受尽了委屈，她趴在桌子上呜呜地哭，哭得非常伤心。

老太太在房间里嚷道：“民，进来陪婆坐坐！明天中秋节了，天上的月亮圆了吗？”

“婆，一轮满月。”

“唉——”老太太深深地哀叹了一声，“只可惜我双目失明，看样子，我再也没有机会看圆月的样子了，孩子，你还是送我回去好吗？”

“婆，不是住得好端端的吗？”

“孩子，你不晓得，我上了年纪，饮食起居毫无规律，又经常起夜，弄得房间里臭烘烘一片，年轻人都爱干净，对于这些事情看不习惯，你为了我和彩霞，为了支撑这个家，连女友都抛弃了你，这样不是毁了你的一生幸福和光明前途吗？听说那个吴姑娘是什么局长的千金，她也很爱你，可是你却把时间浪费在我和彩霞身上，这样值得吗？”

胡民紧紧握住她那双似树皮的手说：“婆，只要您身体安康，幸福快乐，我就心满意足了。”

“不行！家不分不旺，明天你就托人把我送回去，彩霞一同随我回去。学也甭上了。”一会儿老太太吩咐胡彩霞收拾行李，胡彩霞开始不敢，她睁着一双大眼瞅着胡民，看见他没有任何表态，她一转身便溜出门去了。胡彩霞一直到太阳偏西才回到家里，老太太心里十分恼火，气得直骂道：“你这丫头，坏脾气又犯了，边唤边跑，连婆的话也不听吗？”

“婆，我不敢，可是……”她又重新进了房间收拾东西。

胡民恼火了：“彩霞，你想造反吗？”

她怯生生地红着脸低下头说：“哥，你别怄气，婆说自从来到雪山村后，总是唠叨不是头晕就是拉痢疾，日子过得不安宁。另则，吴姐也讨厌乡下人，如果我们多待一天，你们之间的感情就会慢慢冷淡下去。”

“丫头，雪山村本来就是你的家，你们回到哪里去？何况这些事情跟吴姑娘毫无关系。”

“哥，我也不想去外婆家，只想留下来找我爸，自从他下落不明以后，庭院里已是青苔斑驳一片，上次去打扫的时候，不慎摔了一个跟头，摔得鼻青脸肿回来，这一切都默默地承受了。在这个世上，只有婆和哥最疼我，最关心我。哥，我能为你哭吗？”

“妹妹，你别伤心了好吗？你爸一定回来的。”

当胡民推门进了老太太的房间时，她正将头上那枚银白簪子取下来，用一把棕色木梳梳理蓬乱的头发，她侧耳听到脚步声，然后不安地说：“孩子，东西都收拾妥了吗？”

“婆，您真的要离开？为什么要离开呢？”他扑通一声跪在地上，“婆，您别走，就算胡民求您了。”

她愣了愣，那失色的嘴唇在蠕动着，惊慌得有些不知所措：“孩子，你下跪了？快起来啊。”

“婆，如果您答应我留下来我就起来，否则，我就这样长跪不起。”

“孩子，你这是何苦呢？”老太太语无伦次了，她的双手颤抖得十分厉害，“你让我走吧，我这把年纪了，只会给你带来数不清的麻烦。”

“不论如何，如果您不答应我就不起来。”

老太太犹豫许久，然后一声叹息：“你起来吧！我答应你，我一辈子就留在雪山村安度晚年。”

第六十九章　浑人（上）

中秋时令，田里的谷穗成熟了。展眼望去，一望无际的田野像燃着一堆火，秋风徐徐吹起，似黄金般的谷穗在秋风中如波涛汹涌一般，不时发出一阵阵清脆的声响。对面打谷场上笑声不断，似风卷浪涌，辛勤的人们脸上溢着幸福的微笑，他们沉浸在庆丰收的喜悦之中。

胡民回到家中安排抢收稻谷之事，由于时间较为紧迫，近来天气反常，于是他去洪家滩找来狗，还有后村的金生帮忙。

金生是一个常年靠给人做帮工的中年汉子，他个头较高，身子很胖，力气很大。据说他一次能扛三四百斤重的货物，因此人们唤他胚子。俗话说：“力大不养家，嘴大吃四方。”他也是个地地道道的粗人。

不久前，他的小脚媳妇跟人私奔了，家里撇下一个年幼的女儿，别人笑话他患有前列腺炎，因此小脚媳妇才跟他散伙，对于这件事情谁也没验证过，或许仅是一种流言吧。

胡民到达洪家的时候，来狗娘撵着一头母猪刚从配种站回来，胡民向来狗娘道明来意后，她便在门口嚷道：“还睡，没个媳妇就瘫在床上，太阳都快下壁了，待这般老骨头死后，看你依靠谁去！”

过了片刻，来狗拖着一双布鞋从屋里走出来，朝他妈狠狠地瞪了几眼便嘿嘿地招呼着胡民。来狗家仅有一亩薄田，地处山旮，今年遇上旱灾，又加上种上早稻，中秋前夕已经收割完了，因此一直在家闲着。来狗嘿嘿地笑着说：“胡民，稻子收割了不？”

“狗哥，我是为这事来的，反正你在家闲着也是闲着，帮我收割几天好吗？”

“行。”来狗欣然答应了。

次日清早，来狗，金生来到胡家，胡民给他们每人发了两包香烟。那天阳光灿烂，并没有下雨的迹象，大伙吃罢早饭，便各自忙着去田里秋收，胡彩霞和邻家婶子负责割稻子，男人们负责收扛，饱满的稻子在阳光下金光闪闪如同一座金山似的，来狗嘿嘿笑着说：“胡民，媳妇啥时娶过门，咱们还盼着喝喜酒咧！”

“不急，不急啊！还早着哩，媳妇还养在岳父家里，养得白白胖胖、嫩滑滑的。”来狗让胡民的话侃笑了。金生在一旁插茬道：“狗哥，你呢？”来狗语塞，胡彩霞和婶子一阵哈哈大笑。

金生道：“聊聊也不妨，咱们狗哥说到媳妇便心花怒放了。”似火的阳光铺满了山川、田野，人们已是热汗滚滚，汗水浸透了他们的衣服，来狗的手臂上让谷穗扎得满是红疙瘩，胡民的心里十分不安。中途休息的时候，来狗一口气喝了几碗凉茶，然后皱着酒糟鼻坐在草地上心事重重。金生见状，走过来递支烟给他：“狗哥，在想媳妇吗？来，抽支烟解解闷。”

来狗说：“有咧。”于是朝自己的衣袋拍了拍，然后索性把短褂脱下来，一双手臂上全是似痱子的红疙瘩。

金生揶揄他：“狗哥想必是个有福之人，哪年飞黄腾达，一时显贵，何愁娶不上媳妇。”

来狗蹲在地上嘿嘿地冷笑了，笑仿佛成了他生命中的全部……

快到傍晚的时候，太阳斜斜地落下山坡，天空中还残留着似红莲的云疙瘩，田里一派繁忙景象慢慢地让夜幕隐没了，重担在他们肩上一颤一颤的，他们喊着号子，欢愉地唱着歌谣进了村庄。

来狗挑着稻谷进了胡家前院，刚撂下肩，他又折回去接应胡民，劳累了一天，但胡民发现他的脸上毫无倦意。他说胡民是一介书生，干不来重活，来狗便抓住他的扁担不放，胡民道："狗哥，你也累了，先回去洗把脸。"

"不累，不累。"他还是要胡民把担子撂下来。

进屋后，婶婶在厨房里忙着做饭菜。吃晚饭的时候，金生频频向来狗敬酒，两个粗人聚在一起，他们会相互作弄，都想在众人面前抖抖威风。金生心中算计，今晚要将来狗灌个烂醉如泥，让他醉得辨不清东南西北，来狗直爽不推杯，一杯接一杯地喝下了，金生总是找借口让来狗喝酒。他说："狗哥，你我兄弟一场，你不喝就是不给胡民和我的面子。"

来狗抿着嘴笑道："伙计，你会说，我服了，一口吞就是。"他果真又咕噜一声将一杯酒咽下了，还将酒杯倒立过来，桌上并无半点残余酒液淌下，"你瞧这行吧？"但他的嘴里啧啧有声了。酒过三巡，来狗的脸红得似熟透的桃子，满嘴油渍，牙齿上还残留着一块红辣皮，金生笑得饭从鼻孔里呛了出来。一会儿，来狗果真醉了，他摇摇晃晃地站起来，一不小心将桌上的满杯酒碰倒，酒液流淌在地上，他踉踉跄跄走到弄屋，风一吹，他的头一阵发晕，想一屁股坐在凳子上，可是凳子还没放稳，他却一个跟头摔倒在地上。

正巧婶子出来倒水，一盆洗锅水泼在他的头上。"哟，是来狗呀！"她又忍不住笑了，"我给你盛碗饭，一个大男人劳累了一整天，饭不吃仅喝几杯空肚酒，不醉才怪呢！"

来狗在地上不断挣扎摇头："不了，肚子胀得厉害，我贪杯喝多了。"

婶子扶他站了起来，他挣脱婶子的手独自去了茅厕，后来进屋时，众人看见一泡尿从裤裆里淌下来，才知道他尿湿了裤子。来狗平常不系皮带，裤腰都是让一条麻绳拴着，栓成了死疙瘩，酒一醉，便犯糊涂了，一时难以控制，还误以为自己在梦境里，憋着也难受，倒不如轻轻松松地撒出来。

金生笑得快酥软了："狗哥，你这是怎么了？跌进坑了是不？"

来狗一脸苦笑，此刻，来狗的酒似乎醒了一大半。"伙计，我裤带拴了死疙瘩，怎么也解不开，你能帮我吗？"胡民便进屋去替他找来一把剪刀，咔嚓一声将麻绳剪断。

胡民将他扶进了他的房间，并替他换了一身干净衣服让他睡下了。隔不了多久，他便鼾声如雷。深夜，金生撑着火把摇摇晃晃地沿着青石路面朝家赶，火把在黑夜里忽闪忽灭，金生在自家门前灭了半截火把，才打开房门进屋睡觉。

来狗一觉醒来，身子软软的，一点力气也没有，头一阵扎痛，他爬起床，呈现在他眼前的一切是那么的陌生。微明的窗户透过几束光，屋里的摆设优雅别致，他从一片恍惚中醒悟过来，喃喃道："这不是我的床，昨晚喝醉了酒，一直睡在胡民的床上。"

他记得昨晚做了一个破碎的春梦，梦见自己赤条条地依偎在一个女人的怀中，女人不是他妈前次托人介绍的那位跛脚姑娘，而是一位貌若天仙，赛过西施的美人。

来狗一溜进家门，便躺在床上睡下了，寂寞也尾随而至。他觉得一个大男人活得还不如一头牲畜，心中的失落在莫名地撞击着他的心灵深处……

第七十章　浑人（下）

从前，他妈托人替他相了两个女人：一个跛脚，靠拄着拐杖过日子；另一个女人是死了丈夫的寡妇，还拖着三个孩子，孩子都还小。来狗记得与跛脚姑娘相互碰面那天，来狗红着脸缄口不语，还不时扭转头独自嘿嘿地笑，到了第二天，媒人一大清早上门数落来狗说："你呀！替你撮合姻缘不知道珍惜，人家是个女人，难道还要别人脱光衣服送上门不成？"他妈骂他："你嘿嘿笑啥？吃错药了吗？"来狗娘又乞求媒人去女方家继续撮合，媒人颠颠地又去了。

刚至女方家门口时，突然窜出一条黄狗来，她吓了一跳，忍不住嘀咕道："哟，还放狗耍我哩？"

跛脚姑娘的娘听到狗叫声，便跑出门来呵斥道："该死的牲畜，你乱嚷啥？"

狗似乎听到主人在骂它，它便摇着尾巴一晃一晃地进屋去了。媒人笑嘻嘻地道："大姐，还是养个闺女好，昨天刚走，今天又来麻烦你们了。"

妇人略有些冷淡地说："有事才来啊？"

媒人顺水推舟道："是有些事，无事不登三宝殿，确实是一件天大的喜事。也不知你家闺女考虑成熟不，喜不喜欢就凭一句话！"

她妈的脸色十分难堪，嘴里说道："现在时代变了，婚姻自由，咱做不了主。”

媒人随她进了屋，跛脚姑娘看见媒人来了，她便拄着拐杖往房里走。媒人笑嘻嘻地说：“姑娘，别急，我有事同你商量一下。”

她停住了，然后吃力地扭转身子，但她的脸上泛起一片红潮：“婶子，你有所不知，他在鄙视我。一个男人仅会嘿嘿地冷笑，他不是笑我跛脚吗？还取了一个跟我家黄狗差不多的名字。”

“姑娘，你别误会。他为人憨厚老实，话也不多，如果他真的没那份心意，我也不会隔三岔五地来打扰你们。”

“婶子，老实人是可靠。可是他仅会整天钻进深山里打野兽，还将打下的野兽生吞活剥吃了，弄得满嘴的兽毛和血迹，闹不准有一天也用火铳将我打死，弄来生吃了。”

“哟！姑娘，哪有这么回事？这些都是别人胡说八道的。”

跛脚凄淡地笑了笑，然后拄着拐杖继续往屋里走了。

媒人竟想不到让一个跛脚姑娘说得哑然失语。她称得上方圆数十里的“名嘴”，也不知撮合了多少对姻缘，这次却栽了，栽在一个身残志艰的姑娘手中。就这样，来狗的爱情之花还未开始萌芽就夭折了。他一听到这个消息，心里忍不住对女人产生恐惧感，他不明白一个四肢健全的男人还不及一个跛子和寡妇。来狗对生活彻底绝望了，于是他索性躺在床上装病，睡到午时三刻才从坑上慢吞吞地爬起来。有时他妈进门去唤他起床，他便睡在床上说头痛得厉害。

他妈信以为真，便四处替他求神拜佛，还专门去找一位算命先生给儿子排八字。先生说：“他命中犯煞神，不煞自己就煞别人。”来狗娘双眼皱巴巴地问：“先生，怎么解围？”先生打趣说：“天机不可泄露，想解围得再加钱。”她说：“我儿子八字烂，岂有再加钱之理，你不是在讹我钱吗？”先生仰头啧啧有声地说：“大嫂岂不是在损我，咱们吃江湖饭，不能破坏这种规矩。”她悻悻地回到家里，对躺在床上的儿子说：“娃，你八字烂，我也不怪你，要怪只能怪命……”

胡民做完农活后就回了县城。有一天，刚到住处，就看见金生、来狗站在发廊门口，来狗皱着酒糟鼻嘿嘿地笑着，金生手中拎着一只鸡，几包行李放在水泥地上。

“你们从家里来吗？”胡民问道。

金生道：“刚从家里来，明天一大早上辣子坪去。”

来狗努着嘴打岔：“金生发洋财喽，上个月有天净赚七千块。”

胡民半信半疑地看着金生，他穿着一身名牌，手上颈脖上多了昂贵的手表和一条银白项链，胡民笑着说：“发了财也不告诉兄弟一声，也让兄弟沾沾光。”金生一副老板模样地笑着给胡民递烟，又递给来狗一支，来狗憨笑着拒绝了。

“还客气吗？怕我舍不得呢？你瞧瞧，正宗的洋货，当地难买。”来狗听说是洋烟，便装模作样抽了一支，呛得眼泪也流出来了，忽然发现金生的火机上赫然立着一位脱得赤裸裸的美女，一双媚眼不论从哪个角度欣赏都是深情款款地看着持用者。

来狗惊诧了：“天哪，一根纱不粘，怎么见人呀？”接着金生向胡民挤挤眼，头朝那家发廊摇晃了几下：“伙计，她要多少价？”

“你自去跟她聊聊吧，先洗头，然后敲背。”金生大大咧咧地说，“要么和尚洗头，让她一双手在头上揉搓，心头怪痒痒的，让人憋得不是滋味。”

胡民有些不耐烦了，说：“你自己去试试不就知道了？她洗头时间较长，正经人经不住揉搓，反复折腾，反而让她弄得头昏目眩。”

金生笑了：“那人十成是个傻瓜，不懂得享受生活。如果让我遇上这桩美事，我会顺势将她摸捏几把，脸不红也不骂，那一定不是个正经女人，然后便可找她陪睡。”

吃罢饭后，来狗无所事事地坐在床沿上发愣，金生趁着酒性溜出门去了，他一定去了那家发廊追逐他的快乐。是的，他果然在发廊里洗头，发廊妹子满脸嫣红，一双手在金生的头上揉搓着，金生原本心存杂念，便同她天南地北，海阔天空地胡侃着。他们开始谈及一些正经事，譬如：去年什么地方遭到洪水袭击，什么地方闹旱灾、蝗灾，发廊妹子敷衍着，前年夏天，江浙一带遭了台风，房屋倒塌了无数，还压死了数十人，就连停置在公路上的一辆空置的货柜车也被台风掀翻了。

金生突然道："姑娘，你在听我说话吗？"

"废话，我还在给你洗头哩。"

金生心里重新燃起了希望，他不知不觉将身子向她靠近，但不出数秒，他的希望似肥皂泡破灭了，她已经知觉了那可耻的性骚扰，不知不觉，从她的脸上泛起一阵难以消逝的怒色来。

生活原来不寂寞，但人们往往为单调的生活而寂寞……

第七十一章　保姆

三个月后，有一惊天动地的消息传出，吴如柔已经神秘失踪。吴展澈夫妇心急如焚，四处寻找，结果都一无所获。

胡民为了吴如柔神秘失踪之事去了吴家，按了门铃，一会儿，一个保姆模样的妇人出来开门，她皱着双眼问他有啥事！她还告诉胡民，吴局长还在气头上，他不想见任何人。

胡民好奇地问："你是……"

她有些难堪地回答道："我是聘来的保姆，替他们一家做些扫地、洗衣、做饭等杂活。"

胡民嫌她多事，就不再理睬她，径直进了吴家的客厅。在吴家的客厅桌前，吴展澈忧忧闷闷地坐在椅子上抽着烟，胡民于是欠身道："吴局长，近来可好吗？"

吴展澈仰头望着他，然后冰冷地说："烦透了。"

"难道你不欢迎我这位不速之客吗？"

"欢迎，怎么会不欢迎呢。实话对你说吧，我家如柔已经神秘失踪好几天了。你这次来是想告诉我什么吗？"

"不，我听到这一讯息，过来看她是否回来了。"

突然吴展澈愤怒地站了起来，阴沉沉地从牙缝中吐出一句话来："是你拆散我们父女的感情，她一切都是为了你！”

那一刻，胡民的内心深处一阵阵隐隐作痛，他为自己难过和愧疚，一时低头默默不语。

“你在忏悔是吗？我现在把一切真相都告诉你吧！如柔是你失散多年的妹妹，她确实是你失散多年的妹妹……”

他的声音充满着一种难以抑制的斥责和怨恨，并强烈地、无情地震撼着那间豪华客厅。就在这时候，林美琴慌慌张张地从房间里跑出来，泪流满面地望着胡民，来了，可怕的这一天终于来临了。“展澈，你为什么要告诉他，为什么呢？”

那时，胡民让他的话惊呆了。“不，这怎么可能呢？她怎么可能是我失散多年的妹妹呢？不是的，她是你们一生中唯一的女儿，也是你们一生的幸福和希望，为什么要逼走她？为什么？一定是你们伤害了她，因此她才离家出走对吗？”

不知过了多久，当胡民恍恍惚惚走出客厅的时候，那个保姆不知从哪里窜到他的面前，并用那双皱巴巴的双眼瞅着他，她幸灾乐祸地说：“你还不相信，说了局长正在气头上。”胡民折过身来狠狠地瞪她一眼，她却停住了脚步，肆无忌惮地唠叨道：“你这人怎么这么不识相，要撵你才肯走吗？”胡民头也不回地走了，她哐啷一声关了门。

让林美琴难以预料的是过了几天吴展澈突然提出要跟她离婚，对于这一事实，林美琴是难以想象到的，绝大多数女人致命的弱点就是害怕离婚。虽然林美琴容颜依旧，但她毕竟已经步入中年，且一直没有生育。她的心里还是有些发怵，她泪流满面地说：“你为什么要选择离婚，难道你有了外遇？有了别的女人吗？你一定是疯了。”

他像一只雄狮怒吼起来：“你才疯了，因为我再也不能忍受这种生活了，只有离婚才是周密之策，双方又何必搅在一起承受那种双重痛苦呢？”

林美琴痛苦地说：“既然是我毁了你的幸福生活，那就离吧！也许你闭上眼睛就看见天堂，天堂里有另外一个女人在期待着与你重逢。在她的身上，还保留着你的回忆。”

吴展澈沉默不语了，然后骂了几句便回到了卧室。一会儿，他又急急忙忙下楼。他走后，林美琴气势汹汹地在房间里收拾衣物，边收拾边骂道：“算你狠，没想到你是个绝情绝义、蝇营狗苟的角色，看你的葫芦里卖的是何种花色买卖。”她将一些贵重的东西收妥后，又把一口箱子拎在床前，然后用她那白皙的手指拨弄着密码，从箱子的最底层取出如柔的生辰八字。一张黄纸沾满了虫眼，显得残缺不堪，她凝望着发愁，再也禁不住痛哭起来：“我的好女儿啊！你就这样忍心抛弃我吗？胡民是你的哥哥，为什么你不敢面对这严酷的现实。难道……”

许久，林美琴才焦急不安地站起来，一想到过几天去法院签字，离婚判决书一签，从此，他们之间再也不存在夫妻关系了。

突然那个讨厌的保姆又出现在门口，双眼贼溜溜的，探进一张似瓜皮的脸，问道：“要出远门吗？”

林美琴觑了她一眼，然后问道：“你来多久了？”

保姆耷着头沉思了一下，然后说：“一个月零九大。小错，是一个月零九天。”

“如今我跟丈夫离了，再也不需要保姆了。”

保姆让她的话震惊了，她吃惊地问道：“为什么会离婚呢？你们的生活十分美满幸福，让多少人羡慕啊？难道是为了宝贝女儿如柔吗？”

林美琴有些不耐烦了：“你别问这么多好吗？这些都是我跟他之间的事情，跟你无关。”她慢慢地从柜中取出一张清单，又在桌上拿了一支水笔，有些为难地说：“你的工资我已经算好了，你在工资单上签上你的名字吧！”

保姆似乎还眷念着这份工作，她急促不安地阐述：“是局长老爷聘我来的呀。”

“什么老爷不老爷的！谁知道你是在损我还是在捧我哩。”

她让林美琴一说，嘴上更是结结巴巴了，双手颤抖地在工资单上歪歪斜斜地签下她的名字。林美琴从皮夹里取出八张大钞付给她，她然后委婉地说：“我是一个女人家，真的不需要什么保姆了，我以后的日子或许比你更悲惨，你明白吗？”

“我明白了。”妇人回答道。

妇人沮丧地走下楼，片刻，她又阴沉沉地上楼来，她手里拿着一张蓝色毛巾，有些湿，她用毛巾抹着脸上的汗滴，接着放在手中拧了几下，拧出一些污水来。“我打算要离开了，我的包要不要检查一下？”她继续说，“您尽管放心，虽然山里人脏些，但手脚倒还干净，从不顺手牵羊偷别人的东西。”

林美琴对她的话感到十分惊讶，她为自己的言谈举止而羞愧，一刹那间，林美琴为这个失业的女人感到难过了。“妹子，是打算回老家还是到别的地方去呢？往后有什么难处，我会尽我最大的力量去帮助你。”

“多谢您的美意，我不明白您为什么离婚。”

“不，是他跟别的女人好上了，因此不要我了，我们女人真的命苦，总是任凭男人摆布糟蹋。”

妇人说：“嫁鸡随鸡，嫁狗随狗，认命吧！我也该走了，希望你们以家庭幸福着想，将女儿找回来。”然后她手扶楼梯，步履蹒跚地走了，出门后便毫无目标地沿途闲逛。

第七十二章　残爱（上）

妇人走后不多久，林美琴忽然听到钥匙开门的声音，她心里想道，一定是他回来了，她赶紧拎着箱子往门外走，吴展澈迎面朝她走来，她却装着一副若无其事的样子，因为她再也不需要从他身上任何部位发现什么，于是只顾低头赶路。

吴展澈怔了怔说："美琴，你要走了？"她没有理睬他，仿佛丧失了听觉功能似的，与他擦肩而过。突然间，林美琴停住了脚步，冷酷地说："明天中午我们去法院签字，法院里那些执法人员都是你的同学、朋友，跟他们打声招呼，我们便很快在离婚协议上签字。"

"你敢如此肯定吗？我看你是疯了。"吴展澈果断回答道。

"是你逼我。"

他一脸苦笑了："你动辄卷家当，这分明是在给我添乱，更何况离婚协议得双方同意，一方拒绝签字，离婚协议就不会生效。"

"咱们到了该放手的时候了。你仕途顺畅，怎么会屈身为我这个毫不足惜的女人呢？就算我攀上高枝也成不了凤凰。"

"美琴，你要我跪在你的面前才肯原谅我吗？"

林美琴却不管不顾，挣脱他那双似钳子的手，匆匆忙忙地拎着行李往门外走了。

吴展澈虚脱得一点力气也没有，喃喃道："难道就这样散了吗？"迷茫中传来一阵怒斥的声音："你当我是一个奴仆？不顺心的时候，就会将所有的怨恨和烦恼毫无保留发泄在我的身上，你还当我是你的妻子吗？"当他追出门去的时候，林美琴早已不知去向。

他一脸沮丧地回到客厅，将门严严关住，不觉眼前一阵发亮，似乎寻找到了突围口，他惊讶地发现沙发上摊着一封信，其实，这并不使他怎么惊讶，因为一个女人的致命陷阱就是离婚。任其一方一旦提出离婚，从中证明他们的感情已经滑向致命的边缘，吴展澈慢慢地将信拆开，熟悉的字迹立刻跃入他的眼帘，上面写道："亲爱的展澈，这也许是我最后一次呼唤你的名字，我不知道该对你说些什么才好！天空广阔无垠，需要各色的飞禽走兽。对于这次分手，我们俩人都无怨无悔，从此我们各自可以毫无牵挂的生活。作为一个女人而言，我已经有足够的心理准备去面对这场畸形的婚姻。结婚这些年来，我一直对你恪守有加，我已经尽到一个做妻子的责任。但着实遗憾的是没给你生儿育女。你知道吗？我的心里多么的痛苦和难受。我曾为这些事情难过得要自尽，但一时又横不下来心，因为如柔是我生命中的唯一寄托和希望，我真的不能没有她。我是一个思想传统守旧的女性，那种旧的思想观念已经深深渗透在我的心里，像一块难以风化的顽石一样，它约束着我的思想行为。如果你真正爱我、疼我的话，也不至于这样百般折磨我对吗？作为一个男人，言为心声更为重要。我们夫妻一场，却难守白头。此时此刻，最让人满意，中肯的话已经失去了应有的分量，就此搁下手中的笔，封掉我所有幻想和希望。"

看毕后，吴展澈的精神支柱彻底崩溃了，泪水情不自禁地流淌了下来，他疯一般地冲出门去，但过不了多久，他又怅然而归。屋里寂静得让人一阵阵发冷，他随手在茶几上捡了一盘歌碟，他想用歌声提提神，歌声并不能摒除他内心的痛苦和烦恼，心痛和烦恼反而增加了，他觉得歌声嗲声嗲气，如同孩子在大人面前撒娇的声音，于是关掉了唱片。

他寻遍所有的汽车站和火车站，又不断拨打她的手机，电话里传来服务小姐温柔、甜美的嗓音："对不起，您所拨的电话已关机。"

一辆轿车缓缓地驶入平山镇民主村，道路上坑坑洼洼，地上尘土飞扬。民主村的路边一棵槐树下，一头骠健的水牛半睁着双眼悠闲地反刍草料，嘴角流涎，涎水如线，它浑身裹满泥浆。分明是刚从泥潭里爬起来不久。狡猾的苍蝇却乘虚而入，盯住它的耳朵不放，牲畜似乎有些痛了，双耳闪得如风扇的叶片，企图将苍蝇驱逐走。车停住了，吴展澈下了车，然后耸耸肩朝这个破落的村庄望了几眼，他的脸上掠过几丝不安。正在犹豫，忽然不远处的草垛下有一个孩子咯咯地笑着跑出来，他的脸上沾了几滴泥浆，红着脸望着这位陌生人。

"小朋友，你认识青松吗？"他耷下头低低地说。

"他随他婆去庙里了。"

"你家住哪？"

孩子指着村口的第二间矮房说："那就是我家，爸在家里修墙，您去家里坐坐吧！您是从城里来的吧？"

吴展澈微笑地点了点头，突然，微风一吹，一股难闻的臭味向四周弥散开了，吴展澈忍不住捂住鼻子不敢呼吸。

孩子笑着说："您是城里人，住惯了洋房，不习惯吧？"

吴展澈回答道："习惯。"抬眼望去，四处都是让烟火熏得黑乎乎并且破烂不堪的土墙，村连村，寨接寨的一直望不见边际，十年前，他陪着林美琴来过这里。如今，他又重温旧情，在他的脑海里仍是一幅萧条的情景。吴展澈沿着青石铺成的过道慢慢地走着，像沉思着什么。

忽然台阶上一个妇人叫住他："哟，是妹夫啊？多年未见，都差点认不出来了，快，快进屋来坐。"她一面招呼着，一面转头对一个孩子唤道："青松，快叫爷。"青松拘拘束束叫了声爷，然后规规矩矩地站在一旁瞅着他。突然外面一阵吵闹声，几个孩子喊着青松，妇人说："早些回来，别在河滩上晒。”青松答应了一声便溜出门去。

吴展澈问：“他们去哪？”

她笑了笑：“孩子家，除了玩泥巴，垒木人，晚上在草垛下捉迷藏，累了就回家睡觉。天一亮就起床放牛羊，扒草，掏鸟窝，中午下河捉鱼抓蟹，捉够了鱼、蟹往篓里一放，脱光裤子晒在沙滩上，晒热了就爬起来一个猛子扎入河心，在水里睁眼寻银白石比赛，憋得受不住了才钻出水面透透气，悠悠闲闲躺在水面上睡觉。”

吴展澈问道：“孩子们都没有上学吗？每天都这样在河滩上晒日头？”

“孩子们干不来重活，仅靠这些无聊的事情来打发他们的童年时光。民主村以前没有学校，后来要建，但也没有建起来，等这里学校修建起来，如柔那孩子还说来这里当一名教师。”

“姐，如柔受了打击，她已经神秘失踪很久了，一直到现在还没有任何消息。”

妇人哽咽道：“那孩子性子真倔，总该给父母捎个信儿，她是你们心肝宝贝，掌上明珠，你们一定要把她找回来啊。”

吴展澈凄淡地说：“这次前来，我有一件事情向你打听一下，不知美琴是否来过这里？”

妇人怔了怔，然后脸上阴沉下来了，如同乌云翻滚一般。“美琴怎么了？她怎么了？”她怒吼地说。

第七十三章　残爱（下）

“自从如柔失踪后，我们的心情一进都很糟，可是她却像个孩子一样闹脾气，闹离婚，我们之间总是在相互猜疑，埋怨。”

妇人苦笑道：“她在城里住惯了，像这种穷乡僻壤，脚板不磨起血泡是来不了的，何况她的脚又白又嫩，像十八岁姑娘一样，十抬花轿也抬不来哩！日子过得安乐富足反而闹嘴仗，闹离婚，既然你嫌她，双方没意见就离吧，至于你们的事轮不到别人管，更何况你一向精明果断，明察秋毫。”

吴展澈明知她有意刁难自己，让自己难堪，也只能说：“姐，我知道你在生气，美琴也在你的家里，让我跟她聊几句行吗？”

青松在一旁插话道：“婆，我唤姨婆来好吗？”

“去去去，小孩子，懂啥？”青松让她打发走了。

窗外传来孩子的欢笑声，屋里的氛围突然间变得凝重起来，吴展澈坐在椅子上沉默许久才低低地说：“姐，我跟美琴一直恩恩爱爱二十余年，夫妻之间总不能没有间隙吧？拌拌嘴，瞪瞪眼也是极其平常的事情。”

“那还闹什么呢？都快平头甲子的年龄，你也该想一想，美琴命苦，跟你大半辈子没替你生儿育女，这也不是她的错，是她的命，你的遭遇。谁知道你们年轻时做了些什么了，苍天作证，天晓得啊！从前，美琴一看见我就泪流满面了，我问她哭啥？她也不肯告诉我，不当我是亲人就算了，有些事情让它一辈子烂在肚子里。一母所生，但毕竟人心隔肚，谁知道她心里潜伏着什么企图，后来她对我说跟你结婚，这些年来，一生中该有所寄托，可是偏不争气，这……这。”

“姐，你别绕我，美琴究竟在哪里？为什么说走就走？”吴展澈问道。

“是你逼她去法院签离婚协议书，你不能不承认吧？你已将她逼上绝路了，你知道吗？告诉你，你是局长又怎样？我还寻你要人，因为美琴是我的亲妹妹。民主村的人天不怕地不怕，只怕庙里的菩萨。”

青松刚进门，他看见婆铁青着脸，便立即转身又溜出门去。

吴展澈起身欲走，她也不挽留，把他送出村口。吴展澈突然转身对她说：“姐，你回去吧，别送了，拜托你跟美琴说一声，这个世上，我期待与她重逢……有一天，我会将我的爱加倍偿还在她的身上。”

此刻，妇人热泪盈眶，她老泪纵横说：“一定，我一定会给她捎个信儿。”

原来林美琴躲在房间里不肯出来，待吴展澈离开后，林美琴站在庄前深情地眺望着驶远的汽车，她许久说不出任何话来，忽然她感到头昏目眩，接着眼前一阵发黑，一下子瘫倒在地上。昏迷中不断叫着如柔的名字。

半晌，林美琴才慢慢地苏醒过来，嘴中喃喃：“姐，我梦见如柔回来，她却不再理睬我了。”

妇人在一旁安慰道：“妹，你放心吧，如柔一定没事的。一个二十几岁的大姑娘，又不是文盲，谁也骗不走她！”

林美琴的眼泪忍不住涌了出来，悲怆地说：“姐，你在安慰我对吗？这个世界很浮躁。”

青松在一旁吓得哭了起来，她婆怒吼道：“哭啥？你父母死了吗？一个没出息的孩子。”

次日清早，青松的婆一大早起身去了十五里外的平山镇办事，并给吴展澈打电话，下午四时左右，吴展澈将林美琴接走了。

他们临走时，吴展澈取出一沓钱撂在桌上，然后说：“姐，青松还小，不能让他当文盲，这些钱拿去让他去上学吧。”她死活不肯收，林美琴生气了，一会儿，她才羞愧地唤来青松：“青松，快给爷磕头吧！”啪的一声响，青松双膝跪在地上，恭恭敬敬地向他们磕了三个响头。

“孩子，快起来吧！别这样。”吴展澈将青松搀扶起身，一下子将他紧紧搂着怀里。

青松说：“爷，您带我去城里瞧瞧好吗？外面的世界一定很精彩，因此爹娘不要我了，他们已经将我抛弃了。”

吴展澈将他搂得更紧了。

当汽车启动时，青松的眼眶湿润一片，车在云岭之间越驶越远，他们一直目送着汽车出了山道，云峰将小村庄包裹着，山岙下的农家密密集集，炊烟四起，汇集成这片土地上特有的、艰辛的农村生活。

第七十四章　佛门之缘

自从胡民从吴家回来以后，他便病倒了，夜间咳嗽不止。有一天，他的叔伯们替他找来一位大夫，大夫是一位鹤发童颜、神情飘逸的老人，他替胡民把脉诊断后，许久，他扼腕叹息道："你病得不轻，脉搏相当虚弱，在他所见的病人中也是最罕见的一位。"

胡民突然感到喉间奇痒，哇的一声，一股鲜血喷了出来，喷在墙壁上。胡彩霞哭着找来帕子将他嘴上的血迹揩去。

"大夫，您是说我的日子不多了？"

大夫艰深地叹了一口气，"生死有命，富贵在天，这很难说，依我推断，不出一年半载，要不，除非有奇迹出现了。"

"大夫，您就不妨直言相告，生死何惧？人活着的最终结局不就是死吗？"胡民不悲不凄地说。

"多半是绝症吧！"

在一旁的胡彩霞泣不成声了，她请求道："大夫，您有办法救救我哥吗？您一定想办法救救他。"

大夫摸着彩霞的头说："老朽医术不精，回天无术，家中有什么好吃的多给他补补身体吧！"

送走那位大夫，胡民心里一阵阵不安，难道自己真的病入膏肓吗？死神一步一步逼进了他。胡彩霞低头在一旁抽泣着，胡民安慰她说："你不要担心，我不会死的，那位大夫在胡言乱语。"

时令初冬，凄厉的寒风灌满了胡家院子，树上的叶子一片一片往下落。胡民浑身在隐隐发痛，四肢冰凉，突然门吱的一声开了，胡彩霞端了一碗药进来："哥，该喝药了。"

胡民对着她笑了笑说："妹，如果有一天哥离开了你们，你们会痛苦吗？"

"哥，你别离开我们好吗？这个世上，只有你最关心我，最疼我，我舍不得让你离开。"

他又问道："婆醒了吗？"

"她又睡过去了。"

"妹，你不能将这些可怕的事实告诉婆，她上了年纪经不住这种打击。"

"你在思念如柔姐对吗？"

"是的，我一直期盼。"

这些年来，终于快盼到这一天了，可是上天却安排这种悲惨的命运，还来不及与妹妹相聚，她却神秘失踪了。现实残酷地把他从一场梦境中推入无底的深渊……在他的面前纵横着一条无法逾越的河流。

残冬，山里草木凋零，一些易落的灌木已经光秃秃一片，霜叶红似火，却将满山点缀得如此低调、萧条。何冬生的前妻突然出现在他的视线里，她手中拎着一袋水果走进来，她穿着一件浅色风衣，颈脖上围着一条纯白绒棉围巾，围巾的一端擦在她那微隆的胸脯上，脸蛋扑闪着一片红潮，额前的头发让寒风吹得有些凌乱，她朝手掌心哈着气，颤颤地说："胡民，如柔姑娘回来了吗？满街的寻人启事都刊登出来了，就连电视台也刊登了寻人启事，可是没有她的任何消息。吴家夫妇都急得快病倒了。如柔总该替家人想想，养熟的鸟儿也有飞回来的时候，何况还是一个活人哩。"

胡民深情地望着她，心里十分感激。然后微微一笑说："谢谢你来看我，或许有一天我会离你而去，请你别把时间浪费在我的身上好吗？"

"胡民，你的病很严重吗？你不能这样说，难道你对我没有感情吗？"

"我现在几乎没有力量去选择爱谁了！因为……因为我很累，同时也很绝望。"

"胡民，你告诉我，这究竟是为什么？因为我是个蹩脚女人，还是为了林博雯？林博雯现在是一个女强人，为了事业去了西班牙，一年半载是回不来的。"

"你知道吗？你是不能承担我这份痛苦的，因为有一天，我会突然离开这个浮躁的世界。"

从那段时间后，胡民将外婆的寝居安置在弄屋的最里面那间，老太太疑惑地说："住得好好的，搬进去反而不习惯，一时睡不着觉。"

胡民安慰道："最里间宽敞明亮，温暖的阳光终日照在窗棂上。"他为了消除老太太的疑问，便时常陪伴着老太太聊天，问寒问暖，她才逐渐打消心中的疑团，对正屋里所发生的事情一概不知。

但是，胡民一想起他的妹妹，他的胸口就开始发痛，一天总得咳出几口血来，胡彩霞哭着劝他先养好身体，胡民笑了笑说："就算找遍天涯海角，也得把如柔找回来。"

残冬的一天，坐落在云贵高原的青龙庵香火缭绕，红烛高照，庙宇澄清一片。

庵前有一位手持扫帚，模样清纯的尼姑漫不经心地扫着地上的残叶。她神情憔悴，她的内心深处仿佛有着旁人无法揣摸的往事。凛冽的寒风在庵前打着转，地上飞扬的尘土如同轻烟弥漫，地面上残留着让扫帚刮了一道又一道的痕迹。忽然一位中年尼姑静静地来到她的身旁，笑眯眯地双手合一，收敛笑容后，脸上一副庄严虔诚的模样，对她道："玄一，如果我没猜错的话，你六根未除，那你为什么要皈依佛门呢？”她忙道：“师太，弟子知错，既然遁身佛门，从此一心向佛。偶尔间，我会想起我的父母来。”

“我问你，你来此庵有多久了？”

“师太，我来此庵有两个多月了。”

“今年多大？”

“虚岁二十四。”她不假思索地回答。

“难道你对这个世界万念俱灰，再也不眷念滚滚红尘之事吗？”

“师太，弟子不敢隐瞒，自古以来，大凡红尘女子一生为情所困。”

“此时此刻，难道你心中没有了亲情、友情吗？”

玄一略显凄悲地望着师太，一直黯然无语。

“刚才你说会偶尔想你的父母，怎么一下子又改变主意了？玄一，你在骗我是吗？我已经派人下山打探过你的身份，你的父母将你视为掌上明珠，我看你并无佛缘，才让你带发修行，不日我下山去给你父母捎信，免得他们为你焦急不安。”

玄一请求道：“师太，请您慈悲为怀，让我皈依佛门，弟子情愿面对黄灯孤影打发余生。”

静一师太双目紧闭，嘴中喃喃：“罪过，真是罪过，然后拂袖而去。”

十四日那天，静一便悄然下山，她一路长途跋涉，步行了整整一天，好不容易跨入灵山县境内，天色便黑下来了，静一找了一户农家寄宿一夜，那家主人看她是位出家人，待她非常热情，并为她准备几盘素食，吃罢饭后，她很早就睡下了。

次日天一亮，静一便起身告辞，她沿途打探，折腾了一个上午，才找到灵山县国土局。正在这个时候，一个工作人员走出来了，他看见静一一身打扮，便打算让她走。她道明来意，那人给她赔礼道歉，并搬来一张椅子给她坐，那人告诉他：“吴局长出差去了。”

静一道："同志，我来自青龙庵，吴局长的千金在贵庵出家修行，人一旦遁入空门，恍若隔世，她父母对此事尚未知晓，一定焦急万分。"那人慌慌张张说："师太，您劝劝她，局长都快急疯了，她却撇下父母不管。年纪轻轻便遁入空门，以后的日子怎么过呀？"局里的工作人员给静一斟了一杯茶，她谢过。

"您先坐，我给局长打个电话。"

片刻，那人道："吴局长马上便来。"中午时分，局里负责人问她吃荤吃素，她说吃素，于是他们便请她吃了一份素餐。当众人问起她如何出家时，她的脸上有些凄淡和不安，众人就不敢再问了。

十二时，吴展澈夫妇风尘仆仆地赶来了，静一祥和地坐在接待室里，她双目紧闭，脸上一副庄肃的神情，林美琴扑通一声在她面前跪下了，凄切地说："大师，求您劝劝我的女儿吧！我们不能没有她，她是我们一生中的寄托和依靠。"

静一睁开眼道："施主，想必你就是玄一的母亲吧。她已经遁入佛门，并且还有了法名，唤作玄一。不过，请你们放心，玄一六根未除，仅是带发修行，我看她并无佛缘，还可返俗，如果她心意已决，一心向佛，我便无能为力了。"

吴展澈道："能否让我们跟女儿见上一面。"

"施主，路途遥远，如果你们愿意的话我们就启程吧。"

他们到达青龙庵的时候，庵门紧闭，忽然一个小尼姑出来开了庵门，静一问过庵里的大小尼姑，她们都说玄一扫完地便回房去了。

静一折过身对两人道："施主，请稍等片刻，我进去瞧瞧。"吴展澈夫妇心急如焚，急得在庵前踱来踱去。不多久，从庵内走出一个脸色苍白的小尼姑来，她作揖："有劳二位施主久等，在下玄一，刚才剃发修行，从此一心向佛，别无他求。"

林美琴大声哭道："如柔，我的女儿，你为什么要离开我们？为什么要选择落寂的空门来消磨你的青春，难道是我们不够爱你吗？"

玄一已经泪如泉涌，双膝跪在地上，悲悲凄凄说："请恕女儿不孝，女儿不能在您们身边侍候您二老了，我已经遁入空门，从此，这里就是我的栖身之地。多谢二老多年来的养育之恩，二老大恩大德，终生难忘。"母女二人哭成一团。

"如柔，你刚皈依佛门，还可以返俗，我们是来接你回家的，跟我们回家好吗？"

玄一哭着摇头不止说："这一切都太迟了，人世间的一切如同过往云烟，就让它慢慢飘向远方，从此，不再为情所困。"接着她从衣襟里摸出一封信递给吴展澈。"爸，您把这封信交给胡民好吗？"他抖抖瑟瑟接过信，眼泪又一次汹涌而出，玄一然后再次作揖道："二位施主请回吧，一路珍重！"于是她跌跌绊绊地进了那扇庵门。

夫妇二人抱头饮泣良久，才不舍地告别那座让他们牵挂一生的青龙庵。

书信中有三页是写给胡民的。几天后，吴展澈便托人捎给了他，一天下午，一位骑着自行车的青年将那封信送到胡民的家里，他正在服药，彩霞神采飞扬地跑进来说："哥，你的信，想必是如柔姐寄来的。拆出来瞧瞧啊！"

胡民拆开了信详阅了许久，那时他几乎快晕眩了："彩霞，是如柔来的信。"

彩霞急迫地问："她说些什么了？"

"她……她在青龙庵出家了。"突然胡民发觉胸前又是一阵阵郁闷，喉咙奇痒难受，哇的一声，一股鲜血又吐在地上。

胡彩霞惊慌了，哭喊道："哥，你的病又犯了，我知道你心里痛苦、难过，我只要你幸福和自由，不再忧伤和吐血。哥，看见鲜血从你的嘴里涌出来，我的心里就害怕啊！哥，你一定要撑下去，我去为你倒杯水。"一会儿，彩霞端来一杯水递给胡民。

“为什么……为什么会这样呢？难道这一切都是命运吗？我们兄妹好不容易相认，却面临的是一场离别。”

温暖的阳光透过窗棂射进来，温柔地披在胡民的身上，但他的身子十分乏软，胡民才真实地感觉到他的生命快到尽头了，直接面临死亡的威胁，死神向他一步步靠近了，因为他患上了绝症。

在他的生命里，最让胡民痛苦的是他那失散多年的妹妹，一想起她，他的心里痛楚万分。

于是他决定去青龙庵看他的妹妹最后一眼，即使有一天在痛苦中死去，他也要将亲情留在他身边，让它陪伴着他永远沉埋在泥土之中……

青龙庵距灵山县城约二百公里，午时，胡民已经到了青龙庵的山脚下，一条宽大的水泥路在半山坡上盘旋开去，似一条白色的玉带。林中树木苍翠，虫鸟歌唱，遍地猴子繁生，它们时或在树枝上追逐嬉戏，他的心里豁然开朗了。果真是一片少有的古刹胜地，青龙庵矗立于群山环抱之中，庵前洁净、淡雅、与世无争。

庵门紧闭着，胡民上前敲门询问，片刻，门开了，一个手持念珠，慈眉善目，年纪约四十开外的尼姑走了出来，她身后随着一个小尼姑，他前礼貌地询问，她双手作揖道：“施主，人一生造化已定，不可强求。前几日，吴家夫妇上山劝过玄一，方未奏效。既然玄一是你失散多年的妹妹，不妨让你们见上一面。”

一会儿，一个脸色苍白的小尼姑已经撞入胡民的视线，她的模样非常漂亮，他一眼便认出是自己的妹妹。

“如柔，你还好吗？”

“哥，我只要你快乐，不要为我难过。”

“那你为什么要选择如此冷清的地方毁了你的光明前途。”

“哥，这就是命吧，也许我上辈子就跟佛门结下了不解之缘，哥，你脸色苍白，面容消瘦，一定是病了。”

胡民沉默无言。

“我今生今世再叫你一声哥，好吗？哥，这个世上我只有你一个亲人啦！距离的阻隔，让我们兄妹俩永远不能在一起相依为命地生活。”

“妹，你不觉得这样太残酷？你怎么对得起养育你二十多年的爹娘？他们已经伤心欲绝了，你却跑来这里闭门忏悔，这是一种消极的逃避，一种无可奈何的逃避。”

“哥，请求你给我自由吧！这些年来，我一直生活得很累。我只想静一静，请求你看在我们兄妹一场的份上，多保重自己！”

她的身影慢慢消失在夕阳之中……

这一切对于胡民而言，简直是一种无法言表的打击。

回来后，他的胸口越来越痛了，卧床不起。温暖的阳光依旧从那个地方透过窗棂射进来，何冬生的前妻也来了，她看见胡民病得快奄奄一息了，坐在床前呜呜地哭喊着他的名字。她的女儿使劲摇晃着他的头，痛哭失声了：“叔，您醒醒好吗？你不能离开我们……”

胡民艰难地睁开双眼，用手轻抚她的脸，说：“孩子，别哭好吗？叔叔做梦去了天堂，天堂很自由，我想去天堂看看。”

那一刻，他的泪水已经悄无声息地滑落在她的手上。

“叔，我不哭了。您病得这么重，就不要到处跑了，还去什么天堂……”

听着小姑娘天真的声音，胡民又闭上了双眼：“不跑了，哪都不跑了……”

夜幕还没有撤去的时候，新的一天又重新开始了无声无息地循环，远远望去，天边还笼罩着一团橄榄绿的云……